アカノイト

Modoru Asaoka
朝丘戻

CHARADE BUNKO

Illustration

梨とりこ

CONTENTS

1　汚点の恋

人間の血の味を知ったのは幼稚園のときだった。

相手はさっちゃんという愛称でみんなに慕われていた、明るくて活発で男勝りな女の子。おかっぱ頭のおてんばの跳ねっ返りかと思いきや、思慮深くて感動屋で、人前でも恥ずかしがらずによく泣いた。

たとえば台風の日。飼育係だった俺たちには園で飼っている鶏《にわとり》にキャベツを刻んで与える仕事があったのだが、雨風が酷《ひど》くて先生も男子もたじろぐなか、彼女だけが『ぽっぽたち可哀相《かわいそう》だから』とカッパを着てキャベツの入った大きなボールを細い両腕で抱え、勇敢に鶏小屋へむかっていった。男の先生が慌てて傘をさして追いかけてその傘がおちょこになってテンパると、待機していた全員が笑った。笑い声は彼女にも聞こえていただろうに鶏のためにとにかく真剣で、先生相手に『なにやってんのっ』と叱《しか》りつけていた。

初めて泣き顔を見たのは花火大会の日。園から帰宅したあと、夜にもう一度親子揃《そろ》って園へ集まって市販の花火をするというただそれだけの行事で、最後の締めに先生と親がたくさんの噴水花火に同時に火を灯《とも》して盛りあげるのが恒例だった。フシュシューと光のシャワーが噴きだして七色に色彩を変え暗い夜を照らすと、彼女は必ず甚《いた》く感動して涙をこぼした。

彼女は言わば園のアイドルで、男子にも女子にも先生にもモテた。朝も園にきた途端捕まるから、一緒に遊びたいなら一番に声をかける必要があった。彼女を独占するのは容易じゃなく、彼女を巡って毎日誰かが喧嘩《けんか》していた。俺はいつもそれを遠くから眺めていた。

好きだった、と思う。まだ恋も愛もまるで知らない洟垂《はなた》れ小僧だったけど、彼女が初恋だったと思う。心に残っている彼女の姿にすらいまだに頰《ほお》の表面が火照《ほて》るのを感じるし、さっちゃん、と胸の内で呼ぶだけで、実際呼んだかのように口内が甘酸っぱくなるから。

そもそも俺はさっちゃんと呼べなかった。ひとりして〝さち〟と乱暴に呼び捨てていた。彼女をちやほやする大勢のとり巻きのひとりになるのが嫌だったのと、独り占めしたがって喧嘩して彼女に迷惑をかけるばかどもとは違う、という意地があったせいで、要するに、プライドばかり高い引っこみ思案の子どもだったわけだ。

あるときかくれんぼをしていて、俺が隠れていた押し入れに彼女があとからうっかり入ってきてふたりきりになり、暗く狭い空間のなかで『ゆうりが呼び捨てにしてくれるの、嬉《うれ》しいよ』とはにかんでくれたことがある。自分みたいな遠巻きに見ていただけの奴を彼女が認識してくれていたんだと知って舞いあがった俺は、『さちは変な子だね』と虚勢を張った。でも彼女はにこにこ微笑《ほほえ》んでいた。……本当に、忘れてしまいたい出来事ばかりだ。

自分が血を飲んで生きる吸血種、俗に言う吸血鬼だというのは両親から教わっていた。

自分たちは希少な存在で、正体をばらせば精神異常者だと囃《はや》されるから内密にすること。

吸血種同士なら個々が発する独特な匂《にお》いで判別しあえること。

架空の吸血鬼と違って日光も十字架も平気だし、ましてやコウモリになど変身しないこと。

不死でもなく、成人したら血を飲み続けなければ死んでしまう脆弱《ぜいじゃく》な生き物であること。

同種の医者が営んでいる病院を訪れれば、血液をもらえること。

血を飲むと精神が高揚して暴力的になるから、気をつけなければいけないこと。

人間と吸血種は異種で、恋愛も結婚もしないのが常識であること。

それなのに父は吸血種、母は人間で、自分はハーフとして生まれてしまったこと。


さちの血を飲んだのは飼育係の仕事中で、包丁で指先を切ってしまった彼女の、そのしたたる血に惹《ひ》きつけられたからだ。息を呑《の》むほど甘ったるい香りがして、これが血の匂いか、と凝視していたら次の瞬間には口をつけていた。舐《な》めると舌が痺《しび》れる強烈な美味《うま》さに魅了されて、あとすこし、もうすこし、とすすっているうちに平静を失った。

赤黒い残酷な色からは想像もつかなかった爽《さわ》やかな旨味《うまみ》。いくら飲んでも満たされるどころかますます喉《のど》が渇いて、腹に大きな穴が空いたような酷い飢餓《きが》感に襲われた。

美味かった。ずっと飲んでいたかった。食欲が感情まで暴走させてとまらなくなった。先生に引《ひ》き剝《は》がされると激昂《げっこう》し、暴れ狂って再びさちの指に食らいついた。我に返ったのはさちが号泣して叫んだ瞬間だった。

——化け物！　ゆうりの化け物……‼

これが自分だ。自分は化け物だ。

泣いている彼女の前で絶望に打《う》ち拉《ひし》がれていたらまた先生に羽交い締めにされたが、それでも彼女の指からただよう血の匂いにどうしようもなく酔って釘《くぎ》づけになっていた。どうすればあの血を吸えるだろう、吸いたい、彼女を殺して吸い尽くしてもしょうがない、美味すぎるのが悪い、俺のせいじゃない……——怖かった、自分が。

両親が離婚したのはそれから数年後。俺が中学生になる直前のことだ。

吸血種と人間の禁断の恋は最初こそスリリングで情熱的なものだったのかもしれないが、生活をともにしているうちにひび割れていくふたりの関係を、俺も見てきた。

母が家を去った日のことはよく憶《おぼ》えている。涙をこぼしながら俺の頭を撫《な》でて微笑むと、大きなボストンバッグを片手に、雪が降る玄関の外へでていってしまった。

部屋にこもったまま見送りにもこなかった父を——人間の母を追い詰めて傷つけたまま捨てた醜い化け物の吸血鬼である父親を、俺は許せずにいる。

雨が降っている。

目が見えないと聴覚や嗅覚《きゆうかく》が鋭くなるのだということを、ここ数ヶ月で実感した。完全に見えないわけではないけれど、まばたきしたり眇《すが》めたりして視覚を調節してみても、視界は水中にいるときのようにおぼろげなままなので、とうに諦《あきら》めている。

こんな状況で聞く雨音は物悲しい。

屋根や窓を打つ雨音の大きさから推測するに、粒はたぶん中くらいだ。小雨《こさめ》でも大雨でもない愁雨《しゆうう》。屋根に落下して雨どいへ滑っていくようす、窓ガラスにあたって木の根のようないびつな線をゆらゆら描いていくようす、それらが脳裏に浮かぶ。

目から外の情報が得られないと、想像力が活発に働く。

とはいえ、想像は自分が過去に記憶へ刻んだ情景や映像が下敷きになるから、どれだけ素敵な景色《けしき》を思い描いたところで結局、己の世界に閉じこもっているだけにすぎない。いま見える雨の動きも頭に蓄えた情報で創《つく》りあげたもので、だから実際は、空が明るいのか暗いのかもわからず時刻さえ判然としない。

日中は一階のリビングでＤＶＤを聴くのが日課だった。いまも中学生の頃出会ってから何度観《み》たか知れない『レオン』が再生されている。吹き替えより字幕が好きなのに英語が得意じゃないせいで、最初は集中していないとシーンがわからなかったが、近頃ではだいたい判断できるようになってきた。ほかのＤＶＤより『レオン』の再生数は圧倒的に多い。好きなものを何度もずっと愛《め》でる質《たち》なのだ。筆記具もお菓子もなんでも、気に入ると執着する。レオンの寡黙《かもく》さや孤独が好きだった。そしてレオンがマチルダに、マチルダがレオンに救われていく時間の積み重ねに心が震える。

ふたりの声を外の雨音が覆っていて、目を閉じて聴いていると液晶テレビに雨がじかに降り注いでいるようにも感じられる。やがてそこにほのかな匂いがまざった。

誰かくる。

吸血種で、人数はひとりだな、と予想しつつ眼鏡《めがね》をかけた。濃い、澄んだ緑の、野原みたいな匂い。吸血鬼臭にも個性があるから初対面だとわかる。匂いをこれほど強く放つ相手も初めて。それがなぜか、ここにまっすぐむかってきているのを感じる。

ソファーを立って、ぼやけた家具を確認しながら手探りで移動した。隣のダイニングの中央にあるテーブルにぶつからないようすすみ、扉横のインターフォンへ。

匂いがどんどん濃くなる。絶対にうちを目指してきてる。

ファンフォーンとふ抜けたチャイムが鳴ると、やっぱり、と確信した。

「はい、どちらさまでしょうか」

『犀賀《さいが》と申します。蒼井有理君《あおいゆうり》の往診を頼まれた、近所のクリニックの医者です』

往診……？　頼まれた？

『きみは有理君？　お父さんから話を聞いてないかな』

「聞いてません」

攻撃的な口調になったと自分でわかった。お父さん、の一言に反応してしまった。

医者に診察を依頼したなんて聞いていない。朝も黙って仕事へでかけていった。もっとも、会話らしい会話自体普段から交わさないが、勝手なお節介をされると腹が立つ。

雨が冷たいので、と医者はちょっと哀《かな》しげな声音で続ける。

『とりあえず、お邪魔していいですか』

そうだ雨なんだ、と思い出した途端、外に立っているであろう男の肩が想像のなかでしっとり濡《ぬ》れた。落ち着いた声の雰囲気からして、三十から四十代の端正な紳士、だろうか。

「いま行きます」

観念して通話を切り、廊下を壁づたいに歩いて玄関へ行く。父親の思惑に従うのは癪《しゃく》だが医者に罪はないからしかたない。にしても本当にすごい匂いの放出力だ。不快じゃなく、むしろいい匂いだから吸い寄せられるように足がすすむ。昔、父親に教わったことがあった。血の摂取量が多い吸血鬼ほど匂いが強くなるんだよ、と。

「栄養失調だね。視力もそのせいで落ちてる」

リビングのソファーで、先生は聴診器らしきものを俺の胸にあてたりして身体《からだ》を診《み》たあとわかりきったことを言った。

「お父さんにもきみが血を飲んでないと聞いていたけど、いつからなのかな」

「ずっとです」

「具体的に教えてくれる」

「血は幼稚園の頃に一度しか飲んだことがありません」

沈黙があった。目を細めて探る先には輪郭のぼやけた黒髪と肌色と灰色の服……スーツ？

「じゃあ成人してからどれぐらい経過してるんだろう」

「誕生日は三月だから、四、五……七ヶ月ぐらいです」

「だとすると視力もだいぶ低下してるだろうね。わたしの姿も認識してないし、眼鏡もあまり効果を発揮してないみたいだ」

「これは昔つくったお洒落《しやれ》眼鏡で、度もほとんど入ってません。目の悪い友だちに眼鏡の値段を訊《き》いたら五、六万するって言うからやめたんです。どうせすぐ、もっと悪くなるし」

再び沈黙が流れて、やがて先生が呟《つぶや》いた。

「……つまり、血を飲む気はないってことか」

怒っている、と察知する。目を閉じて声だけ聞いていると、そこに含まれた喜怒哀楽は顕著だ。

「断食修行のつもりかな」

「俺は吸血鬼になりたくないんです」

毅然《きぜん》と返したら、先生はまたもすこし間をおいて「……なるほど」とこたえた。

以前は人間の食べものでも栄養を摂《と》れた。肉も魚も野菜も好きだ。

ステーキをミディアムでバターだけたっぷりつけて食べると頬が落ちそうになったし、魚は白身の新鮮な刺身をわさび醬油《じょうゆ》で味わえば幸せになれたし、野菜も瑞々《みずみず》しいままサラダにしてぱりぱり頰張るのが喜びで、心まで元気になれた。味覚は損なわれていないから人間食の美味《おい》しさもわかるのだ。

ただし二十歳《はたち》以降はどれだけ食べても空腹感が消えないうえに、否応《いやおう》なしに身体が衰え始めた。視力が弱ったのも然《しか》り、腕と太股《ふともも》が重くて、鉛《なまり》を背負っているような気怠《けだる》さが始終つきまとっている。立ちっぱなしでいると、短時間でも脚が震えてくるほどだった。

「そのままじゃ死んでしまうよ」

先生がため息まじりに言いながら、右横でがさがさとなにかしている。ぱきっという音がしたかと思うと、「ほら」と唇にかたいものをつけられた。

「パウチ容器に入った血液だ、飲みなさい」

「い、嫌です」

顔をそむけて拒否しても、俺の顎《あご》をひんやり冷たい指先で押さえて先端を口に入れようとする。これスパウトか。口に押しつけられると痛い。痛いから唇を引き結んで先生の肩を突っぱねてやる。でも先生も怯《ひる》まない。

「っ……い、やだっ、」

俯《うつむ》いてよける。液晶テレビからつけっぱなしにしていた『レオン』の騒々しい銃声と爆破音とマチルダの悲痛な声が響いて、俺たちの格闘とシンクロする。

「薬だと思って飲みなさい。空腹感を満たすようにして二週間もすれば怠さはとれる。そのようすじゃ、どうせ歩くのもしんどいんだろ」

「絶対飲みません！」

「だだっ子か、きみは」

腕を無茶苦茶に振りまわしていたら、そのうち手応《てごた》えがあった。ばしゃっと鳴って床になにか落ちたのがわかる。血のパウチ……？

「食べものを粗末にするな‼」

ものすごい大声で怒鳴られて思わず竦《すく》みあがった。先生の手が自分から離れて、落ちたパウチを拾ってくれている気配と、床を拭《ふ》いているような物音が続く。

食べものを粗末にするな――こんな叱られ方したのは、子どものとき以来だ。

「飲みなさい」

いま一度繰り返した先生に強引にパウチを持たされて、俺はもう投げ捨てられなくなる。でも飲む気にはなれないししっかり握り締めるのも憚《はばか》られて、所在なく持て余した。パウチの質感は滑らかで、ひんやりと冷たい。

「……先生はどうして飲むんですか」

悔しいから会話に逃げた。

「生きるためだよ、当然だろ」

「自分が吸血種なのを嫌だと思ったことはないんですか。同じ生き物を食料として見ることに、罪悪感を抱いたりしませんか」

はあ、と先生が洩らしたため息は、わざとらしいぐらい大げさだった。

「これまで何人かの吸血種を診てきたけど、有理君みたいに不愉快な方向に正義を振りかざす子は初めてだよ。呆《あき》れるのをとおり越して感心するな」

刺々《とげとげ》しい怨言《えんげん》に怒りが湧《わ》く。

「正義だとか、大それたことは考えてません」

「あのね、人間は動物を殺して食べるだろう。牛も豚も魚も植物も、生まれたての卵だって割って食べる。わたしたちは血を飲むだけだ。どこがどう同じ生き物か教えてほしいな」

「殺す殺さないじゃなくて、人間を食べものとして見るのが嫌なんです」

「人間だけどうして特別視する？　感情を持って言葉を発するから偉いのか。牛や豚や魚は低脳だから殺して食べるに値するっていうのか」

「違う、人間と動物を差別したいわけでもありません、俺が言いたいのは、」

「有理君の主張はわかりづらくてちっとも伝わってこないな」

すっとぼけた物言いでからかわれて憤懣《ふんまん》が増した。言葉を遮ったのはそっちだろ、と苛々《いらいら》しつつ左手で拳《こぶし》を握って歯を食いしばり、怒鳴るのをなんとか堪《こら》える。

「……そうやって人間の食生活を蔑《さげす》む先生だって、動物を食べてるんじゃないんですか」

「わたしは必要に迫られない限り血液だけで生活してるよ。幼少期からずっとね」

駁《ばく》してやるつもりだったのに逆に度肝を抜かれた。しかしすぐに思いあたる。

そうか、この強烈な吸血鬼臭は血の摂取量が多いどころかそれしか飲んでいないからか。不純物が入ってない、ほぼ血のみで生きている純然たる吸血種。俺がもっともなりたくない、正真正銘の吸血鬼だ。

「でも……ちょっと、待ってください。本当に違うから。俺は食物連鎖に言及してない、偽善者ぶる気はないんです」

「じゃあなにかな。なんで有理君は視力も体力も落ちて確実に死に近づいているのを感じていながら、自殺じみたふざけたことをしてるのかな？　どんな正当な理由があるんだろう」

初対面なのに不躾《ぶしつけ》すぎやしないかと甚《はなは》だ不快ではあるものの、命の大切さを知る医者だか

らだろうと納得はいく。深呼吸して、口を開いた。

「俺が嫌なのは、血を飲んで平静を失うことです。……初めて飲んだとき、相手の人間を殺してでも飲み尽くしたいって夢中になりました。〝食料だ〟って錯覚して、普通の、正常な感覚が保てなくなった。吸血種はそういう化け物です。だから嫌なんです」

目を閉じていて視界が暗いのと、液晶テレビから発せられるマチルダの嘆き声のせいで、いまここで起きている事件かのように、鮮やかにあの日のさちの号泣姿が再生された。

女の子特有のキンと高い泣き声が、うわああと膨らんであぁと萎《しぼ》んでいく規則的な反復。さちが心の底から怯《おび》えていても〝飲みたい、殺そう〟と残忍な欲求に支配されている自分。あんなのは普通じゃない、さちの言うとおり化け物だ。

「……まあ確かに、そういった副作用的なものはあるね」

そういうことか、というふうに先生もトーンダウンして認める。

「麻薬に似て、多幸感を抱いたり凶暴性が増したりするのは事実だよ。有理君が飲んだ園児の頃なんかは、幼すぎて感情をコントロールできないから余計だ。――一度しか飲んだ経験がないって言ったけど、こういうパウチの血に馴染《なじ》む前に直接嚙《か》みついてしまったんだね」

見つめあっているわけでもないのに、俯いて顔を隠さずにはいられなかった。

「……言いたくありません」

そう、と先生は嘆息まじりに続ける。「図星か」。

「さっきから流れてるこの映画、『レオン』だね」

唐突に話題転換されて、俺は「……そうですけど」と訝《いぶか》った。

「その目で映画の内容はわかるの?」

「何度も観てるから、聴いてればだいたいの場面はわかります」

「見えないのに観たいと思うぐらい好きなんだ」

淡白な口調だが言葉は嫌みたらしくて、俺の声も尖《とが》る。

「ええ、もう何回も観てます」

「じゃあ知ってるよね。レオンは毎日牛乳を飲んでいて、隣に住んでいたマチルダもその習慣に気づいてる。牛乳がふたりの同居のきっかけにもなった」

「……なにが言いたいんですか」

「レオンは自分の健康のために栄養を摂り続けながら孤独に生きているんだよ。有理君も大好きなレオンを見習いなさい」

「ずいぶんと汚くてセコい誘導のしかたですね」

好きな映画まで利用されて憤慨したら、先生が息をついて軽く身じろぎした。……なんだ? テレビのほうをむいたのか、脚でも組みかえたのか。わからない。

「有理君はなぜ吸血種が化け物で、人間は化け物じゃないと決めつけてるんだろうね」

「え」

「それこそ麻薬だって、違法だと知りつつ自ら吸って脳や身体を壊すばかがいる。有理君は血を飲んで錯乱した自分を嫌悪しているそうだけど、人間は自己欲で殺人を犯したりする生き物だよ。ニュースぐらい聴いてるだろ。毎日のようにどこかで殺人事件が起きている」

奥歯を噛んで言い淀《よど》んだら、ふいに腰の右側からするりとなにかが巻きついてきた。先生の腕……？　驚いて硬直している隙《すき》に、顎を持ちあげられて息を呑む。

「わたしは人間こそ化け物だと思ってるよ。食料で充分だ」

唇を恐ろしく柔らかい感触に塞《ふさ》がれた。キスされてる、と一拍遅れて理解した。歯で強引に口をこじ開けられて、液体が流れこんでくる。血だ。口移しで飲ませようってことか。

「ンーっ」

口内でわめいて先生の胸を押しながら抵抗するも、さらに腰を摑《つか》んで束縛された。腕に力が入らないからうまく動けない。逃げられない。嫌だ。嫌だ嫌だ、嫌だ、嫌だ！

鼻から空気を吸いこんで口から一気に噴きだしてやったら、重なった互いの唇のあいだで血と唾液《だえき》が水音とともに噴射して、先生が「くっ」と離れていった。

「食べものを粗末にするなって言っただろ⁉」

俺は濡れた唇を拭《ぬぐ》って、口腔《こうこう》に染みついた血を飲みこめずに舌で転がす。

「……先生は、本物の化け物だ」

最悪だ。少量だったのに血を浴びた胃腸が歓喜している。心臓が、踊り狂っている——。

父親が帰宅するなり玄関で待ち受けて怒鳴り散らした。

「なんで医者なんか呼んだんだよ！」

「ゆう、」

「ンなもん頼んでないだろ、勝手なことするんじゃねえよ‼」

「……体調が日に日に悪くなってるのに、父さん、放っておけないよ、」

「あんたに父親面《づら》されたくないしあんなふざけた医者に診られるのもゴメンだ‼」

「有理、」と呼びかけられた声を振り切って、壁や床の色が滲《にじ》むなかに階段の手すりを見つけ、がむしゃらに摑んでふらつきながら二階へ駆けあがる。

――まあ確かに、そういった副作用的なものはあるね。

先生の声が蘇《よみがえ》る。

――麻薬に似て、多幸感を抱いたり凶暴性が増したりするのは事実だよ。

部屋に入ってうしろ手にドアを閉めたら、心臓がはち切れそうなほど荒く波打っていた。同じだ。さちを殺したくなったときと同様に、興奮して頭に血がのぼっている。

途端に脳天から押さえつけられるような頭痛と悪寒に見舞われ、貧血だ、と予感してベッドへ倒れこんだ。脳みそを振りまわされているみたいな眩暈《めまい》と、鈍い吐き気が襲ってくる。

悔しかった。弱っているのは自分が一番わかっているのだ、自分の身体なんだから。

——そのままじゃ死んでしまうよ。

知ってるよ。

——有理君はなぜ吸血種が化け物で、人間は化け物じゃないと決めつけてるんだろうね

——人間は自己欲で殺人を犯したりする生き物だよ。ニュースぐらい聴いてるだろ。毎日のようにどこかで殺人事件が起きている。

わかってるんだよ、わかってる。人間も吸血種も個々に性格が違うんだから誰がどうだこうだと責めたってきりがない、そんなことがしたいわけじゃない。ばかな奴がいる、愚かな奴がいる、だから殺したいと思っていいって、ンなわけがないじゃないか、そう言いたいんだよ、わかってくれないのはおまえらだ。腹が立つ。心臓が騒ぎすぎて痒《かゆ》い。もっと血を飲んでいたら俺は家に放火してたんじゃないか。本当に本気で嫌だ、自分に嫌気がさす。

母さん、と記憶の底で背をむけて立っている母親に呼びかけた。人間の母さんならわかってくれるはずだ。

そうね、血を飲むって普通じゃないかもね。性格が変わっちゃうのも怖いよね。

間違ってないわ、と同意してくれるのはきっと母さんしかいない。化け物の父親に疲れて離婚した母さんしか。

階下から父親の甘ったるい吸血鬼臭がただよってきて鼻先を掠める。父親の匂いは綿菓子に似ていて、吸い続けていると胸焼けがする。

幼い時分、父親には匂いがあるのにどうして母さんにはないのか不思議だった。香水や化粧品やシャンプーの香りが体臭に沁《し》みた女性特有の温かい匂いはしたが、吸血鬼臭はしない。当然母さんにも俺たちの匂いは感知できなかった。仕事を終えた父親が近所まで帰ってきて、俺が『父さんが来るね』と言うと、母さんは驚いたものだった。

——あなたたちは似たもの同士、本当に親子なのね。

母さんだって親子でしょ、と訴えたかった。

仲間外れみたいに言わないでよ。家族だよ。寂しい笑い方しないでよ。

けれど口にしてしまったら母さんと自分たちは家族じゃないと認めることになりそうで、ただただ怖くて寂しくて、焦《じ》れて黙して立ち往生していた。幼いなりに俺も母さんの疎外感や、父親との軋轢《あつれき》を感じ始めていた時期だった。

『無理に食事しなくていいのよ』と、母さんが物憂げに呟いたことがある。夕飯の席で。

——吸血鬼は血を飲めばいいんだもの、食卓を囲む習慣はないんでしょう。……わたしにつきあわせて、ごめんなさいね。

棘のある、皮肉めいた言い方。そのとき俺も気がついた。母さんがいなかったら、うちには家族で食事をする習慣がなかったことに。テレビを観て笑いあったり、一日の出来事を報告したりする家族の交流時間が、本来必要のない家族だった。

ぼくは食事したいよ、母さんの料理大好きだよ、と言いたくて、でもやっぱり無理だった。

父親も俯いて黙したまま、誰もなにも言わない静まり返った食卓で、箸《はし》と食器が立てる音だけが響いていた。あの日とどめた言葉はいまだ喉の奥でしこりになって蟠《わだかま》っている。

母さんには吸血種の得体の知れなさが重荷だったんだと思う。いっそ物語上の吸血鬼みたいに、太陽で灰になったりコウモリに化けたりすれば開きなおれたのか、素直に発狂できたのか。

家族じゃなくなる日、別れるときにもなにも言えなかった。目の前で母さんが靴を履いて、バッグと傘を持って家をでていく一挙手一投足を凝視して立ち尽くしていた。引きとめたいのに、引きとめる言葉がでない。

行くなよ、と本音を洩らしたら泣くと思った。さよなら、と言って別れを受《う》け容《い》れるのも耐えられなかった。父親と同種の化け物の自分には、縋《すが》る資格もない気がした。

去っていく背中をじっと見つめて見送った。いまという時間はいまにしか存在しておらず二度ととり返せない、時間は戻らない、その切実さを思い知らされた日。

離婚した理由は俺たちが吸血種だからだったのか、本当にそれだけなのか、と父親に何度となく問い詰めたが、『ごめんね』と謝罪で濁され続けている。

あんなふうになりたくない。あいつと同じ、化け物にはなりたくない。

「有理」

ふいに呼ばれた。ドアの外に綿菓子の匂いの塊がいる。

「犀賀先生は父さんが通ってるクリニックの親戚《しんせき》の方《かた》で、今年から一週間に三日ぐらい顔をだすようになったんだよ。ちょっと、その……特別な先生だから。失礼のないようにね」

なにがどう特別なんだ。名医なのか？　だとしたらわざわざそんな医者を選んだ父親の恩着せがましい厚意に、なおもって苛々する。

「なあ、母さんはいまどこにいるんだよ。連絡先ぐらい知ってるんだろ」

しん、と室内が沈黙に包まれた。父親に話しだす気配はない。匂いが去るようすも。

「傷つけて別れて、謝りもしないで放ったままかよ、なあ」

「……ゆっくり、休みなさいね」

脳天気に笑ってごまかして、父親は階下へおりていった。また無視か、と壁を殴る。


副作用の凶暴性がようやく薄れてきた二日後、果たして犀賀先生はやってきた。

インターフォン越しに「お引きとり願えませんか」と頼んでしばらく押し問答したが、

『荷物が重たいのでいったんお邪魔させてください』

と先生が食い下がったのと同時に『にゃ〜』と聞こえて〝荷物〟とやらを不審に思った。

壁づたいに玄関へいって扉を開いたら、また「にゃー」。

「猫だよ」と、ことなげに言い放つのは先生の声。

「……みたい、ですね」

「最近うちの猫が子どもを産んで、その一匹を近所に住んでる患者さんにゆずることになったから、このあと寄る予定で連れてきたんだ」

はあ、と半眼《はんめ》でうかがうと、先生のシルエットの手もとに確かにキャリーらしき物体がある。

「猫を睨《にら》まないでくれる」

抑揚のない声で俺を制した先生が、靴を脱いで入ってきた。「支えてあげるよ」と言うなり腰を抱かれて慌てる。

「ちょ、と……大丈夫です、離してください」

「見えないんでしょう」

「慣れた場所なら平気です」

腰抱くか普通？　男同士だしせめて肩だろ、勘弁しろよ……と項垂《うなだ》れる。

「有理君に目の前でよろよろ歩かれると気分が悪いからね」

心を見透かされたのか、嫌みを投げられてむっときた。

「すみませんね」

こっちもそうとう感じ悪くあてつけがましい大股《おおまた》で歩いてやる。が、当然ふらついてしまってうしろから「ふっ」と笑われ、恥を掻《か》いただけだった。

「有理君は、猫は好きかな」

ソファーに腰かけると先生が訊いてきた。

「好き、ですけど」

「抱いてみる?」

え、でも、人にあげる猫なんでしょうに、と俺が戸惑うのもよそに、どうやら先生はキャリーを開けて準備を始めているらしい。猫の鳴き声が「にゃーにーにー」と一際騒がしくなってはらはらした。

「はい、どうぞ」

膝《ひざ》の上に小さな脚が四本ゆっくりおりてきて最後にお尻が落ち着くと、心許《こころもと》ない重みを感じた。弱々しい獣。「にー」と不安そうに鳴いてふらふらしているから両手を添えて支えたら、ふわっとした柔らかい毛と薄い皮膚越しに鼓動が沁みこんできた。

「わ……猫だ」

頭がまるっこくてちっちゃくて、テニスボールほどもなさそう。指先でたどっていくと尖った耳がある。つんつんしたヒゲも。ジーンズに引っかかるのは爪だ、とさらに手繰っていったら、折れそうな細い脚の先っちょに、もちっとした肉球を見つけた。グミみたい。

テレビやペットショップで眺めていた子猫が頭に浮かぶ。可愛《かわい》くて堪《たま》らなくて、目で見たらきっともっと可愛いのに、と焦れて心が弾む。

「どんな子ですか。何色？」

「雑種だよ。こう……黒い服を背中からかけてるような、顎とお腹《なか》と足先が白い靴下猫」

「あはは、靴下って表現可愛いですね。性別はオス？　メス？」

「メスだね。だからかな、比較的大人しい性格をしてる」

「ふうん」

　身体の大きさを確かめたくて頭と身体と尻尾の先まで撫でていると、三十センチぐらいな気がしてきた。目できちんと測定できないぶん、自分が知る子猫のサイズにあてはめている感は否めない。でもこの生き物のか弱さだけは、指で見るほうが的確に知られると思えた。かすかな鼓動が柔い肌をとおして全身に響き渡っているようすや、動きの緩慢さがダイレクトに伝わってくる。よたよたと本当に頼りなさげにしているから心配になった。

　猫をソファーに移動させて自分も床におりてしゃがみ、目を眇めて白と黒のぼやけた動物を捉《とら》える。「動いていいよ、怖くないよ」と促しても、ふるふる震えて縮こまっている。

「まだ人慣れしてないのかな」と先生が静かに言う。

「うん、怯えてますね……――先生、どうしてこの子を人にあげちゃうんですか」

「どうして？　育てられないからだよ」

「母親猫が？」

「……。いや、わたしが」

「母親猫は飼えるのに？　あ、何匹も育てられないってことかな」

「餌代《えさだい》もばかにならないしね。病気になったら治療費もかなりかかるから」

「そうか……医者の先生のお給料でも、動物を飼うのは大変なんですね」

ひとつの命だもんな。一生添い遂げていく覚悟と責任は重たいんだろう。

俺は動物を飼った経験がないから経済的な苦労もわからず、無論先生を責める権利もない。けどただ単純に、親と引き離されてしまう子猫が不憫《ふびん》だった。ひとりで親や兄弟もいない見知らぬ家にもらわれていく子。ふと、また自分の母親の背中が脳裏を過《よぎ》る。

「くつした、寂しいか？　怖い？」

稚《いとけな》いのに、この身体には湯たんぽやストーブとは違う、心臓から血を送って生きている生き物特有の淡く優しい体温がきちんとある。切なかった。

「大学はいってないみたいだね」

先生が話を変えた。

「あ……はい。単位はほとんどとってるから、大丈夫です」

「目のせいで休学してるわけではないんだ」

「目が見えなくて一番困るのは、時々血の匂いにつられて噛みつきそうになることです」

「空腹でいるのが悪いんだよ」

冷淡に返されてにわかに不快感が兆す。自分の表情があからさまに歪《ゆが》んだのもわかった。

「有理君。わたしは大学病院とクリニックで人間も吸血種も診てきたけど、定期的に会う吸血種とは個人的な会話を交わして結構親しくなる。だいたい家族ぐるみで通院してるから、家庭の事情を知っていたりもするよ」

「……はあ。どういう意味ですか？」

「長年つきあい続けていく仲だし、きみも遠慮せずになんでも話してほしい。——幼稚園のときに血を飲んだ相手はどんな人なの。先生？　友だち？」

「今日はそういう誘導のしかたなわけだ」

「きみの治療をしたいからね」

遠まわしのくどい言い方しやがって。治療をしたい、という労《いたわ》りの言葉も、ほのかに感謝の念を抱いてしまうぶん忌々しい。

「……友だちです」

小声で渋々教える。

「男？　女？」

「女の子でした」

「ああ……なるほどね、そういうことか」

意味深な相槌《あいづち》のあとに小さな笑い声が続いた。

「有理君は人間に恋できるのか」

「恋なんて言ってませんよ」

「おおかた初恋の相手ってところだろ。それならここまで頑《かたく》なに血を拒むのも納得がいく」

「勝手な妄想やめてくれませんか」

「きみはなぜそんなに人間が好きなのかな」

……くそっ。

「お母さんは人間だったそうだね、お父さんに聞いたよ。きみが人間にやけに同情的だったり好意的だったりするのはお母さんの影響？」

口を噤《つぐ》んで猫を撫で続けた。家族の複雑な事情を簡単にしゃべるんじゃねえよと、父親に対する苛立ちが沸騰する。うちの父親はお人好《ひとよ》しかただのばかだ。人間の母さんに吸血種の存在をばらして組ったのもそう、無関係の他人になんでもかんでも暴露すれば迷惑がかかるってことをちっとも学んでやしない大ばか野郎。

「離婚を機にお母さんと絶縁してしまったから有理君は自分を恨んでるんだろうって、お父さん哀しんでたよ」

「ええ、化け物の父親にもっと責任感と包容力があれば、離婚なんてしなかったんだろうと思ってます」

「有理君を心配してわたしに往診を依頼してきたお父さんが、それほど頼りないとは思えないけどな」

「先生はなにも知らないんです、母さんのことも、あいつのことも」

「〝あいつ〟か……」

ひとり言のように呟いて、先生が小さく咳《せき》をした。

「わたしは自分の親を大事にしない人間を何人も見てきたよ」

「大事にしない？」

先生の声はさっきからずっと淡々としている。

「大学病院には入院施設があるからね。親が病に冒されて入院しても、定期的にお見舞いにくるのはたいてい家族のなかのひとりかふたり。病院が遠いからとか仕事が忙しいからとか言い訳して、誰かに押しつける人間も少なくないんだ」

「……押しつける」

「自立してある程度歳《とし》をとった子どもは、親もいずれ老いて亡くなるっていう覚悟や諦めを持つんだろうし、甘やかされて育った子どもは、親の弱った姿を見ていられなくて逃げてしまうんだと思う。息子が自分の奥さんに親の看病をまかせきりで、身体を拭いてあげたり食事をさせてあげたりする奥さんの横で突っ立ってるって光景も、何度か見たよ」

「なんですか、突っ立ってるって」

「昔は自分より立派だった親が他人に助けてもらわないとなにもできないことに、動揺するのかもしれないね」

その哀しみもわからなくはないが、老いた親の前で棒立ちする男を思い描くと滑稽《こっけい》だ。だいの大人が親を支えることもできないなんて。

「薄情ですね」

「わたしもそう思う。自分が育ててもらった恩を返せない子どもは非道だ。でも有理君も、お父さんが病に倒れたら看病できるのかな」

くっと返答に詰まってしまった。誘導尋問か。

もちろん親子なんだから、体調を崩したときまで嫌いだなんだと意固地になりはしない。看病はする。困るとしたら、目が見えないことだ。入院先に行ったところで病室にすらたどり着けず、看護師さんの手を煩わせる自分が容易に想像できた。

「きみは不仲のお父さんを、やっぱり放っておくか」

俺の沈黙を先生は勘違いしたようだった。

「有理君も人間と同じで薄情なんだね」

「違います、そんなんじゃない」

「看病はしたいと思える？」

はい、と、たった一言言うのが悔しくて歯を噛み締めた。

父親に家族愛を示したら負ける。なんに対する勝ち負けだと攻撃されたら、つまらないプライドと意地が剝《は》がれ落ちてガキの自分が剝《む》きだしになるだけなんだけど、それでも素直になりたくない。なってやりたくない。母さんにも俺にも言葉少なで不誠実なあいつに、こっちから想《おも》いを肯定してやるのは、たとえ先生相手だとしても解せない。

「有理君。人間は、明日も明後日《あさって》も健康に生きていて当然だと思ってるから命を軽んじる。でも吸血種は血液を飲まなければ死ぬっていう危機感が常にあるから生きることに貪欲《どんよく》だ。きみはどうかな？　いまの状態のままいたら失明することや、足腰が弱って寝たきりになって死に至ることをどう思ってる？　人間を食料にしたくない、お父さんの面倒も見る、というけれど、自分すら大事にできないきみになにが守れるだろう？」

先生が俺の肩を摑んで角度を変える。むかいあわせにされたらしい。

「いいか。きみが大学にもいかず病を装っていられるのは、お父さんに守られてるからだ。健康でいられるのがどれだけ尊いことか、大好きな映画や大切な人の顔を見られるのがどんなに幸福なことか真面目《まじめ》に考えなさい。死ねば解決すると思うのもやめなさい。苦しみは生きてむきあいながら消化していくものなんだよ」

「死にたいわけじゃありません。ただ、血を飲んで殺意を抱くような自分はこの世に不要だと思ってるだけです。その結果が死ならしかたない。犯罪者だって死刑になるでしょう」

「きみは犯罪者じゃない。吸血種にも生きる権利があるし父親にも必要とされてるだろ」

「あの人はどうでもいい」

「自分が持ってる幸せを自覚しろって言ってるのがわからないのか⁉」

自分が持ってる幸せ——掌《てのひら》のなかで温かい毛が身震いして、はっと我に返った。

細い背骨をたどるように猫の背を撫でる。家族と離されてひとりで怯えながらも、この子も生きている。死ぬべきだなどと言わない。死にたがりの猫なんて聞いたこともない。

「……俺はそんなにばかなんでしょうか」

「ばかだよ」

躊躇《ちゅうちょ》のない即答で跳ね返された。

正しいことだと信じて血を断っているのに、先生に叱られていると自分が我儘《わがまま》な子どもに思えてくる。さちみたいにまた誰かを傷つけるのが嫌で、血を飲んで豹変《ひょうへん》して殺人さえ犯しそうになるこの化け物の面は二度と解放してはならない、封印しなければいけない、そうやって他人を思いやっているだけなのに。

「……先生は人間を食料でいいって言いましたよね。今日もなにかと責めるし、人間が異常に嫌いみたいだ。それって親を看病できない、命を軽んじる人間を見てきたからですか」

先生の意見や価値観をもうすこし知りたくて訊《たず》ねたら、

「言いたくない」

ときっぱり拒否されて面食らった。

「な、なんでですか。考えなおす糸口になるかもしれないから参考に聞かせてくださいよ」

「断る」

「先生と俺は個人的な事情も話せる、親しい間柄になるんですよね？」

「言えることと言えないことがあるんだよ」

「勝手だな、自分は黙秘権って……」

ごちると、先生は無感情な声音で「数日分用意したからね」とテーブルにごとっとなにかをおいた。顔を寄せて手で触ってみたら、発泡スチロールの箱らしいものがある。

「周囲にちやほやされてなに不自由なく生きてきた子は、自分の思いどおりにならないと癇《かん》癪《しゃく》を起こす。感情を抑えて他人の意見に耳を傾けたり、慮《おもんぱか》ったりすることができない。有理君はそういうクソガキじゃないよね。わたしやお父さんの想いを酌《く》める子だって信じてるよ」

この言い方……。

「先生は話し方がいちいち嫌みったらしいですね」

逃げ道を塞ぐ言葉を先にだらだら連ねてから、質問を投げたり心に針を突き刺したりする。汚い大人のやり口だ。

「これでもきみを心配してるんだよ」

極めつけは鞭《むち》のあとの飴《あめ》。

右手をぐいっと摑まれたかと思うと、「ちょっとずつ飲みなさいよ」と掌にパウチをひとつ握らされた。でもいますぐ飲めとは言わなかった。

「そろそろお暇《いとま》するよ」

「もう帰るんですか？」

「仕事があるから長居できないしね」

猫を抱かせてくれて、数分間会話をしただけで終わってしまった。昨夜父親に聞いた〝特別な先生〟の一言を思い出す。本当に名医で、毎日忙しい人だったりするんだろうか。

先生が鞄《かばん》を閉じて身支度をしている気配を感じて、俺は猫をキャリーに入れるために慌てて小さな扉を探る。

「有理君にこの子猫をあげようか」

「え」

チョコをあげる、ぐらいの軽い調子で言われてびっくりした。

「ご近所の患者さんにはべつの子をゆずるよ。きみはこの子と一緒にいなさい。遊んでご飯をやってトイレを掃除してあげるんだよ」

「そ、れは……できません」

「どうしてかな。一軒家だからペットは飼えるよね。お父さんにはわたしから話しておいてあげるよ。猫も好きみたいだし、問題はないんじゃない？」

……目が使えないんだってことをわかってて、絶対わざと言ってるだろこの人。

「先生、セコい」

「なんでもいい。きみは血を飲むために言い訳が欲しいみたいだから、この子を治療のきっかけにしなさい」

これには厳しい叱責《しっせき》の響きがあった。

困った。先生を介せばうちの父親が許可するのはほぼ百パーセント間違いないが、言葉で意思疎通もできない動物を世話する責任は計り知れない。母親猫を飼ってきたベテランの先生ですら手を焼くというのに、初心者でこの目の俺に担えるとはとうてい思えなかった。

「命が重い？」

茶化すのではなく、しごく真面目な声で先生が問う。

「……はい」

だから正直にこたえた。

「同じように有理君の命も重たくて貴重なものなんだよ。血を飲むのは普通じゃないかもしれない、副作用で性格が変わるのも慣れるまでは怖いだろうね。でもわたしも有理君に長生きしてほしいと思ってるよ」

母さんに求めたのと同じ言葉を返されて絶句した。たぶんとんでもなく間抜けな顔をしているはずなのに、先生はそんな俺にかまいもせず、「じゃあいまから猫のご飯やトイレを買ってくるね。プレゼントするよ」とさっさと決定してしまう。

「有理君は携帯電話を持ってるよね？　わたしの番号を短縮登録しておくから、なにかあれば連絡してきなさい」

ええと、最近は部屋におきっ放しになっていて……と言い淀む俺に焦れるように、先生が「じゃあ部屋にお邪魔していいかな。場所はどこ?」と事《こと》をすすめる。俺の部屋から携帯電話をとってきて本当に番号を登録すると、発信方法まで練習させたのち帰っていった。

そして一時間ほど経過した頃また「必要なものを揃えてきたよ」とやってきて、俺の部屋の外の廊下にトイレを設置し、ご飯のあげ方を教えてくれて再び去っていったのだった。


先生がいなくなってすぐ、また雨が降りだした。さあさあ響く雨音を自室のベッドに座って聴いていると、父親が帰宅して階下で「あー、濡れた濡れた~」と苦笑を洩らした。

吸血鬼臭のせいで互いが近くにいることは把握しているし、ひとり言にしては大きすぎる。俺に届くよう故意に声を張りあげたんだろうと察しがついた。

「いや、まいったなー。先に風呂入ろうかなあ……」

階段をあがりながらぶつくさ言う陽気な声色。

「有理、ただいま。さっき犀賀先生から電話がきたよ。猫を飼うんだって?」

ドアは猫がトイレと部屋を行き来するために開け放っているので、父親の声が発せられる位置からして出入口付近でこっちを覗《のぞ》き見ているのはわかった。無駄に明るく装って、親しい親子を演じているようすが気味悪い。

「……ああ」

普通にこたえるつもりが、思いの外無愛想になってちょっと焦った。最初にこういう喧嘩腰の態度をとると、引っこみがつかなくなってしまう。

父親はからっと笑って「その子？」と近づいてくる。

「可愛いなあ……！　うわあ、すごく小さい！」

俺の左横にいる猫が「にー」と鳴いた。父親が猫を撫でているらしい。俺の真横でしゃがんでいるのか、左脚に父親の身体があたる。こんなに傍《そば》に寄り添うのは何ヶ月ぶりだろう。

「この子美人だね。目が大きくて鼻と口の配置もばっちり、完璧《かんぺき》なアイドル顔だ」

「……俺、見えないから」

「あ、そうだった、ごめんね」

ごめん、という謝罪に違和感を覚える。へらへらした苦笑いも癪に障る。

「この猫、父さんにもたまに触らせてくれるかな」

「いいけど」

「じゃあそのかわり父さんはトイレ掃除をするよ。有理は朝晩のご飯をあげてくれる？」

「言われなくてもするから」

「そうだよね、うん、ごめん」

突っ慳貪《つっけんどん》な態度をとる俺にびくついて、父親は機嫌とりに必死だ。

「有理、この子に名前はつけたの？」

「まだ」

「ならつけたら教えてね。可愛い名前がいいな。小さいし顔がまるいし、チビとかマルとかどう？　安易すぎるかあ」

なにがおかしいのか「ははは」と笑い続ける父親に対してますます苛立ちが募る。はらわたが煮えくり返って、怒りを堰《せ》きとめるために唇を噛んだ。

「有理もこの子のために目を治さなくちゃなー」

この、直接的じゃない白々しい言い含め方……本当に苛々苛々する。こいつは人の神経を逆撫でする天才か。

なんで怒らないんだよ。

どうして〝ちゃんと飼っていけるのか〟って問い質《ただ》さないんだ。

〝自分がゆずり受けたんだから責任持って世話しなさい〟とか〝そんな目で平気なのか〟とか親なら厳しく諭すべきだろ。なんでそれができない？　なんでへらへら笑ってる？

そんなに俺が怖いのか、自分の息子なのに。

息子に気をつかって、望みどおり我が儘放題させて、それで〝母さんと離婚して悪かった〟って懺悔《ざんげ》してるっていうのか。贖罪《しょくざい》のつもり？

ふざけるなよ、おまえの意志はどこにあるんだよ。

ばかみたいに息子にビビって諂《へつら》うなら離婚なんてするな。別れたのはお互いのためだった、正しい選択だった、理解してほしいって言えないのか？　母さんが哀しんでるのも気づいていたのに慰めもしないで俺には奴隷みたいに媚《こ》び売って、保身を図ってばっかりか。おまえがつくった家族じゃなかったのかよ。こんな結果になってこんな無様な態度とって、あんた自分が恥ずかしくないのか。

「……もうでてってくれない」

なにもかもぶちまけてやれたらいいのに。

洗いざらい叩《たた》きつけて、父さんを傷つけてやれたらいいのに。

そしてきちんと、父親らしくなってくれたらいいのに。

「うん……そうだね、ごめん。雨に濡れたし、父さん風呂に入るよ」

さっ、と衣擦《きぬず》れの音がして、父さんが立ちあがるのを感じた。猫も「にー」とどことなく不思議そうな、いくの？　と訊いているような響きで鳴く。

父さんの足音が部屋の外にでて階下へおりていくと、猫もベッドの上を歩いて布団が浅く沈み、それがだんだん遠退《とおの》いていった。

――きみが大学にもいかず病を装っていられるのは、お父さんに守られてるからだ。

先生は叱ってくれた。

静まり返った室内に雨が窓ガラスを打つ物憂いリズムが戻ってきて、目を瞑《つぶ》って聴いていたら徐々に思考が自分自身の殻の内側へ沈みこんでいった。

――自分すら大事にできないきみになにが守れるだろう？

――健康でいられるのがどれだけ尊いことか、大好きな映画や大切な人の顔を見られるのがどんなに幸福なことか真面目に考えなさい。

――苦しみは生きてむきあいながら消化していくものなんだよ。

――自分が持ってる幸せを自覚しろって言ってるのがわからないのか。

――わたしも有理君に長生きしてほしいと思ってるよ。

先生の言葉だけが俺のなかで渦巻いてまわり続ける。ぐるぐると心に巻きついてぎりぎり締めあげる。でもそれは不快なものではなく、嬉しさゆえの温かい痛みだった。

先生はへらへら笑ったりしない。まだ二回しか会話を交わしていないにも拘《かか》わらず、厳しく言い諭して導こうとしてくれる。飴と鞭を巧みに使い分ける策士ではあるが、治療をするという意志のもとに思いやってくれている真剣さがまっすぐ感じられる。

『有理もこの子のために目を治さなくちゃなー』と、父さんはまるで俺の影か分身にでも話しかけているみたいに言って笑った。目が見えていても、あいつはいつだって俺からそらしている。

あんな父親嫌だ。情けない、と息子の立場で軽蔑《けいべつ》させられるのも辛《つら》い。こっちは尊敬させてほしいんだよ、たとえ化け物でも。違う、化け物だからこそ。

「くつした、」

呼んだ自分の声が上擦って、人知れず恥ずかしくなった。遠くから「に」と返事がある。

くつしたっていう名前も教えられなかったな。これは単なるあだ名で、いつか顔を見たらちゃんと似合う名前をつけてあげたいと思っているからだけど、愛想悪く『まだ』と突っ返してしまった。……〝いつか顔を見たら〟って、そうか俺、血、飲む気なのか。

先生の『長生きしてほしい』という言葉に、まんまと絆《ほだ》されたみたいだ。くつしたを育てていきたいし、結局のところ先生がくれた言い訳に救われたってことか。認めたくはないものの、胸のあたりにずっと閊《つか》えていた頑固さの強張《こわば》りが、確かにほどけているのがわかる。

血を飲んで凶暴化する自分をコントロールできるようになる日が、本当にくるだろうか。人間も吸血種も親も、傷つけずに平穏に生きていけるだろうか。

こんな身体のこんな体質の化け物の俺も、生きていていいんだろうか。

――先生は人間を食料でいいって言いましたよね。今日もなにかと責めるし、人間が異常に嫌いみたいだ。それって親を看病できない、命を軽んじる人間を見てきたからですか。

――言いたくない。

先生が人間嫌いな理由を教えてくれなかったのはなんでだろう。あんな強情な声で拒絶されたら、かえってなにかあったんじゃないかと勘ぐってしまう。俺が吸血種を嫌いになったように、先生にも人間を嫌う決定的な事件があったとしたら……。

「くつした」

たとえば俺みたいにうっかりポカをやらかしたせいで、ばれていじめにあったとか？

子どもが教室で人間の生徒たちに囲まれて、化け物、化け物、と指をさされて笑われたり、教科書に落書きされたり、トイレに閉じこめられたり、上履きに画鋲《がびょう》を入れられたりして、悔やんで歯を食いしばって泣く姿が頭に浮かぶ。考え始めると、ドラマや映画で観た悲惨ないじめシーンをもとに、先生が傷ついていくさまが次々と想像できてぞっと怖気《おぞけ》が立った。

『人間こそ化け物』『食料でいい』という先生の辛辣《しんらつ》な言動とシンクロする。

いじめじゃなくとも、なんらかのトラウマを植えつけられたことが事実なら、先生の人間嫌いも得心がいく。吸血種という異種として俺たちが苦悩するのは、ともすると逃れられない通過儀礼なのかもしれない。

「くつしたー」

だんだん息苦しくなってきて、くつしたのふわふわの身体に癒《い》やされたくなった。しかし全然返事がない。

「くつした……？」

ベッドから立ちあがって薄目で周囲をうかがうが、白と黒の動物らしきものは見あたらない。最後に確認したのはベッドの上だったな、と掛け布団を端から隙間なく押さえていっても猫らしき違和感にはぶつからない。

「おい、くつしたっ」

四つん這いになって目を凝らして、ベッドの下、机の下、クローゼットのなか、テレビ台やDVDラックのうしろ、本棚、と探してもわからないからどんどん不安になってきた。視界が悪いせいで頭を打ったし掠り傷もできて身体中が痛い。でもくつしたがひとりで困っているんじゃ、という心配のほうが心に痛い。

どこにいる？　部屋をでたんだろうか。トイレにいった？　階段をおりていった？

這《は》いつくばったまま廊下のトイレへ移動して、なかの匂いを嗅いだけどわからなかった。

「くつした！」

一階へおりて、玄関とリビングとキッチンを這いずって探してもやっぱりいない。

父さんがあやしているのかとも考えたが、吸血鬼臭から察するに入浴中だ。あの人は風呂で読書する習慣があって、二、三時間は平気で入ってるから一緒にいるとは思い難い。

どこにいったんだろう。待っていれば帰るんだろうか。帰巣本能があるのは犬だったか。猫の好む場所や行動の知識がないせいで不安ばかり膨らんで焦りが増す。

窓や扉の隙間から外に逃げだしていたらまずい、雨が降っている。迷子になって寒さに凍《こご》えているかもしれない。事故に遭って怪我《けが》をする可能性だってある。

「くつした‼」

道路に力なく倒れて血を流す子猫を想像した。水たまりに血が薄く溶けていく無残な姿。

いても立ってもいられなくなって、部屋に駆け戻って携帯電話を探してコールした。さっき練習したおかげで滑らかにプッシュできた。その携帯電話のむこうで応答がある。

「先生‼　先生、くつしたが‼」

息せき切って叫んだら、しばし間があったあと、

『有理？』

と先生の一言が返ってきた。たったそれだけの言葉が、声が、息を呑むほど絶大な安心感をもたらして、一瞬思考が躓《つまず》いた。

「くつしたが……いない、んです。家中探したけどどこにもいなくて、目も見えないから見落としてるのかも、でも窓とかから逃げて、外に逃げてたら、俺……」

支離滅裂だ。けど焦燥と反省と、先生がいてくれる喜びがまざってどうしようもない。

『わかった。五分ぐらいでいくから待ってなさい』

ところが先生は冷静に、また驚くような返事をくれた。

「き、きてくれるんですか？　先生、仕事は、」

『平気だよ。それよりきみももう探さなくていい。目が見えないのに慌てて動きまわったら怪我するだろ』

「でも、」

『わたしがいくまで座ってじっとしてなさい、いいね』

もない。

はい……、とこたえてなんとか携帯電話を切ったものの、意識の半分が飛んでいた。自分の危機を誰かが知ってくれること、畏《おそ》れをともに有してくれること、それがここまで深い安堵《あんど》になるなんて。だが当然、くつしたの安否が不明のままでは完全に落ち着けるわけもない。

先生に言われたとおり、再び一階へおりて玄関前の階段に座った。それから息を詰めて暗《くら》闇《やみ》のなかで心を研ぎ澄まし、くつしたの鳴き声と先生の匂いを待った。雨音がうるさい。

……くつしたはすぐに見つかった。俺の部屋のデスクにある椅子の上で、ゆったりとまるくなって眠っていたらしい。

「そんなところに……?」

「ちょうど死角になってたね。——って言っても、有理君にとっては全部死角か」

さっきまで俺と同じように這って探してくれていた先生が、ベッドに座る俺の膝にくつしたをのせてくれる。やんわりした毛と体温を確認したらやっとほっとしてどっと脱力した。

「よかった……無事でよかった、くつした……」

抱きあげて頬ずりして、ごめんね、と謝った。

目と鼻の先にいるのに見つけることもできない俺は、くつしたを危険に晒《さら》している。

この小さな動物が死んでしまうこと、自分が殺してしまうかもしれないことを痛感して、恐怖のあまり抱き竦めた。

「……命の責任を、俺は甘く考えてました。忙しいなか呼びだしたりしてすみません」

「診察時間は終わってたから大丈夫だよ。またなにかあれば連絡しておいで」

「本当にすみません……俺だけじゃどうにもできなくて」

「そんなにしょげなくていい。責任を持つっていうのはひとりでなんでも解決するって意味じゃない、他人を頼るのも必要なことだよ」

「それは、甘えじゃないんですか」

「ない」

断じた先生が俺の横に腰かけた拍子に、ベッドの左側が沈んだ。

「わかってないんだね。有理君が意地を張っていたらくつしたは今後も何度も困ることになるよ。自分の力を過信しないで無力さを認めるのがきみに課せられた責任だ。お父さんにも頼って家族で大事に育てながら、血を飲み続けてはやく健康になりなさい」

父親に助けを請うのは屈辱でしかない。でも先生の言葉は胸に沁みた。

確かに、くつしたを幸せにするためには自分の意地や矜持《きょうじ》につきあわせたりせず、俺自身が身体の不自由さと素直にむきあう必要がある。いまのままの俺では駄目なのだ。

「お父さんはまだ帰らないの？」

先生に訊かれて、苦々しいいたたまれなさに苛《さいな》まれた。

「いえ……風呂に入ってます」

「風呂？　家にいたのか。なのにわたしに電話した？」

「……すみません。うちの父親は、風呂が長くて」

「長いって……呆れたな、やっぱり頑固にお父さんをさけたわけか」

返す言葉もない。父さんより頼りやすくて、俺は無意識に先生を選んでしまった。

「……きみがお父さんを許せないのは同族嫌悪だろ。初恋の子を傷つけた自分と、お母さんと離婚したお父さんが同じ醜い者に感じられるから受け容れられない。お父さんを嫌うのはつまり、自分を嫌いってことだ」

唇を噛んで、瞑っている目をさらにかたく閉じた。あたりだ、と思ったことが嫌だった。

「有理」

厳しく呼び捨てられて心臓が引きつる。

「生きていてほしいって言われたくて、きみはムキになってるんでしょう。きみの命には価値がある、化け物じゃない、きみはお母さんにもお父さんにも望まれて生まれてきた大切な子なんだよ――そう言われたいんだよね」

雨が窓を叩いた。

「わたしはきみの親にはなれないけど、昼間も言ったようにきみの命を大事にしたい気持ちはある。言葉ならいくらでもあげるから、もう殻に閉じこもるのはやめなさい」

先生の声は淡々としていて、強く咎《とが》めるふうではない。にも拘わらず本心だと確信できるほど、真っ向からこちらの感情を射貫《いぬ》く鋭利さをはらんでいて、俺を崖《がけ》の端に追い詰めるようにじりじり焦らせた。

自分にはこの人が必要だ、と思った。叱り、背を押し、希望をくれる先生は、俺が二十歳のいままでかけて岩壁のごとくかたく築いてしまった自分ではどうにもできなくなっているえこじさを、ゆっくり確実に砕いてくれる唯一の救いだ。

「帰るよ。お父さんに一声かけていくから、わたしがきた理由はきみが話しなさいね」

沈んでいたベッドの左側が浮く。先生の足音が階下へとん、とん、とん、とおりて、小さくなっていく。

外では雨が悄然《しょうぜん》と降り続いている。

「——……じゃあ先生、くつしたお願いします」

「うん」

二日後、また往診にきてくれた先生にくつしたを託し、かわりに血のパウチを受けとった。

右手で握って、深呼吸をする。

「このあいだ飲んだあとも、少量だったのにかなり興奮して何日か引きずってたんですけど、本当に慣れるんでしょうか」

「慣れるよ。血を飲んで高揚する自分とも、上手につきあっていけるようになる」

「それ、性格が悪くなっていくってことじゃないですよね？」

先生の返事が途切れた。左手で先生の腕を探りあてて「あの」と揺さぶると、ふっと吹きだす声が洩れてくる。

「真面目にこたえてくださいよ」

「いや、高揚のしかたも善悪の基準も人それぞれだから、なんとも言えなくて」

「またまわりくどい言い方……。これ飲んだら俺、先生に噛みつくかもしれませんよ」

「きみはとんでもない誘惑をするね」

「誘惑？」

「……。まさかきみ、吸血種同士で血を飲んだらどうなるか知らないの？」

知らない。

「俺たちは人間の血を飲むものだってことしか教わってません。吸血種の血を飲むと、なにか起きるんですか？」

先生がまた黙ってしまう。もう一度腕を揺さぶったら、ようやく返答があった。

「わかったわかった……そのパウチの血をちゃんと飲めたら教えてあげるよ」

交換条件か。

「そんな取引しなくても飲みます。暴走したら絶対にとめてくださいね」

「はいはい」

パウチのスパウトに口を近づける。細くて小さな管なのに、奥にひそんでいる血液のわずかな匂いすら嗅ぎとることができる。視力が弱くて嗅覚が敏感なせいか、あるいは吸血種の本能なのかは謎《なぞ》だけど、徐々に食欲がその一点へ吸い寄せられて意識が蕩《とろ》けていく。

我を忘れるのを食いとめてくれるのは、右側に座っている先生の野原に似た濃厚な吸血鬼臭だ。清々《すがすが》しい草原の匂いが、息を吸うたび鼻から肺へ染み入って、惑いをマイナスイオンで掻き消して平静をとり戻させてくれる。

「先生は牛乳好きですか」

「牛乳？　あまり飲んだ記憶がないな」

「水分も血以外摂らないんですか？　お酒は？」

「酒はたまに、つきあいでしかたなく飲むよ」

徹底して血液中心に生きているんだな。

「俺、牛乳苦手なんです。だからレオンも牛乳を嫌々飲んでたなら偉いなと思って」

「『レオン』好きだね」

「先生がレオンを見習えって言ったんじゃないですか」

「まあ……。いいから、さっさと飲みなさい」

苛立ちとも呆れともとれる先生の声色に、うなずいて俯く。脳裏にはさちの血を飲んだ直後に過った、惨たらしい殺人衝動や妄想が燻《くすぶ》っていて、まだにわかに決心がつかない。

「先生が初めて血を飲んだときの気持ちが知りたい。暴れたりしましたか」

「いいや。爽快感ならあったよ」

「美味しい！　っていう？」

「そう。至福感と破壊欲も膨らんで、両手を振りまわしてぐるぐるまわってまわりのものを壊してやりたいっていう、愉快な気持ちにもなったな」

吹きだしてしまった。「変なの」と腹を抱えて笑ったら、先生は「子どもだったからね」と照れるでもなくこたえる。

「そうだ、先生は子どもの頃から飲んでるんでしたね」

「最初は小学生の頃だった」

「実際にぐるぐるまわりましたか？」

「まさか。まわったら手をぶつけて怪我するだろ。そういう冷静な判断力は残ってたから、高笑いした程度だよ」

「高笑い？　はっはっはっ、飲んでやったぞ！　って？」

「うん」

「嫌な小学生だな……」

「血ぃ飲んでやったぞ、はっはっはっ」とおどけたら、先生に手の甲をつねられた。痛い。

顔が見えないからどれぐらい怒らせたのかもわからず、頭をさげて「ごめんなさい」と反省する。しかし笑いでもしなければ、陰鬱《いんうつ》な過去の記憶に精神ごと呑みこまれてしまう。さちの頬か、腕か、首筋か、どの皮膚から貪《むさぼ》りつくか、吟味して興奮していた化け物。

「……俺は、破壊なんてもんじゃなかったな」

つい吐露した声が暗くなった。たちまち気まずさが立ちのぼってきて、先が続けられなくなる。すると先生が「……うん」と低く相槌を洩らした。

「まあ、有理君の気持ちもわからなくはないよ。吸血種の破壊欲や暴力の根元にあるのは結局、食欲だからね。人間が料理を盛るときに綺麗《きれい》な皿や見栄えに拘《こだわ》るのだって食欲をそそるためでしょう？　わたしたちも好みの身体を伝う血ならなおさら、性欲まで刺激される」

「せ、性欲って、」

「新鮮な極上の血を一番美しい方法で味わうなんて、興奮して当然じゃないかな。こんな味気ないパウチとは違う。ああそうだ、人間も女体盛りだとかばかげたことをするんだっけ」

どうして食欲と性欲を結びつけるのか。

理解できるようなできないような、混乱するし卑猥《ひわい》だしで当惑する。淡白に嘲《あざけ》る先生に対して笑えばいいのか真剣にうなずけばいいのか、どっちが正しい反応なのか推しはかれない。いま自分がとても変な表情をしている自覚だけある。

「ウブだね」

さらっと突っこまれて、顔を隠して逃げるのも悔しいから左手で前髪を引っ張って梳《す》くふりしてごまかした。先生が短く鼻で笑ったのが聞こえる。

「先生の、初恋の話を聞かせてくださいよ。俺だけ話したのはフェアじゃない」

咄嗟《とっさ》の反撃は我ながら子どもじみていた。

「わたしは治療のために訊ねただけだよ。医者の立場で患者に話すことじゃないな」

「患者とも親しくなるって言ったのは先生ですって」

「じゃあ言い方を変えよう。話したくない」

「まだ、黙秘権」

「きみが聞いても楽しくないだろうからね。楽しまれても厄介だけど」

「俺は誰かさんに笑われてむかついたから同じことはしません」

ここは強気に、唇を力一杯ひん曲げて応戦する。

「お父さんがきみに暴力をふるったことはある?」

「え」

「昨日クリニックにきて、有理君に猫の面倒を一緒に見てほしいって頼まれたことを大喜びで教えてくれたよ。きみのお父さんはいつ会っても温厚だね」

あのクソ親父《おやじ》……。

「なんでそう他人にべらべらしゃべるんだよ」

羞恥心《しゅうちしん》も相まって父親にむけて悪態をついたら、先生に「有理」と制された。でも抑えきれない。

「温厚じゃなくてただの天然だろ。先生も話をすりかえないでくださいよ、毎回セコいぞ」

「親に汚い言葉をつかうのはやめなさい。きみはそのお父さんの息子なんだから血を飲んでも温厚でいられるよって言いたかっただけだ。ほら、無駄話してないでいい加減飲んで」

叱られても憤然としていると、くつしたが「な〜」と鳴いた。心地のいい野原の匂いと猫の声が、心の尖りを優しく宥《なだ》めていく。

「……先生は、人の肌からじかに飲んだこと、あるんですか」

「まだ質問攻めか」

「さっき、性欲が刺激されるとかなんとか、口ぶりがちょっとリアルだったから」

先生が数秒間をおいて、

「吸血種の血なら、じかに飲んだことがあるよ」

と言った。話題が最初の会話に戻った。鎮まっていた好奇心が再び起きあがる。

「吸血種の血も飲めるのに、なんで人間の血ばっかり飲むんだろう。このパウチの血も人間のものですよね？　俺たちの血は不味《まず》いんですか？」

「ちゃんと飲めたら教える約束だったよ」

「じゃあ一緒に初恋の話も聞かせてください」

「有理君が血を飲むのは自分の身体のためだろ。どうしてわたしが個人的な事情を暴露しないといけないんだ」

「先に交換条件にしたのは先生です。俺の初恋を強引に暴いて笑ったのも先生のほう」

先生が舌打ちした。「暴言より舌打ちのほうが下品だ」とさらに責めたら鼻をつままれた。

「痛いなっ」と退《ど》けて、その勢いのままパウチのスパウトを口に突っこんで吸いあげる。

血が体内に侵入してくる。

深紅の血液が細い管の底から湧きあがってきて舌の上にひたひた広がっていくようすが、脳内でくっきり映像になった。透明感のない、濃い、どろりと重たげな赤黒い液体だとわかっているのに、舌触りも喉ごしも軽くて爽快なのが奇妙だ。水みたいにさらさらしていて美味しい。ああ……こんな感じだった。初めて飲んだのは十年以上前にも拘わらず、喉をこくと上下して胃腸へ運ぶたびに、味が当時の状況を目の前に引き連れてくる。

パウチは味気ないと先生は言った。そのとおりだ。つるんとしたスパウトは素っ気ない。さちの小さくてふっくりした未成熟な指には体温があって、皮膚の生々しい歯ごたえもあって、生き物特有のまろやかさが堪らなかった。性欲……かどうかは判断しかねるものの、綺麗な皿っていう先生の表現は言い得て妙だ。指のほうがよかった。切り傷の口が小さくて、引き裂いて骨に到達するまで噛み千切ってもっと飲みたいと夢中になった。

一思いに吸って自分の体内の全部、あらゆる細胞の隅々に染み渡るまで飲み尽くしたい、美味い、欲しい、もっと大量に、頭から浴びるぐらいもっと——。

「有理」

「……先生、つらい、」

「どう辛い」

「身体が熱くて、猛烈に疼く……足りない、もっとほしい」

「今日は我慢しなさい。きみの場合飲みすぎると身体に毒だから」

「毒……?」

あんなに飲ませたがったくせに、と笑えてきた。喉が熱い。胸も腕も手も指先も。

「やっぱり毒なんじゃないかよ、腹立つな……ぶん殴ってやりたい」

「わたしなら殴ってもいい。けど猫は駄目だ」

「先生なら、いいんですか……?」

また笑えた。

炎に巻かれているみたいに顔面も火照ってきた。心臓が内側から胸を叩きつけるようにガンガン鼓動している。愉快と不快の狭間《はざま》を行き来して意識が朦朧《もうろう》としているのに、全身に力が漲《みなぎ》っている。風呂あがりに貧血になるほどだったこの身体で、いまなら全力疾走できそうだ。

「俺、血飲んだあとなら、きっとオリンピックで金メダルとれるよ」

笑っていると、先生にいきなり肩を引き寄せられて、右手に持っていたパウチを奪われた。まだすこししか飲んでいないのに。

「きみは飲まなすぎたから胃腸が驚いてるんだよ。子どもの頃からすこしずつ飲んでいればここまでの異変はなかったのにな」

「異変……?」

「ヤク中みたいになってる」

ヤク中、の言葉にも笑ってしまう。

「先生は飲んでも、もう普通でいられるんですか」

「多少は変わるよ」

「どんなふうに」

「性格が悪くなるかな」

「あっ」

吹いた先生に腹が立ってパウチをとり戻そうとしたら、さらに強く肩を抱かれて拘束された。くつしたが腰のあたりで「うー、うー……」と窮屈そうに唸《うな》っている。

「会話もまともにできそうにないな」

「約束は守ってもらいますよ。初恋の話しろ、初恋初恋!」

先生がため息をつく。

「漠然とした憧《あこが》れを除けば、最初にはっきり恋愛感情を自覚した相手は高校の同級生だった。気さくで誰にでも好かれる優男。わたしはゲイなんだよ」

「ゲイ？　え、先生は男が好きなんですか？」

「女性に対しても可愛いとか美人だとか思う感覚はあるけど恋愛はできない。有理君も格好いい同性に憧れたところで恋愛へは発展しないでしょう」

諦めをはらんだ、どことなく投げやりな口調でカミングアウトされて閉口した。たったいままで自信に満ち溢《あふ》れてなんでもできそうだったのに、またたく間に無力な自分に舞い戻る。同性愛者と直接相対するのは初めてで、接し方がわからなかった。

「安心していいよ。わたしは患者を口説《くど》いたりしないし、若い子にも興味がない。有理君にかけた言葉にも下心はなかった。口移しも治療のつもりだった」

機先を制されて、動揺しながらも軽く落胆した。〝恋愛対象にならない〟と拒絶されると人間失格の烙印《らくいん》を押された気になる、っていうのは、同性にも有効な感覚らしい。

残念です、いや、先生とつきあいたいわけじゃなくて、ああ、先生を嫌いなわけでもないんですけど……と、口を開けば失言の上塗りをしそうだった。いまは気持ちを的確に伝えられる冷静さを持ちあわせていない。

「……じゃあ、次は吸血種同士で血を飲んだらなにが起きるか、教えてください」

くつしたが俺と先生のあいだでもがいて、「にゃ〜」と膝の上に乗ってきた。まだ凶暴性を秘めた熱い掌で、痛めつけないよう注意しつつそっと包んで撫でる。

「吸血種の血には媚薬《びやく》効果があるんだよ。子孫を残すために血を与えあって発情して、性交渉する。だけど頻繁に発情するわけにもいかないから、人間の血を主食にしている。たぶんお父さんは有理君が大人になってから話すつもりでいたんじゃないかな」

啞然《あぜん》とした。人間の血が麻薬で、吸血種の血は媚薬。吸血種が命を繫《つな》いでいくのに必要な本能と営み——言われてみれば動物の生態として納得できなくもないけれど、自分の身体に流れている血が、そんな効果を持っていたなんて思いも寄らなかった。そんな、危険な。

「有理君は吸血種と寝たとき、相手に血を飲みあおうって誘われなかった？」

平然と訊かれて狼狽《ろうばい》する。表情にださないよう注意して、小さく深呼吸した。

「先生、は……じかに飲んだことがあるって、言いましたね」

「有理君はないの」

「その相手って、男の人なんですよね」

「まさか人間としかつきあった経験がないとは言わないよね」

「吸血種同士のセックスは、必ず血を飲みあうんですか」

「有理君がセックスした相手は、有理君に似てウブだったのかな」

……先生の声がにやけている。

「もしかして初恋を引きずり続けて、いまだに童貞だったりする？」

奮闘も虚《むな》しく、先生が核心に迫ってきた。

「……初恋を引きずってたわけじゃ、ないです」

最後の抵抗は、でも単なる肯定になった。

人間だとか吸血種だとか、女だとか男だとかいう以前に、俺は誰かを好きになれない。さちの件以来他人を傷つけないよう距離をおいてきたし、離婚した両親を見てきたのもあって、心も身体も、赤裸々に誰かにあずけて甘えきって失うのを恐れている。

学校で自分以外の吸血種がいても無視していた。なんとなく連《つる》んでいる人間の友だちとも上辺のつきあいだ。先生にこんなに詳しく内情や苦悩を告白できたのは医者と患者の関係があったからで、そして今後ほかの誰かに同じ信頼をむけられるとも思えない。きっと恋愛や恋人とは一生無縁だ。

体内の細胞はまだ興奮してざわついているのに感情だけ萎んでいく。沈みながら昂《たか》ぶると自棄《やけ》になる。もやもやして、肩にある先生の手の指を一本、力まかせに引っ張ってやった。

「いたたっ。なにするんだいきなり」

「二十歳すぎてるからって、セックスしててあたりまえってわけじゃないと思いますよ」

「わかったわかった、悪かったよ。……すこし寝たらどう？　起きる頃には血の副作用もましになってるだろうし」

はい、とうなずく。そうしよう。ちょっと疲れた。

野原の匂いの先生に引き寄せられて目を瞑り、暗闇のなかで意識を眠気に委《ゆだ》ねる。

次第に、先生と見知らぬ男が裸でもつれあう姿が浮かんできた。先生が相手の首筋に嚙みついて血をすする横顔、真っ赤な唇、顎から喉へしたたっていく赤い一筋の線。先端のふっくらまるい深紅の雫《しずく》が、蠱惑的《こわくてき》な揺れ方をする。食欲をそそる誘惑の赤い糸。

先生の身長も体格も顔もなにも知りはしないのに、よくとおる低い声からハンサムな俳優みたいな男を思い描いていた。

肩にある先生の手は温かく力強くて、意志的な包容力がある。目の見えない俺がいるのは自分の想像力だけで成り立っている己の殻の底で、その殻に先生の手が触れている。

「……先生の初恋の相手は、どんな吸血鬼でしたか」

微睡《まどろ》みながら訊いたら、先生は、まだしゃべるつもりか、というようにやれやれと息をついて、

「……彼は友人で、人間だったよ」

と静かに教えてくれた。

「先生も、気を許してる人間がいるんじゃないですか」

「価値観のあう人間とはそれなりにつきあう」

「先生は社交的ですね……医者だし大人だから、当然なのかな」

窓から入る日ざしが瞼《まぶた》の裏を明るく照らしている。

全身に気怠さがまとわりついていて、これが血を浴びる感覚なんだなと無性に寂しくなってきた。血を飲んでひとりで興奮して疲れて。この空虚さを死ぬまで繰り返していく人生。

「先生もやっぱり差別してないじゃないですか。人間のことも好きになる」

「彼はわたしの汚点だよ」

「汚点って言う恋か……。好きになった相手を、どうしてみんな汚していくんだろう。心のなかでぐらい、綺麗にしておけばいいのに」

俺もさちを汚してしまった。振り返るのも苦しい、黒いシミのような記憶にしてしまった。笑顔の眩《まぶ》しい、泣いても綺麗な、強い女の子だったのに。

「先生はなんで人間が嫌いなんですか。……って訊いても、やっぱり教えてくれないか」

うつらうつらと妙に心地いいのは、先生の匂いのせいだと感じた。返答を望んでいたわけでもなかった。もう寝よう、と思う。

「殺されたんだよ」

空気が戦慄《せんりつ》した。

「空き巣に入った人間に両親を殺された。きみが生まれるよりずっと前のことだ」

瞼の裏には太陽の光がさしこみ、依然として闇を鈍く照らしている。

2　ぼくだけ残して

小学生になった年の真夏に起きた事件だった。

当時通っていたスイミング教室から帰宅すると、玄関のドアを開けてすぐの廊下に母親と父親が横たわっていた。灯《あか》りのついていない室内は暗く、父と折り重なるように俯《うつぶ》せている母の腕が、自分の足もとに深海魚のようにぼんやりと白くのびていた。

地面は血に濡れていた。三和土《たたき》も、フローリングの床も、赤い血液がおびただしく広がって水たまりになっていた。靴の跡もあちこちに残っていて、反射的に、踏んだら駄目だ、と警戒したのを記憶している。

酒に似た吸血種の血の刺激臭に、酷い眩暈を起こした。茫然《ぼうぜん》として顔をあげると、真っ暗なトンネルのような廊下の先にリビングへ続くガラス扉があり、そこから夕方の淡い日ざしが透けていた。

敵を討とう、とまず思った。幼い自分にはその光が、たとえば己の将来を象徴するなけなしの希望などというふうには見えず、単純に、まだそこに犯人がいるかもと考えたからだ。

あの頃、子どもむけのヒーロー番組『バットナイト』が好きだった。目にコウモリのかたちをしたマスクをして顔半分を隠し、スマートなスーツふうの黒い服を身にまとって、夜空みたいに黒いマントをはためかしながら悪を倒す。

声が、父に似ていたのだ。

幼い自分が『お父さんに声が似てる』と指摘したら、気をよくした父も『そうだよ、父さんがバットナイトだよ』と便乗してくれた。父の冗談を真に受ける純粋な息子ではなかったが、本当にそうならいい、と望みはした。

朝は父がバットナイトを真似《まね》て『では行ってまいる。バットナイトの誇りにかけて勝利を摑むため、いざ出陣だっ』と出勤するようになり、自分も『頑張って、バットナイト!』と笑いながら見送っていた。母も一緒になって笑っていた。

朗らかな他愛ない日々の朝の風景をいまだ鮮明に想い出せるのは、自分があのひとときをとても好きだったからにほかならない。笑顔の父と母、父が飲むコーヒーと、母が焼いてくれたパンの香り。真っ白く軽やかな朝陽《あさひ》。

家族でバットナイトを見守っているとキャラクターにも親近感を抱いていったし、医者で博識で頼もしい一家の大黒柱である父は、間違いなく自分にとってヒーローだった。

――敵を討とう。犯人を殺そう。

大切なヒーローを――父と母を葬った悪者を、今度は自分が殺す番だ。

しかし犯人はすでに逃走していた。かなり酷い抵抗に遭ったらしく頸動脈《けいどうみゃく》から大量に出血して弱っており、一時間としないうちに近所で捕まったのだった。のちにそのことを知ったとき、父が嚙みついたのだと確信した。母や自分の身を守ろうとしたのか、先に殺された母の復讐を試みたのか、あるいは息を引きとる寸前の最期の抵抗だったのか——真実を知る術《すべ》はないけれど、犯人に傷を負わせた父を誇らしく思ったし、愛《いと》しかった。

犯人は十五歳の高校生だった。

事件後俺は父方の祖父母に引きとられたが、祖父母にとって父と母は息子夫婦なわけで当然喪《うしな》った悼《いた》みも深く、家は薄氷でできているかのごとく不安定で冷たかった。考えていることはみんな同じなのにあえて口にするのをさけている切迫感。崩壊しないよう針の先でつつくほどの微細な刺激も生じさせぬため、全員が神経を磨《す》り減らして生活していた日々。

当時未成年だった犯人の人権が少年法で保護される一方で、俺の顔写真はマスコミを通じて世間に流され、外出すると注目を浴びる日も続いた。ふたりの命を殺《あや》めた人間の残忍さ、凶悪さ、愚劣さを呪《のろ》い、命を軽々しく扱う人間への憎しみが鬱積《うっせき》していった。

裁判で犯人は『裕福そうな家ならどこでもよかった』と供述した。だが現在では少年院を退院して社会復帰している。

志望校の受験に失敗し、親からの期待や非難といった圧力に疲弊した犯人の少年も憐《あわ》れだった、と報道番組のコメンテーターは物知り顔で語っていた。

「――で？　どうなんだ、れいの患者さん。有理君、だっけ」

居酒屋の隅のテーブル席で、友人の小野瀬《おのせ》がビールを呷《あお》って訊ねてきた。

「うん……気が強くて優しくて、潔癖な子だと思う」

「潔癖か」

「初めに父親に相談されたときは厄介な患者だと思ったけど〝まっすぐな性格だ〟っていう父親の見解がわかってきたかもしれないな」

「悪い子じゃないならよかった。うちの子猫も幸せにしてもらえそうでほっとしたよ」

「子猫は俺も責任持って監視するから」

「ああ。……まあ荒療治っていうんじゃないけど、産まれて間もない動物を死にたがりの子に与えるっていうのはいい案かもな。おまえらしい」

「〝らしい〟？」

どういう意味だと睨んだら、小野瀬は楽しげに苦笑して右手を振り、俺の視線を遮った。

人好きのする柔和で無邪気さを帯びた笑顔に負けて、息をつく。

小野瀬とは高校で知りあって以来のつきあいになる。大学は別々だったが、いまも時折こうして会って近況を報告しあいながら親しくしていた。くつしたの母親猫と兄弟たちを飼っているのも俺ではなく小野瀬で、有理に会って治療方法に悩み始めた夜、彼が子猫のもらい手を探していたのを思い出して連絡し、『目が見えない子にちゃんと飼えるなら』と厳しく仰せつかってゆずり受けたのだった。彼は人間で、俺の初恋の相手だ。

「さすがに医院長は大変だな」

たこわさを口に入れながら、小野瀬が軽い揶揄《やゆ》を飛ばしてくる。

「……医院長じゃないよ」

小野瀬は相変わらず箸の持ち方がよくない、と目を細めつつ、自分も厚焼き卵を食べる。久方ぶりの人間食は舌に苦い。

クリニックは現在父の弟、俺にとって叔父《おじ》にあたる犀賀剛仁《たけひと》が医院長を務めている。もとは祖父のクリニックで父が継ぐ予定だったが、叶《かな》わなかった夢を剛仁さんが引き受けた。ところがじきに自分も開業する、その際は俺に現在のクリニックをまかせたい、と言って憚らない。これらの家族の事情を小野瀬はいつもやっかみと親しみでもってからかってくる。

「俺なんて安月給のしがないサラリーマンなのになー……」

「嫁さんと子どもがいて仕事も安定してて、なによりじゃないか」

「まあな。嫁と娘っていうのは俺のほうが勝ってるな」

「勝負はしてない」

得意げににやにやするいやらしい顔が、真正面で俺を見ている。

「おまえも結婚しろよ。医院長が独り身じゃ寂しいだろ？　恋人もいないのか？」

「いないいな」

「三十四で恋人もいないって、枯れてるなあほんとに」

呆れて曲がる小野瀬の左眉《ひだりまゆ》、引きあげられた口端、箸を持ちづらそうに摑む無骨な指先。

「マユちゃんは元気？」

「元気だよ。深幸《みゆき》おじちゃんに会いたいってしょっちゅう言ってるぞ。また遊びにこいよ」

小学三年生の娘の名前をだすと小野瀬は途端にねじの緩んだ甘ったるい表情になる。頰が溶け落ちそうでだらしない。

「じゃあマユちゃんを嫁にもらおうかな」

「ざけんじゃやねえ」

「もう彼氏いるのか」

「いるわけねえだろ」

「おまえの思いこみじゃなくて？」

「小学生に彼氏なんかいらん」

「愛されてるな、マユちゃんは……面倒くさいお父さんに」

反撃のつもりで俺もわざと嘲笑《ちょうしょう》してやったら、おしぼりを投げられた。いまだに学生っぽい拗《す》ね方をするのも小野瀬の魅力だと思う。昔もいまも屈託がない。変わらないというのは、ある種暴力だ。高校生から社会人になり、夫になり父になり、重い責任を次々背負って歳を食っていくのに、それでも褪《あ》せない魅力を放っている、というのは。

食事を終えて店をでると、駅まで歩いて別れた。小野瀬は電車、俺はタクシー。

「今度うちの家族でバーベキューするんだけど、おまえもくるか？　近所のでっかい公園にバーベキュー場があるんだよ」

「いいよ」

「じゃあ日時決めたらまた連絡する」

「ああ」

嬉しそうに微笑んだ小野瀬が俺の肩を二度叩いて、駅へむかって歩いていった。酔っ払うと真っ赤になる小野瀬の耳は夜の暗がりでもくっきりと色づいているのがわかる。愛嬌《あいきょう》のあるうしろ姿をしばらく眺めて、やがて彼が駅に入るのを見届けてから前方へむきなおった。

「深幸！」

呼ばれて、驚いて振りむくと、ほろ酔いの小野瀬が子どもみたいないたずらっぽい笑顔を広げている。

「またなー」

大きく右手を振る小野瀬の脇を学生や会社員がすり抜けていく。素っ気ない人波の中心で手を振る天真爛漫《てんしんらんまん》な大人の男は確かに変わり者だが、明るく目映《まばゆ》い太陽のようでもあった。

俺も苦笑いして手を小さく振り返した。満足げにうなずいた小野瀬は再び踵《きびす》を返す。

真っ赤な耳。遠退いていく背中。一度だって引きとめたことのない俺を、またな、と繋ぎとめてくれるのは、いつも必ず彼だった。

一ヶ月前に越してきたばかりの自宅はクリニックに併設された一軒家で、帰宅してすぐ胃袋の人間食を戻してしまった。口を拭って自室へ入る。

両親が殺害されたあと、強く望むことほど叶わないというジンクスができた。

事件の件を周囲に知られたくない、目立ちたくない、と願って転校先の小学校でひっそり過ごしていたにも拘わらず、担任教師の無神経な親切心によって『犀賀君は不幸な事件でご両親を亡くして哀しんでいるから、みんな仲よくしてあげて』とホームルームで暴露され、六年間浮いた存在のまま過ごしたこと。

大人になったら必ず犯人を殺しにいこうと心に決めていて、祖父母にもそう宣言したら、『復讐は法的に認められてないんだ』と祖父に叱られ、祖母に号泣されたこと。

もう一度自分で自分の家族をつくろう、と前むきな感情を見いだして人生を踏みだしたら、思春期になってすぐ自分がゲイだと自覚したこと。

ジンクスなど単なる思いこみだとわかっていても、心血注ぐと些細《ささい》な事柄さえ確実に挫《くじ》けるから、感情を抑制する癖がついた。欲しがっちゃいけない、軽くかまえておこう、そうすれば絶望感も小さくてすむ、傷つかずにやり過ごせる、もう二度と苦しまなくていい、と。

希望に縋ることもできないまま、殺害現場の惨状を毎夜夢に見てうなされて起きる。払拭《ふっしょく》不可能な痛みは逃げ場を求めて殺意に変わった。法が赦さなくとも犯人を殺したいという恨みは心底で湧き続けてどろりとした沼じみた欲になり、俺を足もとから侵食していった。

自分のこの手で息の根をとめたのだと実感したいがため、ナイフや包丁を使うことも計画していた。通学路にあるホームセンターや、祖母に付き添って出むいたスーパーで棚に並ぶ刃物を物色していると、さまざまな呪縛《じゅばく》から解放され、もっとも生きている心地がした。

犯人の心臓に突き刺して、悲鳴を聞いてから角度を変え、掻きまわし、跡形もなく潰《つぶ》したあと腹へさげていく。内臓が裂けていく感触はどんなに生々しいか、想像するだけで恍惚《こうこつ》とした。血は汚物みたいなものだ、悪臭がするに違いない。手で掬《すく》って死に面に塗りつけてやろう。その顔も踏んで捻《ひね》り潰したらやっと心から笑える気がする、泣ける気がする——殺意の泥沼の底から顔をだして眺めていた光明は、いまもこの世でのうのうと生きている犯人の死にざま、悶え苦しむ光景でしかない。罰せられるのは怖くない。自分の人生に期待などなかった。どうせ望んでもなにも叶わない。最初で最後の最大の願いが叶えばどうでもいい、本心からそう思うようになっていた。

小野瀬に事件のことや俺の殺意について打ち明けたのも、その頃だった。

夏休み前の初夏で、下校途中小野瀬に『おまえのうちはじいさんとばあさんだけだよな、親は？』と訊《き》かれて、なかば自棄気味に吐露したのだ。

歩みをとめた小野瀬は歯を食いしばって両手拳を握り締め、歯と歯のあいだから呻《うめ》き声を洩らして精一杯、渾身《こんしん》の力をこめて泣いた。世界中に溢れる悲劇のすべてを体内に吸収して、いっせいに発散しているような痛々しい泣き方だった。

こいつも偽善者か、と最初は心中で蔑んだ。小野瀬が力んで『酷い、残酷だ』と大泣きする姿を前にして途方に暮れ、近くの公園へ引っ張っていってベンチに座らせたあと、自販機でジュースを買ってきて持たせた。

地面や制服のズボンに染みた小野瀬の涙の色が懐かしい。初夏の陽光、青々と茂った木の葉のさざめき。小野瀬の泣き声を聴いているとなぜか、触れあっているわけでもないのに自分が流すべき涙が伝染して、こいつの目からこぼれているのではないかと思えてきた。ううぅと唸り続ける小野瀬の声。落ちていく涙。人間に許されるのは滑稽だった。滑稽だったが、不快感が次第に霧消し始めた。

手に持っていたジュースが掌を冷やしていて、しかし持ちかえるためにすこし動くのも不謹慎な気がして微動だにせずにいた。人間への憎しみが初めて麻痺《まひ》し、戸惑いのなかで彼を受け容れていった。俺も己の濁った憎悪を抱える孤独に、限界がきていたのかもしれない。

小野瀬を好きになったのは、俺にとってしかたのないことだった。

小野瀬がノーマルでも、人間でも、この気持ちが俺にあるのはしかたない。報われなくとも小野瀬を想うのはしかたがない。好きになったんじゃなく、好きになるのが必然だった。小野瀬への恋心にあったのは納得だった。小野瀬に片想いするという事実は、俺の人生に刻まれる運命のひとつだったのだ。

ただしこれは俺ひとりの運命であって、小野瀬には無関係なことも知っていた。小野瀬が老若男女問わず誰にでも好かれて人望が厚く、結婚に関しても前むきに計画していたから、欲を持つ余地がなかったとも言える。

彼は三十歳になるまでに結婚して子どもを持つと決めていたし、自分が決めた事柄は必ず有言実行してみせる優等生でもあった。そもそも不可能な計画など最初から立てない。

妻の桃《もも》とも出会ったときから恋人同士で、あいだに入って奪おうとする傲慢《ごうまん》さも芽生えず、俺はふたりが結婚するのを見守るのだと、当然のこととして信じていた。もしふたりが別れでもすればうっかり希望を見いだしたかもしれないが、無論そんな事態には陥らなかった。そうならないよう小野瀬自身が桃への愛情を真摯《しんし》に貫いた。

ジンクスはやはり俺にまとわりついている。小野瀬は小野瀬らしく二十五歳で桃と結婚してマユを授かったけれど、失恋に絶望しなかったのは一ミリの期待もしていなかったからだ。一ミリの期待も希望もくれない、そういう完璧な男が俺の初恋相手だった。

女子高生の大槍七瀬《おおやりななせ》は患者のなかでもとくに明るくてさばけている。

「先生、今日もO型の血ちょうだいね」

「きみはいつもO型がいいって言うね」

「甘くって飲みやすいんだもん」

「違いがある？」

「うーん……Aは神経質そうな塩《しょ》っぱい味で、Bは頭軽そうな腑抜《ふぬ》けた薄味で、ABは謎な柑橘系《かんきつけい》の味で、Oは脳天気そうな甘い味って感じ？」

「血液型占いみたいだね」

あははっ、と笑いながら七瀬は俺の肩を叩く。いたい。

「先生は血ばっか飲んでるんでしょ？　先生の血って美味しそう。わたしが飲んだことある吸血鬼の血って、人間の食べものも食べてる奴のだけだからなー。あれってやっぱなんかまざってるって感じで不味いんだよね。酒とか煙草《たばこ》の中毒者はほんっと最悪。先生のは美味しくって堪らないんだろうな～……飲ませて？」

「女の子が、はしたないこと言うのはよしなさい」

「あーはいはい。……せんせーつまんない。うちのパパみたい」

有理のほうが歳上とは思えないな。

セックスの話題についてあけっぴろげに話してしまう七瀬のようなタイプがいまどきの子で、有理のように赤面するのは古風なのかどうか、近頃の基準はよくわからないけど。

「お父さんは元気？」

挨拶がわりのつもりで問うたが、七瀬は途端に鬼の形相になって、

「元気どころじゃないよ。毎日毎日ちょーうるさいんだから！」

とわめき、門限がどうの、このあいだ朝帰りしたらどうの、と息巻いて愚痴り始めた。

七瀬のお父さんもクリニックに通っているので、もちろん知っている。さらに言えばお父さん経由で七瀬に彼氏ができた情報も入手済だった。

お父さんは仕事一筋でやってきた、非道徳的なことを嫌う厳格な人だ。会話の中心も会社の出来事だから、職場の業界の事情や同僚や部下の名前まで把握してしまった。特別な趣味も持たずに朝から晩まで働いているせいで、世界が極端に狭く、医者の俺相手にも仕事の話をするほかに手立てがないのだろう。それは俺を、どこか寂しい気持ちにさせる。

べつの関心事といえばニュースで報道される政治や事件のことぐらい。

〝いまの若者はキレやすい〟と騒がれたときは『うちはちゃんと教育してきた。娘は善悪がわかっているはずだ。子どもが好き勝手するのは親に威厳がないからに違いない』と批判するお父さんに相槌を返しつつ、意見を求められたらどうしようかと内心複雑な気分でいた。

少年犯罪に関して俺は、平等な言葉を持たない。

「まあ、お父さんも真面目な人だよね」

宥めるつもりで七瀬の愚痴にやんわりあわせたが、七瀬はまた目をつりあげて、

「パパの悪口は言わないで」

と、つんとした。

「悪口を言ったのは七瀬だよ」

「わたしはいいの。他人が言うのは許せないの」

不当だ、と思いながらも胸の隅がかすかな嫉妬心《しっとしん》でかさつく。

「七瀬、死にたがる吸血鬼をどう思う?」

話を変えてみたら、七瀬は「はあ?」と右目だけ細めて表情を崩した。

「なにそれありえない。わたしらなんて放っておいても死ぬじゃん」

「そうなんだけど」

「うちのクラスにリスカする人間がいるけどさ、あんなの甘えだよ。生まれつき持病持ってる辛さとか全然わかってない。誰かに助けてほしいのに助けてって言えないだけでしょ?キモい。吸血鬼ならもっとキモい」

きっぱり言い捨てられていかんともし難く、後頭部を掻く。

「……O型の血、三日分ね」

七瀬の診察が終わると七時前で、外も暗く夜の気配をただよわせていた。

クリニックは七時までだから今日は七瀬が最後だったなと振り返りながらのびをしたら、

「失礼します」と看護師の梶家《かじや》さんが入ってきた。

「先生、わたしもお願いします」

「ああ、はい。どうぞ」

彼女は遠慮がちに微笑んで、正面の椅子に腰かける。

梶家さんは五十一歳でクリニックにも長く勤めてくれており、患者からの信頼も厚いベテラン看護師。診療時間が終了すると時折こうして問診のあと血を受けとっていく。

「梶家さんは旦那《だんな》さんの血は飲まないんですか」

〝セックスしないんですか〟という下品な質問も、梶家さんになら容易《たやす》くできてしまう。

「いやだ先生っ。七十歳のおじいちゃんの血なんか飲みたくないわよ！　新鮮でさらさらの美味しい血がいいわあ」

豪快に笑う梶家さんに肩を叩かれた。いたい……。

旦那さんと二十の歳の差がある梶家さん夫婦の出会いは、彼女が高校生の頃バイトをしていたクリーニング屋だという。梶家さんに一目惚《ひとめぼ》れした旦那さんは同じシャツを繰り返しだしに通っていたそうで、彼女が『旦那のこと、潔癖症の面倒くさそうな人だと思ってたの』と語る馴れ初《なそ》めは、常連の患者さんも何百回と聞かされているのろけ話だった。

「十代の頃のときめきなんか、もうポーンってどっかいっちゃったんだから」

「歳の差も厭《いと》わない夫婦って、それだけで睦《むつ》まじいですけどね」

「睦まじくってても食欲とはべつよねえ。あっちまでゲンキになってもらっても困っちゃう」

あははははっ、とまた豪快に大笑いする。女性はじつによく笑う。

「先生はその若い極上の血でぶいぶい言わせてるんでしょ？」

「いえ、全然」

「なーによ、駄目よ、そろそろいい人見つけて結婚しなくちゃ」

「……どうにもなかなか、出会いもないですし」

「患者さんにいい人いないの？」

「患者さんは患者さんですよ」

「いいじゃない。はやくしないとうちの旦那みたいになっちゃうよ。いいときは数年で、あとは介護していくだけなんだから。あーやだやだ。介護婚よ、介護婚！」

梶家さんの勢いに圧《お》されて一緒に笑っていたら、ふと彼女が遠い眼差《まなざ》しに憐憫《れんびん》を滲ませて口を開いた。

「……先生が幸せにならないと、天国のご両親も心配するんだからね」

はい、とうなずいて微笑み返すが、俺を見ている梶家さんの口もとが歪んで苦笑いになっていく。うまく笑えていなかっただろうか。

「じゃあまた三日分だしておきますね、お大事に」

話を切りあげたとき、「すみません……」と廊下のほうからか細い声がした。梶家さんが「患者さんかしら」と腰をあげると、開け放したドアの横に人影が。

「ごめんなさい、もう診療時間は終了したんですよ」

梶家さんが告げる。

「あ、その、息子のことで、ちょっとだけ先生にお話が……」

身体半分を覗かせて頭をさげたのは、有理のお父さんだった。


梶家さんを「あとはいいですよ」と見送ってお父さんを招くと、早速本題へ入った。

「有理君の体調はどうですか」

お父さんは申し訳なさそうに苦笑いする。

「ええ……おかげさまで飲み始めたようです。一度に一口か二口が限界みたいで飲みかけが冷蔵庫に入っていたりしますが、本当に、先生のおかげです」

「いえ。飲んだあとは暴れたりしてませんか」

「たまに部屋からどたどた聞こえても、くつしたの仕業だと思ってます。くつしたは遊んでやると結構興奮するんですよ。有理が暴走する姿は、幸いいまのところ見ていません」

くつした、と呼んで微笑むお父さんも以前より明朗で、こちらも安堵する。

「有理君は血に慣れてないぶんかなり我慢してるはずなので、注意してあげてください」

「はい。……でも、ぼくが声をかけたら逆効果だからな」

安心したのも束《つか》の間《ま》、お父さんは情けなさそうに洟らしてやや項垂れた。

「奥さんとの離婚の事情、有理君に教えてあげられる時期はまだきませんか」

穏やかな口調を努めて問うたが、やはり唇を歪めて笑むのみで返答をとめる。

剛仁さんから担当を引き継いで以来数ヶ月、お父さんはいつも物腰が柔らかくて、まるみを帯びた雰囲気をまとっている。言動にも表情にも刺々しさがなく、おっとりしていて人がいい。しかし心の底には頑なで熱い面も秘めているのを、俺は知らされていた。

「有理君にはお父さんが頼りなく感じられるみたいです。わたしが口をだすことではありませんが、有理君も理由を知れば考えが変わると思いますよ」

「……そうですね」

「親子がどちらも健在なのに、関係に亀裂が生じたままでは寂しすぎます。わたしに話せて有理君に言えないのもおかしいじゃないですか」

「いいえ」

きっぱり否定した瞳の奥に、有理とそっくりの潔さを見た。

「先生は特別なお医者さまです。有理のことは先生にしかお願いできないと思っています。今後もよろしくお願いします」

目が見えなくなるというのは、実際どんな感覚なんだろう。

生まれつき景色や他人が見えないのも、見えていたものを人生の途中で失うのも、異なる喪失感だと思う。想像でしか推しはかれないが、その不便さや孤独感を差し引いても恐らく有理は寂しがりやだ。

「有理君、血液をとってくるよ、どこに保存してる？」

「あ、冷蔵庫に昨日の残りがあるから、それ飲みます」

わかった、とこたえてキッチンへ入り、失礼してパウチを持って戻る。

ソファーに座っている有理に持たせて俺も斜向《はすむ》かいへ腰をおろすと、有理は「ありがとうございます」と微笑んでから停止した。

動かない。血を飲みたくないという拒絶と違い、こっちの反応を待っているようすで目を閉じたまま右や左に顔をむけ、俺を探している。

「どうしたの」

訊ねたら、口をはっと開いた。

「……先生が、隣にいてくれたほうがいいなと思って」

照れくさそうに言う。

「まだ副作用が心配？」

訊きながら左隣に移動すると、有理は肩の力を抜いてほっとした。

「はい。血は、やっぱり麻薬ですよ。気分がごろっと変わります」

「暴れたりした？」

「した」

お父さんは勘違いしている、ってことか。

「ここにいてあげるから、怖がらずに飲みなさい」

促すと、有理はまた唇で笑んで「はい」とスパウトを咥えた。顎の輪郭が涼やかな横顔。人間好きの死にたがりな吸血種なんてと、この子の第一印象は最悪だった。だがいまは己の信じるものに忠実で、正直で素直な性格だとわかってきたし、潔く率直な人柄にも好感を持っている。汚れてないというか、汚れに失望した幼少期があるから心まで清潔というか。

目を開いたらどんな顔をしているんだろう。綺麗な面立ちだけど、たまに薄目で眇めるだけじゃ顔全体は把握できない。一重か二重か奥二重か、糸目か大きな目か、微妙な違いで印象も変わりそうだ。

「この血は……かなり甘いです」

「ああ、O型の血かな。飲みやすいから好んで選ぶ患者さんもいるよ」

「血液型で味も違うんですね」

手をおろして膝の上においた有理は、俯き加減に深呼吸する。休憩して、暴走しそうになる感情を調整しているっぽい。

「母さんは昔〝血は鉄の味がして美味しくない〟って言ってました。映画でも似たようなセリフを聞いたことがある。味覚は人間と同じだと思ってたけど血だけは違うんでしょうか」

「かもしれないね」

「先生は人間食に違和感を覚えたことあります？　……って、食べないんだっけ」

「極力食べないようにしてるだけだから、味もすこしなら知ってるよ」

「じゃあ好きな料理もありますか？」

「うーん……食パンかな」

「しょくぱん？」

「子どもの頃、朝食で食べてて美味しかった記憶がある」

母が焼いてくれたんだ、とそれとなく続けると、有理はくっきり眉をひそめた。

「思い出の、大切な味なんですね」

真剣な声音。こういうところが、有理の純粋で優しい面だと思う。〝母親〟や〝両親〟がこの子にとって重要な存在であるのも一因だろうが。

「先生、小学校の給食はどうしてたの？」

会話を繋ぎながら、有理はまた勢いをつけて血を一口吸いあげた。

「食べなかったな。祖父母が〝この子はまだ心の病で食事も喉をとおらないので栄養ドリンクを飲ませます〟とかなんとか学校に相談してくれて、特別待遇で血を飲んでた」

「……いじめに遭ったりしましたか」

「いや、平気だったよ。むしろクラスメイトにも教師にも敬遠されてたね。ずっと通っていた学校ならともかく転校して全員初対面だったし、事件の噂《うわさ》も広まっていたから、お互いが腫《は》れものに触るように接してた」

「じゃあ初恋の、人間の人は特別ですね」

確かにそうだ。小学校では孤立しがちで、中学生になってあたり障りない会話に応じるようになり、高校で小野瀬と知りあって人づきあいの幅がぐんと広がったという段階がある。

「どんな初恋でしたか。告白した？」

有理はごく単純な疑問のように問うてくる。恋愛話を楽しむ女の子みたいなはしゃぎ方や冷やかし方もしなければ、ましてやゲイに興味津々といった卑《いや》しさもない。

「しないよ」

「先生が吸血種だっていうのも、教えてない？」

「もちろん。言ったのは事件のことだけだったな」

「そういう恋って未練が残りませんか」

深刻そうに、いかにも切なげに同意を求められて、意地悪い気持ちが湧く。

「有理君は引きずってるんだもんね」

「俺の話はいいですよ」

ムと唇を尖らせるところが可愛くて笑いを誘う。気をつかってこっそり吹いたつもりだったが、ばれて膝を叩かれた。肩やら腕やら叩いてくる女性陣より控えめで、些細なところにも性格がでるんだなと変な感心をした。

視線を流すとリビングに大きく陣どっている液晶テレビに、今日も『レオン』が映しだされている。こんな寂しい物語を、どうしてわざわざ何度も観るのか俺には理解できない。

「……告白しなかったのは、小野瀬に自分を受け容れたままでいてほしかったからだよ」

名前を言ってしまった、と気づいたときには遅かった。

「ゲイで吸血種なのも先生でしょう。小野瀬さんが受け容れてるのは先生の半分だけじゃないですか」

有理は一瞬で小野瀬の名前ごと存在を吸収して、凛然《りんぜん》と言い放ってくる。

目をまっすぐ見られていなくてよかったと、ふと思った。人間を殺したいと考えるのすら嫌だと言うこの子は、本当に潔癖な吸血鬼だ。

「きみが法だったら、わたしはとっくに死刑だろうな」

「法？　……それって、」

有理の言葉の途中で俺の携帯電話が鳴った。とりだすと小野瀬の名前がある。

「でもいいですよ」と有理に促される。

「仕事中だからやめておくよ」

「どうせ俺の話し相手してもらってるだけじゃないですか」

ははは、と屈託なく許されて、しかたなく応答した。

間が悪い奴だな。開口一番「いま診察中なんだ」と断りを入れたら、小野瀬は『ああ悪い！　このあいだ話したバーベキューの日時決めたから連絡したんだよ』と慌てる。

メールで詳細をもらう約束をして早々に切ると、有理に「……小野瀬さんと話してる先生は嬉しそうですね」と微笑まれて、いたたまれなくなった。

「迷惑な奴だと思いながら話してたんだけどな。だいたいいまだ診療時間内なのは明らかなのに、あいつは昔から無邪気すぎるんだよ」

「ほら、そういう砕けた感じ。声だけ聞いてると微妙な変化もわかりますよ」

声だけ、か。

「それにバーベキューするほど仲がいいのは意外だった。疎遠になってると思ってたから」

「盗み聞き……」

「先生、いまから告白しても遅くないんじゃない？」

ここで初めて嬉しげにはしゃがれて複雑になり、有理の口の端についている血を拭いつつ頬をつねってやった。

「いた」

「小野瀬は結婚してて、目に入れても痛くないぐらい溺愛《できあい》してる娘もいるんだよ。バーベキューも、あいつが免許を持ってないから運転手にかりだされるだけ」

なんであれこれ披瀝《ひれき》してるんだか、自分に呆れた。有理が頬を押さえて茫然としている。

俺がつねった有理の頬は、どんなふうに痛んだのだろう。


やがて血を飲むのをやめると、有理は両手拳を握り締め、全身力んで暴走を耐え始めた。目と口をきつく閉じて言葉も発さず自我を保ちながら、意識して呼吸を浅く繰り返す。病特有の痩《や》せ方をした腕や首筋に血管が浮きでていた。すこしは体調も回復したのと訊ねようとしたけれど、有理の忍苦に水を差すのを懸念して言い淀み、改めて一緒に我慢した。

話しかけたら〝黙れ〟と怒鳴られる気がする。うるせえ殴るぞ、おまえの血も飲み干して殺してやろうか、と暴言はこちらがつっけばいくらでも飛びだしてくるに違いない。有理はその暴力的なもうひとりの自分を嫌悪して、冒されまいとして闘っている。

「……先生は、こういう葛藤と、長年つきあってきたんですよね」

「副作用の話？」

「いいえ。さっきの、死刑がなんとかって話。——違いますか」

犯人への殺意を抑えていたんだろ、という意味か。

「俺が乱暴な気分になるのは血を飲んだあとだけだから、なんていうか……辛いとか言って甘えてられないなってここ数日も考えてました」

あんな雑で厄介な一言の告白を気にかけてくれていたらしい。

目を瞑っている有理は、俺の顔がある位置を定めて苦笑いをむける。しかし微妙にずれていて、あらぬ方向へ笑む姿を、俺は黙って見返していた。

「……余計なこと言ってすみません」

沈黙が続くと不安になるのか、有理が頭をさげる。

「怒ってるわけじゃないよ」

否定しかできなかったが、それも偽りのない本心だった。そしてまたお互い口を噤む。

『レオン』が終盤に入っている。家が襲撃され、レオンがマチルダだけを逃がす別離の場面。ひとりで逃げるのは嫌だと嘆くマチルダに、再会後の幸福な未来を語るレオン――。

「有理君が落ち着いたなら、そろそろお暇するよ」

「あ、はい。じゃあ……外まで、送ります」

互いにうしろ髪引かれる思いでソファーを立ったのを感じた。けれどそのまま玄関へ踏みだした。覚束《おぼつか》ない足どりで有理が壁のほうへ行こうとするので、驚かさないよう手を繋ぐ。

「これじゃ送ってもらってる気がしないな」

「すみません」と謝る有理は、でもどうにかひとりで歩こうとする。本当に気が強い。

玄関で靴を履いて外にでると、有理もサンダルを足に引っかけてついてきた。

「ここまででいいよ」

「はい、ちょっと風にあたりたくて」

うーん、と背を反らしてのびをする有理の顔が夕日に照る。

「今日ってどんな天気ですか」

「晴れてるよ」

「晴天？」

訊かれて空を仰いだら、沈んだ太陽のほうから日がさして地面まで夕焼け色に浸っていた。密集する住居の屋根と屋根の隙間に、雲が薄く平たくただよっているのも確認できる。

「晴天だけど、もう夕方で薄暗い」

俺のつまらない返答に、有理は「そっか」と嬉しそうにうなずいた。

微風が流れて、有理の髪が艶《つや》めいて揺れながら額や頬を撫でている。秋の夕暮れの乾いた匂いに有理の吸血鬼臭がまざる。有理は、透きとおった山水《やまみず》のような匂いがする。

「外にはあまりでてないの」

「そうですね……そこのコンビニぐらいならたまに無理していってたんですけど」

そこ、と示せるほど近い道路沿いに、確かにコンビニが一軒あった。以前は川田《かわだ》酒店という酒屋だったが、さま変わりして二年ほど経つ。

「子どもの頃から通ってた店なので、視力が弱くなったあとは行きづらくなっちゃったんです。おばちゃんとも顔見知りだから、近所で変な噂になったら困るなと思って」

「川田さんは噂好きだよね。店をやってるから情報通で」

「先生も知りあいですか？」

「うん。クリニックにもきてくれるし、わたしがコンビニにいくこともあって、懇意にしてるよ」

川田のおばさんは風邪《かぜ》をひいたり胃やお腹に異変を感じたりするとすぐに飛んできて、町の噂話を繰り広げて帰っていくバイタリティーに富んだ人間だ。こちらが店へ出むくと必ずレジ横にあるまんじゅうや二十円チョコをおまけしてくれるから、申し訳なさが先に立って微妙に心地悪いが、それも仕事の一環だと考えるようにしている。

「そっか……おばちゃんに先生のこと訊いたらどうなるだろう。〝診察のとき胸をじろじろ見てくるのよっ〟とかうきうき言われたりして」

「怖いな」

「あー、じろじろ見てるんだー」

有理がから笑いする。気づかいと怯えの入りまじったぎこちない笑顔に、ふいに自分と有理のあいだに訪れた曰《いわ》く形容し難い隔たりを察知した。医者と患者以上の距離、よそよそしさ、のようなもの。

「――あれ、蒼井？」

そのとき門扉の外側から声がかかって、振りむくと有理と同い年ぐらいの男がいた。上背のある引き締まった体軀《たいく》の、いかにもスポーツマンっぽい青年だ。

「冬治《とうじ》？」

有理は目を閉じたまま首を傾《かし》げた。

「おう、久しぶりだなー元気にしてっか？」

「……ああ、うん、元気」

「ンならよかった。――つかなに？　おまえ目ぇ悪ぃの？」

「まあ、ちょっとね」

「元気じゃねーじゃん、あははっ」

ひとりで笑う彼をよそに、有理は俺のほうへ身体をむける。

「先生、じゃあ気をつけて帰ってください」

「……ああ、くつしたにもよろしくね」

「はい、ありがとうございました」

立ち去ってほしい、と促されたような違和感を抱きつつ門扉を開けてでると、まだ俺たちを眺めている彼に一礼して帰路へついた。

「あの人誰？〝先生〟って医者？　あ、目ぇ治してもらってんのか？」

冬治と呼ばれていた彼の大きな声が背後から聞こえてくる。

同年代の友だちといる有理を初めて見た。決まり悪そうな恥ずかしげな、それでいて気安い雰囲気だった。

ふいに携帯電話が鳴って、小野瀬のメールか、と確認したら、違った。

短いメールを一読してポケットへ戻し、路地を曲がる前にいま一度振り返ると、有理と冬治君の笑いあう姿が夕闇に赤橙《あかだいだい》色の影になって寄り添っていた。

——先生は、こういう葛藤と、長年つきあってきたんですよね。

——……余計なこと言ってすみません。

シャワーの水音が、いつにない虚しさで室内を満たしている。

声だけで覗ける胸懐《きようかい》の範囲はどれぐらいなのか、その考えにここ数時間囚《とら》われ続けている。自分の感情表現はさして派手じゃないはずだ、ということにも。

「ねえ、いきなり呼びだしたから怒ってんの？」

バスルームのドアを開け放して、ツバサが声を張りあげる。

「怒ってないよ」

さっき有理にも同じ返答をしたな、と思った。あの一言のせいで嫌な別れ方をした。

座っているベッドの枕《まくら》もとにある時計を見る。日付が変わった。有理は眠っただろうか。

「なんか今日は機嫌悪いみたいじゃん、セックスしたくない？　……ってことないよね？　ユキさんって基本クールだけどたまにすげえ暗くってさ、そうなると怖いし可哀相だしで心配になるよ」

やっぱり自分の喜怒哀楽は希薄なのだと確信を得て、でもそれは喜びとも哀しみとも言える不可解な感傷を生んだ。

「気をつかわせてごめんね」

ツバサが「謝んなくていいけど」と笑ったあとシャワーの音がとまった。

彼とはゲイバーで知りあって、セフレとしてつきあい始めてから半年ぐらい。小柄で瞳の綺麗な少年だが、二十歳だと聞いている。名前はツバサ、一文字の〝翼《つばさ》〟で正しいのか確認していないし、名字も知らない。俺も〝ユキ〟と名乗っている以外、歳さえ教えていない。

「ねえねえユキさん」

白いタオルを腰に巻きつけたツバサが、軽い足どりで戻ってきて横に座った。

「俺、ユキさんの恋人になってあげよっか」

明るい笑顔の頰に、前髪からしたたる水がつく。

「恋人になるとどう変わるの」

「なんだろうなー。まあとりあえずは本名も職業も住んでる場所も教えるよね。で、毎日電話かメールして、お互いのことなんでも一番知ってて、一心同体みたいな？」

「一心同体か」

――ゲイで吸血鬼なのも先生でしょう。小野瀬さんが受け容れてるのは先生の半分だけじゃないですか。

有理の言葉が思い出された。

本当は半分どころじゃない、小野瀬に晒したのは自分の三分の一程度だ。

小野瀬に、秘密をつくりたかった。すべて暴露して丸裸になって信頼を示しながらつきあっていくのは耐えられなかった。知ればあいつは俺を理解する。理解するが、恋はしない。そうわかっていたから〝おまえは俺をなにも知らない〟という優越感だけでも保っていたかったのだ。その優越感が結婚する小野瀬を、父親になる小野瀬を、祝福するための原動力になっていた。

声の表情に敏感だと言う有理にも、こんな醜い欲までは伝わらなかったはずだ。いや、伝わらないでほしかった。『怒ってるわけじゃないよ』と、犯人への殺意について明確な返答をさけた理由も、有理に軽蔑されたくなかったからだった。

――死にたいわけじゃありません。ただ、血を飲んで殺意を抱くような自分はこの世に不要だと思ってるだけです。その結果が死ならしかたない。犯罪者だって死刑になるでしょう。

有理の廉直《れんちょく》さが俺には眩しすぎて、自戒させられる。川田のおばさんの話なんかで気づかって笑ってくれた有理をもし変に思い悩ませていたら。自暴自棄に陥りそうだ。

こんな厄介な自分が一心同体の相手を期待できるとは思えない。それに——。

「ユキさんって俺みたいな若い男が好きなんでしょ？　筋肉質のガチムチじゃなくて、細っこい小動物系。だから外見は合格だよね。なろうよ、恋人。俺、ユキさんのこと好きだよ」

「ありがとう」

「もっと嬉しそうにしろよ！」

顔全部でいたずらっぽく笑うツバサが、俺の肩を掴んでベッドの上へ押し倒してくる。

ツバサの吸血鬼臭は、雨や雪を含んで湿った土の匂いに似ている。初めて会った日、晴れやかで陽気な性格なのにどこか寂しい印象を抱いたのはそのせいだった。夏の、太陽を浴びたTシャツみたいな匂いのほうがぴったりだ。

「ツバサ。俺はよくないジンクスを持ってるから、いま以上親しくならないほうがいいよ」

「よくないジンクス？」

目をまるめたツバサの、湯で火照った頬に触ろうか否か思案していたら携帯電話が鳴った。今日はよく鳴る。でも相手はすぐにわかった。くつしたの件以来、唯一着信音を変えている子だ。

「ごめん、でる」とツバサを押し退《の》けて、ナイトテーブルの上においていた携帯電話をとった。

「有理？」

『……はい。先生こんばんは』

「こんばんは。もう夜中だよ、どうしたの。くつしたになにかあった?」

『あ、いえ。くつしたは平気です。時間がわからなくて、すみません』

そうか、声で時刻を告げる時計でもなければ正確な時刻を知るのは難しいのか、と神妙に受けとめて有理の続きの言葉を待った。が、話そうとしない。黙っている。

「……有理君?」

呼びかけると、真横で俺の膝に片脚を乗せてこちらをうかがっていたツバサが眉間《みけん》にしわを寄せた。

ツバサから逃れて窓辺へ移動する。ホテルの五階だから景色にも障害物がなく、遠くまで見渡せる。はるかかなたに連なる山が黒い影になって佇《たたず》み、群青の夜空には星が散っていた。けれどそれらを視界に捉《とら》えながらも俺は、携帯電話のむこうにいる有理の姿に目を凝らしていた。

「話したいことがあったんじゃないの」

一呼吸おいて、有理が『……ありました』と重たげにこたえる。しかしやはり話さない。

「目が見えないのはこんな感じなのかな」

『え』

「表情もわからないから、しゃべってくれないと有理君の気持ちも察せないよ」

でも、とつけ加えた。

「……でも、なんとなく伝わってくる」

やっぱり有理も、俺と同じことを考えていたんじゃないだろうか。夕方交わした会話の、俺が満足な返答をさけた件について。

『……先生』

「なに」

『血を飲むとき先生がいてくれると安心するから、またきてください。お願いします』

目を閉じて、有理の言葉や心情を反芻《はんすう》した。

「いくよ」

有理は俺に嫌われたと思って、不安になってくれていたんだとわかった。

「きみの目が治るまでちゃんと通う」

『……はい』

声にほのかな喜びがひそんでいた。心を澄ませて声を聴いていると、わずかな感情の揺れが感じとれるのは確かだ。頭にふと広がった有理の薄い笑みを、もっと濃い満面の笑顔に変えてあげられたらいいのに。殺人だとか殺意だとか面倒なプライベートには触れず、ごく普通の吸血種同士みたいに。

「……こういうとき人間なら〝夕飯はなに食べた〟とか話すのかな」

『え……ええと、血、飲みました』

　有理が戸惑いながらも律儀にこたえてくれたのが嬉しくて、吹いてしまった。

『……なんで笑うんですか』

　口を尖らせているのか、今度は声が拗ねている。

「ううん、ごめん。気分は悪くない？」

『平気です。先生と話して落ち着きましたよ』

「嘘《うそ》をつかなくていいよ」

『ン、と……すこし暴れました。枕を殴るから綿が飛びでてきて、最近サンドバッグが欲しいと思ってる、けど、先生の声を聴いて落ち着いたのも本当です。さっきまではいろいろ考えてたから』

　この素直さと優しさは、有理の華奢《きゃしゃ》な身体のどこから生まれてくるんだろう。自分の顔が無意識に綻《ほころ》んでいたことに気がついた。

『いまうちでご飯を食べてるのはくつしただけで、それもなんか、おかしいですね』

「おかしくはないよ。くつしたの調子はどう？」

『父さんが〝あれもいい、これもよさそう〟って、缶詰もカリカリもおやつも毎日買ってくるから大変ですよ。太っちゃうんじゃないかな……』

「カリカリって？」

『あ、ドライフードのことです。食べてるとカリカリって音がするからそう呼んでて……先生は猫の餌《えさ》にカリカリって言いませんか？　うちだけかな』

そうだ、俺も猫を飼っている設定だった。

「ドライフードはカリカリ鳴るね」

『でしょう？』

有理が楽しげに笑う。

有理の口から自然と〝父さん〟とこぼれてきたのが喜ばしい進歩だった。〝父さん、もう買ってこなくていいよ〟と有理が煙たげに叱って、お父さんも〝だって可愛いくて〟と苦笑するのが想像できる。くつしたは〝有理に血を飲ませる〟〝親子関係緩和の手助けをする〟という使命を着々と遂行してくれているようだ。

「電話をくれてありがとう、有理君」

そういえば俺もこの子と話しているときは笑っているな。

『俺のほうこそありがとうございます。夜遅くに、本当にすみません』

「いいよ。いつでもかけておいで、必要ならすぐに会いにいく」

『今日小野瀬さんから仕事中に電話がきて怒ってたじゃないですか……や、怒ってないか。小野瀬さんだから昼間の電話も許せたのかな』

「あいつはどうでもいい」

『うふふ。先生は小野瀬さんの話題になると、どうしたって医者じゃなくて普通の人になりますね』

しみじみした口調で冷やかしてくる。俺は純粋に有理への想いのみで会話を運びたかっただけなので、腰を折られていささか不愉快になった。

「〝人〟じゃなくて、俺は〝吸血鬼〟だよ」

『〝俺〟だってー……』

「仕事以外ではそう言ってる」

『気が緩んでる証拠だ』

「それは、話してるのが有理だからだろ」

しまった、という躓きで正気に戻った。有理も黙して妙な間ができる。

『……俺がガキだから？』

有理は曲解して傷ついているらしく、俺はさらに狼狽《うろた》えた。

「違うよ」

『でも甘く見てるって意味ですよね』

「あま……」

『どんな片想いだろうと、先生は小野瀬さんの話をするのが好きなんだと思ったんです。ごめんなさい。それこそガキの発想でした』

話が変な方向にそれていって、途方に暮れる。

「いや、有理君……あいつのことは本当にどうでもいい。片想いなんて大昔のことだよ。きみと話していて気が緩むのは、要するに、まあ、きみを軽視してるってことじゃないから、勘違いしないでもらえたら嬉しいんだけど」

額を押さえて項垂れた。思春期にも味わわなかったような初々しい含羞《がんしゅう》に襲われて困惑していた。

『俺が失言したんじゃないなら安心します』

「ないよ」

『先生を怒らせてませんか』

「怒ってない」

だからね、と深呼吸して慎重に続ける。

「だから、他人は関係ないんだよ。有理君からの連絡は早朝でも真昼でも深夜でも受けるって言った好意を、いつもみたいに素直に受けとってほしかった。――わかった?」

再び数秒の間があった。

『……先生は罪な男っぽい。俺、ちょっとどきっとしちゃいました。自分が先生の好みじゃないって肝に銘《めい》じておかないとな』

いたずらっぽく笑われて、今度こそなにも言えなくなる。

『俺ね、誰かと誤解とかすれ違いをすこしでも残さないように大事につきあっていきたいって思ったのは初めてなんです。先生が医者で、いままでひとりで抱えてきたことを話しやすかったっていうのが大きいんだろうけど、心を許して、甘えてるのも自覚してます』

「ああ……」

『でも先生に負担をかけるだけじゃなくて、バランスよく、平等な関係になれたらと思ってて……その、やっぱり勝手に浮かれてガキみたいですけど、俺も先生を支えられるぐらいの健康な吸血鬼になりますから、これからもよろしくお願いします』

有理がこぼす不器用な言葉の数々に、胸を押さえつけられて苦しくなった。いつでも駆けつけると言ったのは自分なのに、いますぐ会いにいって有理の顔を見たい衝動に縛られる。見たい。常に目を瞑っていてどんな面立ちなのか知らない、俺を決して見返さない有理を。

「……甘え方を勉強しておくよ」

『お願いします』

はは、と照れて笑う声が鼓膜に柔らかくまとわりつく。

「そろそろ眠りなさい、もう一時になる」

『はい。おやすみなさい、ありがとう先生』

「うん、おやすみ有理君」

通話を切っても有理の声が耳朶《じだ》を離れなかった。

誤解とかすれ違いをすこしでも残さないように大事につきあっていきたい、初めて、心を許して甘えてる、先生を支えられるぐらいの健康な、おやすみなさい、ありがとう——。

「ゆうりんちゃん可愛くって堪んねぇー……ってぶるぶる震えてんの？」

振りむくと、呆れ顔のツバサがベッドに胡座《あぐら》をかいていた。一瞬で現実に戻る。

「ユキさんが吹きだしたりあわあわしたりすんの初めて見たわ。ゆうりんちゃんって鈍感？ユキさん明らかに告《こく》ってたよね。好きだから朝も昼も夜も会いたいんだろ？」

「変な呼び方するのはやめなさい」

「目がどうとか言ってたじゃん。ユキさんってば盲目の美少年に惚れちゃったのかー」

「仕事でつきあいがあるだけだよ」

「ふうん。ユキさんの仕事って医療とか介護関係？　彼氏になれたら玉《たま》の輿《こし》だったのかなあ、ちぇー」

携帯電話をしまって鞄を持った。

「ごめん、今夜はやめにしよう。フロントで支払いはすませておく」

「わかったよ」

部屋をでてエレベーターで一階へおりる。

恋愛なんてまともじゃない、どうかしてる、と思った。ほとんど逃げるような歩調でホテルをあとにした。

バーベキューの約束をした日曜日は、朝からとても綺麗に晴れた。

「みゆきさん、お肉食べないの？」

「ん？　食べるよ」

マユが唇を左右にいっと引っ張って子どもらしく微笑む。

「じゃーはい、これあげるよ」

肉と野菜の刺さった串《くし》を突きだしてくる小さな手。俺は食が細いと嘘をついているので、一緒に食事をするとマユはいつも〝みゆきさんは倒れちゃいそう〟と心配する。

「ありがとう、美味しそうだね」

受けとると、満足げに「うふふっ」と笑って横の芝生に並んで座った。

「このバーベキューソース、お母さんが作ったんだよ。拘りのソースなの！」

「どれ」

囓《かじ》りついて咀嚼《そしやく》する。焦げ目が苦く、分厚くて噛みにくい。口内にむわっと広がる肉とソースの風味が生々しくてまるで馴染まず、胃腸にくる。

「うん、美味しいね。食べたことのない味だよ」

「でしょ！」

バーベキュー場に着いてから小野瀬夫妻は食事の用意を始め、俺はマユとバドミントンで遊んでいた。マユは三年生になってからバドミントンクラブに入ったとかで「いま一番ハマってる」のだそうだ。しかし屋外ではシャトルが風に煽《あお》られてまともにラリーできず、右へ左へ全速力で走らされてかなりバテた。いまは肉の匂いが苦手なのもあって、料理場から離れて河原で休憩している。

「みゆきさんは体力ないなあ」

「歳をとると身体を動かす機会がなくなるからね」

「じゃあこれから毎週土曜にわたしとバドミントンしよーよ！　パパもママも全然つきあってくれないんだもん。休みの日はゆっくりしたいーとか言っちゃってさ」

「今日バーベキューしてくれたでしょう」

「それは埋めあわせ。いつも放っておいて悪いって思ってんだよ」

「不満なんだ」

「不満じゃないけどさー……わたしが一番したいことじゃなくて、パパたちに都合がよかっただけだもん。ここまで来るのだってみゆきさんに車借りて運転させてるし」

唇を尖らせて愚痴るマユの、串を持つ手の爪にはラメ入りのピンクのマニキュアが塗られている。服もピンク色したお洒落なセーターとミニスカートで、胸まである髪もくるくる巻いて綺麗にセットされている。

だいぶんお金をかけて愛されているのがうかがえるが、マユにとっては関係ないらしい。幸福者は、与えられる幸福より望みが叶わない不幸に敏感だ。とはいえ悪い子じゃないのもわかっている。

「ごめんねみゆきさん。わたしは家でゲームするだけでもいいって言ったんだよ。なのにパパが『深幸に頼めばバーベキューできるぞ!』って騒ぎだしてこんなことになっちゃった。みゆきさんがご飯食べるの好きじゃないって知ってるくせに、ちょー我が儘」

「パパもみんなと遊びたいんだよ」

「パパなんかより、みゆきさんに楽しんでもらうのが一番だよ」

苦笑いしてしまう。ついこのあいだ二足歩行を始めた記念に靴を贈ってあげた子どもが、現在ではしっかり思考して話しているのだから、成長とはかくも不思議で面白い。

「マユはいくつだっけ」

「八歳。もうすぐ九歳になるよ」

「そうか、はやいな……」

「みゆきさん、顔がおやじになってるーっ」

笑う姿は母親の桃に似て可愛らしく、小野瀬に似て無邪気だった。

この子ももう小野瀬や桃に意見したり、他人を慮ったりするようになったんだなと、本当に会うたびしみじみ感心させられる。

「そろそろパパとママのところに戻ろうか」とマユを促して小野瀬たちのところへいくと、ふたりはグリルの前に並んで食材を焼き続けていた。

「ん～……おかしいな、朝用意したろう?」

「知らないわよ、バッグのなかじゃない?　これで我慢して」

小野瀬に水筒のお茶を渡す桃と、それを飲みつつ不満げに肉をひっくり返す小野瀬。

「なに喧嘩してるんだよ」

声をかけたら、顔をあげた小野瀬が俺に気づいてにこっと笑った。

「いや、ジュースをな、昨日の夜冷凍庫で凍らしておいたんだよ。ほらあの、ゼリー飲料みたいな、ちゅーって吸って飲むやつ」

「パウチの容器な」

「あれパウチって言うのか」

「そうだよ」

「へえー……って入れもんはどうでもいいんだけどよ、それがないんだってよ」

「用意したのはあなただからね」と桃はショートカットの髪を掻きあげて突っ慳貪に怒る。

「そのうちでてくるんじゃないの」と俺が宥めても、

「溶けたら意味ないだろっ、せめて溶け始めじゃないと!」

と小野瀬はわめく。桃がため息をついて肩を落とし、俺も〝始まったな〟と思う。

「パパ面倒くさい」

マユまで呆れて、

「おまえに飲ませてやりたくて作ったんだろっ」

と小野瀬は嘆いた。

家族関係というのは案外と殺伐としている。親密であるがゆえに素っ気なく、身近すぎるからこそ礼儀を欠き、ともに健在でいられる得難さを忘れがちだ。俺は両親とのあいだに綺麗な思い出しか持っていないから、美化している部分もあるんだろうかと、小野瀬家と一緒に行動していると考えたりする。

食べ残していた最後のピーマンを口に入れて、串をおいた。

「マユー……おまえは深幸にべったりだな」

「みゆきさんはパパより頭いいもん。パウチ容器もちゃんと言えたし、お医者だし」

マユが俺の左腕に手をまわして抱きついてくる。

「パパはおまえと遊んでやってるだろうが」

「嘘つけ。あ〜みゆきさんとバドミントン楽しかったー」

「肉美味くなかったのか？　パパが焼いてやったんだぞ？」

「美味しいのはママのソースだし、みゆきさんはいい匂いがするところも好きなんだもん」

パパは加齢臭ーおやじくさーい、とマユがきゃっきゃはしゃぐ。

ふと桃を見遣ると、桃も俺を見返して名状し難い表情をしていた。

周囲にはグリルから立ちのぼる煙が白く焦げくさくただよっていて、時折吸血鬼臭がまざる。だから俺はバーベキューや焼肉が苦手だ。甘いお菓子ふうの匂いを放つ吸血種がいると非常にミスマッチで、心地いい空間じゃなくなる。

食材の焼ける音、河原から届く涼やかな水音、水色一色の晴天の空と雲と、鳥の鳴き声、浮かれた若者たちの笑い声、小野瀬と桃の親子らしい遠慮のない会話。

「深幸だってバドミントンしたんだから汗くさいはずだろう? 香水なんてしてたか?」

「パパの鈍感! みゆきさんすっごいいい匂いじゃん、わたし大好き! パパは嫌いっ」

小野瀬が「なにーっ」と怒るとマユは「あはは」と俺にしがみついて明るく笑った。

マユは夏の、太陽を浴びたTシャツみたいな吸血鬼臭がする。


「あー……車の揺れが気持ちいいな。腹いっぱい食ったし、寝ちゃいそうだ」

後部座席にいる小野瀬が背もたれに深く沈んで腹を叩いている。

「パパやめてよ、恥ずかしいなあ」

マユは助手席からすかさず文句を投げつけた。桃は小野瀬の横で笑うだけ。

日が落ちて暗くなり始めた道路を走っていく。車内には一日中食べて遊んで騒いだ気怠さと充足感が満ち満ちていた。

「みゆきさんとパパが同い年って信じられない。お腹叩いたりゲップしたり最低だよ」

「最低はないだろ」という小野瀬の泣きそうな訴えを、桃が遮った。

「マユ、あなたちょっとパパのこと悪く言いすぎだよ」

「だってみっともないもん。ママとみゆきさんが結婚してくれればよかったのになー……」

「ばあか」と突っこんだ小野瀬は小憎《こにく》らしく「ひひひっ」と笑う。

「ママと深幸が結婚してたらマユは生まれてないだろーが。それに深幸だってみっともないところたっくさんあるんだぜ？」

「嘘だ」

「ほんとですー。高校からこいつのこと見てるんだからな」

当然だが、この場では自分ひとりだけ異分子だ。小野瀬家の家族が寄って集《たか》って俺を特別扱いするのも原因だろうが、話題の中心にされるとかえって疎外感を味わう。

「みゆきさんも昔は格好悪かったの？」

隣からマユが好奇心をこめて覗きこんでくる。

「学生時代の話を持ちだしたら、パパのほうがきっともっと恥ずかしい思いするよ」

「やっぱりなあ！」

マユが手をぱちんと一叩きして大笑いしたら、小野瀬がうしろから俺のシートを蹴《け》ってきた。

右折レーンに並んで停車する。前方で点滅する黄色いウィンカーを見つめていると、隣車線にとまった車のランプも視界に入った。ふたつの車のランプがちぐはぐに明滅を繰り返すうち、やがてぴったりリズムがあう。それはものの数秒の重なりで、また一分もせずにどんどんちぐはぐに分離していく。夜の静謐《せいひつ》に訪れるひとときの共鳴。マユたちはまだ俺らの若い頃の話で盛りあがっている。

このランプの現象について有理と話したい、けどあの子は見えないんだったなと思った。有理はいまなにをしているだろう。きちんと血を飲めただろうか。くつしたに餌をあげて、お父さんと仲よくしているだろうか。

「あっ、誰か携帯電話鳴ってない？」

マユが空気を切って、そのかすかに響く音が自分のジャケットにある携帯電話からだと気がついた。有理の着信音だ。停車しているのをいいことに応答すると、

『――先生、助けてくださいっ……俺、父さんを……包丁で、』

こちらから呼びかける間もなく、有理の悲痛な呻き声が聞こえてきた。

「なに？　有理？」

『俺……俺、血、』

「落ち着いて話しなさい。いまどこにいる？　なにをしたって？」

『家です……先生、俺父さんを、殺したかもしれない……っ』

幸い、小野瀬の家は有理の家へ行く途中にある。

有理の電話を切ってすぐに「悪い、急患の連絡だった。すぐ行かないといけない」とだけ告げてスピードをあげ、小野瀬たちをおろして一心不乱に有理のもとへむかった。

「有理」

玄関の扉は開いていた。気が引けたが靴を脱いであがると、吸血種の血の、酒のようなきつい匂いがただよってきて眩暈を覚えた。あの日の光景が脳裏を過る。

匂いに導かれてすすんだら、キッチンの手前の床に横たわって胸部を押さえている有理の父親と、リビングで踞《うずくま》って呻いている有理がいた。

「……有理」

露《あら》わになった下半身と、太股に散った液の残滓《ざんし》。自慰をした形跡がある。

「有理、刺したのか？　殺そうとしたのか⁉」

肩を摑んで揺さぶると、有理の目から涙がこぼれてきた。頭を振っている。

「もう、こんな身体嫌だ……吸血鬼なんか……俺は、やっぱり化け物だっ……」

嘆き叫ぶ唇には、父親のものと思われる血液がついて真っ赤に染まっていた。

3　明日、空が晴れると思えなかった

夢を見た。

久々に人間食を口にしようとしてキッチンでサラダを作っていると、仕事から帰った父親と口論になり、手に持っていた包丁で誤って刺してしまう。

感触としては掠った程度だった。でも血の匂いがした。甘く蕩けるような、意識まで眩《くら》む堪らなく美味そうな匂い。

すすりたくてしかたない。

こんな甘美な食べものには二度と会えないかもしれない。

脳がちりちり痺れて、匂いを嗅いでいるだけで身体が火照ってくる。

理性が猛烈なはやさで粉々に崩れていく。

チョコレートフォンデュのタワーや蜂蜜《はちみつ》の滝よりももっと濃厚で、しかし品のある香り。

舐めたい。そう思ったときには舐めていた。父親の鎖骨あたりだと思う。舐めてすすって、欲情していた。

我に返ってすぐ先生に電話で助けを求めた。

通話を終えたあと平静をとり戻すために深呼吸を繰り返しても、性欲は全身をむず痒く這いまわって暴走し続けた。

吸血種の血が、繁殖を促すために媚薬じみた効果を持っているのは先生から教えてもらった。教えてもらったが相手は父親だ。父親だというのに飲んだ血で欲情して、抑えきれなくて、結局どうしようもなくなって自慰をした。

自分でなんとかしないと、と思ったのだ。なのにその解決方法はおよそ普通の生き物らしいものじゃなかった。

化け物だ。

父親の血でも欲情する化け物だ。まともな生き物じゃない。

まともじゃない。

「——有理」

呼び声に気づいて覚醒すると、喉に異物が詰まっているみたいに苦しくて飛び起きた。息を吸いこむ。嘔吐《えず》いて空気を肺に押しこんでやっと落ち着いてきても世界は真っ暗だった。

ふいに肩を抱かれた。

「有理、もう大丈夫だ」

これは現実だ。

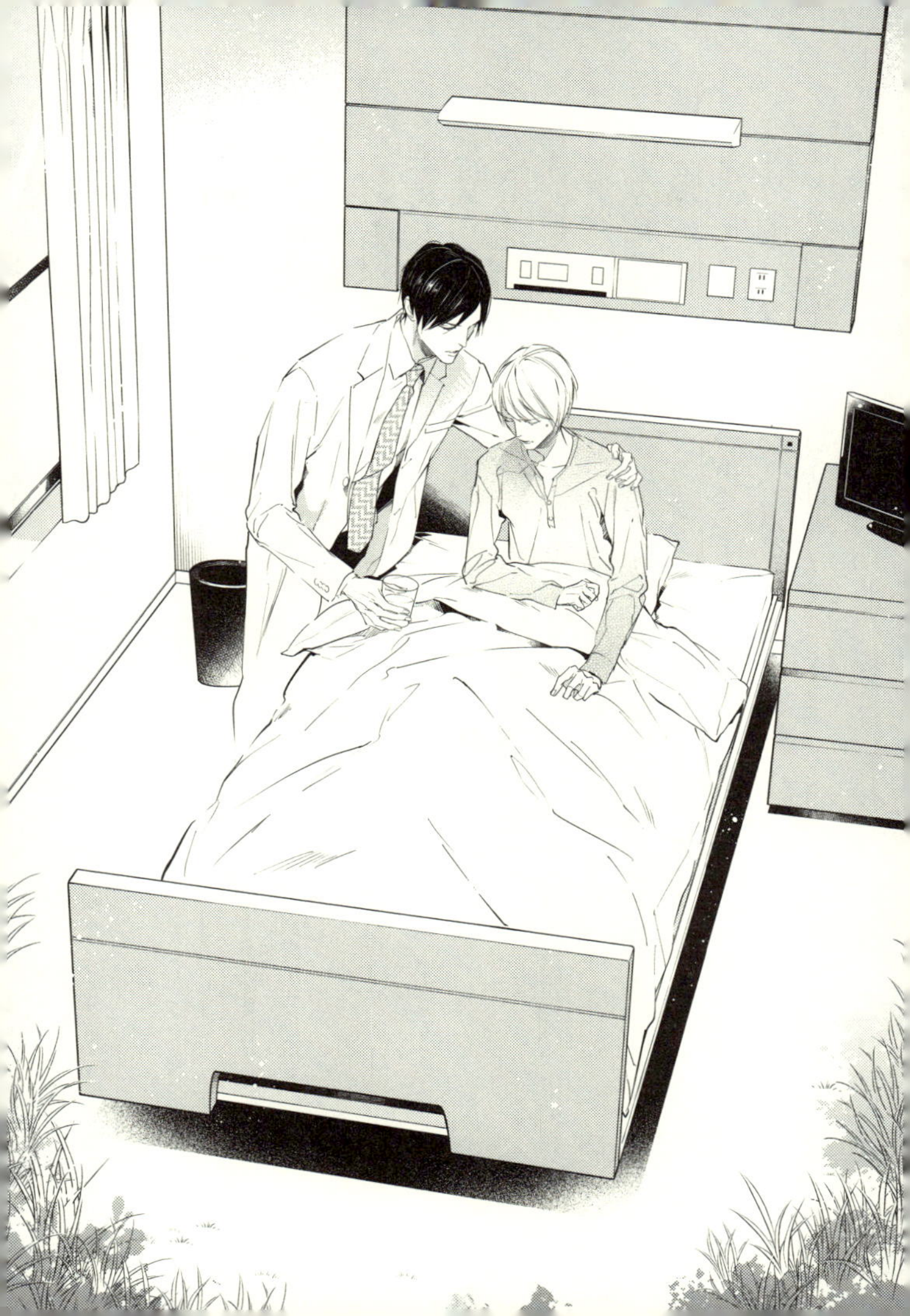

「……犀、賀せん、せぃ、ですか」

「そうだよ、ここにいる」

草のこすれる音が聞こえてきそうな、瑞々しい野原の匂い。

「飲みなさい」と下唇にコップの縁らしいかたいものをつけられて、うなずいて恐る恐る飲んだら水だった。冷たくて美味しい。先生の腕が右側からまわって自分の左の肩先を摑んでいる。胸の鼓動が、徐々に和らいでいく。

「この水はわたしも気に入っていて、よく飲む」

血以外のものはほとんど口にしないと言った先生が、水の話をしてくれている。ささやかな思いやりを享受するのさえ申し訳なくて、激しい罪悪感に襲われた。

「父さんは……あの、父さんは、無事ですか。俺が刺した傷はっ、」

「なにも怖がらなくていい、ここはうちのクリニックだよ。お父さんも隣のベッドで寝てる。胸の傷もたいしたことないし、ちゃんと手当てした。一週間もすれば治る」

洪水みたいな安堵が押し寄せてきて涙がでた。確かに父親の吸血鬼臭も先生の匂いにまざってかすかに香ってくる。よかった、と思わず洩らしたが、声は声にならなかった。

先生が俺の肩を引いて、背中をさすってくれる。

「有理、もう一度訊く。お父さんを殺そうとしたわけじゃないんだよね」

訊くと言ったがそれは問いかけとは違う〝そうあってほしい〟と願うような声音だった。

「……もちろん、違います。包丁を持っていたせいで、傷つけてしまいました」

「わかった」

後頭部を掌で覆ってわしわし撫でられる。褒められているような、ありがとうと感謝されているような感覚を覚えて、息を吸えない苦しさとは別格の胸の痛みに苛まれた。

親を傷つける者や命を蔑《ないがし》ろにする者をこの人がどれだけ憎んでいるか、その憎悪のすこしなら知っている。

「ただの事故なんです、本当に、殺そうなんて思ってません、こんなことしたくなかった」

言い訳を重ねた。先生が俺の肩のあたりでうんうんと二度うなずいた。

次第に先生の腕に力がこもって身体全部を胸にしまいこむように抱き竦められ、密着して食い入る肌と肌から彼の安堵も伝わってきた。もし俺が父親に殺意を持って包丁を突きつけていたなら、この人は傷ついてくれたのかもしれないと予感する。

――有理君の命も重たくて貴重なものなんだよ。

――わたしも有理君に長生きしてほしいと思ってるよ。

――必要ならすぐに会いにいく。

頭ごときつく抱き締められながら、深い温《ぬく》もりの奥に先生の鼓動を見つけた。とく、とく、という振動と先生にもらった言葉が心に沁み入ってくる。

裏切ってないです、と言いたいのに、でも言葉が喉に閊える。

殺す気はなくとも刺したあとに自分がしたことは憶えている。倒れた父親の血を探りあて、我を忘れて飲んで——先生には絶対に見られた。そうだ下着は、と自分の下半身に意識をむけたら、身につけている感触がある。……こんなことまでさせてしまったのか。

「先生俺、血まで飲みたくなかった。傷つけたからって、あんな、」

「それが本能だからしかたない、健康な証拠だよ」

「無理です受け容れられない、吸血種の自分が嫌だ、ごめんなさい、俺化け物だ……っ」

「有理。性交は愛情や親愛を育《はぐく》んだり命を産んだりするための神聖な行為で、わたしたちはそれを必要なときだけ行う人種なんだよ。人間みたいに三百六十五日ずっと発情していて、抑制できずに犯罪だって犯すのを化け物って言うんだ。きみはいまのままでいい。今日のことは災難だったけど、お父さんもきみを犯罪者だとは責めない、大丈夫」

命を尊く思う医者の真摯な言葉に触れて、全身がふっと浮くように救われた。

化け物、という絶望はブラックホールのように底なしで、何度も容易く落ちてしまうのに先生は必ず掬いあげてくれる。この人がいなかったら、俺はどうなっていたんだろう。

「先生、ありが、」

とう、という続きの言葉に、突然べつの声が覆い被《かぶ》さってきた。

「あーら、先生にだっこしてもらっちゃって。元気になった？　小バナナ君」

こ、ばなな……？

「梶家さんっ」と先生が引きつった声音で制止した。背中にあった先生の腕が離れていく。

「彼女は梶家さん、うちで人気のベテラン看護師だよ。わたしがお父さんの治療をしているあいだにきみを診てもらってたんだ。それで、まあ……」

「身体拭いてあげたのよ、気持ちいいでしょ？」

顔がぼっと紅潮したのが自分でもわかった。

「ご、ご迷惑おかけして、すみません……」

かろうじてお礼を言ったが、朗らかな調子で笑い飛ばされる。

「気にしちゃ駄目よー。こんなのねえ、昔っからよくあることなの」

「え、よく、って……」

「誰かの血ぃ飲んで困っちゃうことよ。喧嘩だったり怪我だったり理由はいろいろだけどね、トラウマになってる子も結構いるんだから」

衝撃的な言葉に、茫然としてしまった。

「いや、でも、家族同士では……」

「家族のほうが多いわよ？　だって出血することなんか当然あるのに、吸血種同士で暮らしてるんだもの。わたしたちみたいなのはほんと不便なの。安心して、ひとりじゃないよ」

そういえば俺は自分以外にもトラウマを抱えている吸血種がいる可能性について考えてこなかった。……もしかするとこれは、誰かと共有できる痛みだったのだろうか。

「俺は……視野が、狭すぎたんでしょうか」

「うん、あまり落ちこまないで。悩んだら遠慮なく頼ってちょうだい、わたしたちは一番身近な相談相手だもの。有理君って可愛いのは小バナナだけじゃあないのねえ、うっふふふ」

笑い続ける梶家さんの声を聞いていると、また心がふと軽くなった。

ひとりで持て余していた生きづらさを分かちあえる仲間が、ここにはいるらしい。希少な吸血種が、生涯つきあう医者に悩みを打ち明けやすいのは納得がいく。俺にとって先生がそうだったように、梶家さんも大勢の吸血種を助けてきたのがうかがい知れた。

冷え冷えとした家の外に、こんなに温かい安らぎの場所があるなんて思いも寄らなかった。急に自分が小さく感じられてきて、恥ずかしくすらなってくる。

「ありがとうございます……とても、心強いです。でもあの、父の具合が心配なんですけど、今夜うちへ帰れますか」

訊ねたら、先生がまた俺の手にコップを持たせてくれた。

「お父さんはわたしがあとで家まで送るよ。目が覚めるまで大事《だいじ》をとってもらおう」

「いま時間って、」

「八時すぎだね」

考えたが、自分ひとりで父さんを連れて歩くのは無理なので甘えるしかない。

「はい……じゃあお願いしていいですか。俺はくつしたも気がかりなので先に帰ります」

「あら、有理君もその目じゃひとりで帰れないでしょう。近所ならわたしが送っていくけど……ねえ、なんならしばらく先生のところでお世話になったら？」

「え」

「視力まで失ってるって、言っちゃナンだけどかなり重傷だよ？　身体もひょろっこくなっちゃって見てらんない。有理君が傍にいれば先生も診やすいし、今夜のことを教訓にすこしお父さんと距離をおくのもいいんじゃない？　先生もそうしてあげなさいよ。親子だって近すぎてもいけないの。離れてみるとお互いがよくわかってうまくいったりするものなのよ」

ふっ、とどこかから苦笑が洩れた。

「……すみません、不甲斐《ふがい》ない父親で、お恥ずかしい限りです」

父さんだ。

「有理……父さんもおまえをひとりにさせて身体も治してやれなくて、心配だったよ」

声が震えているのは気のせいか。

「父さん……？」

そっちに身体を傾けたらふいに右手を摑まれて、自分がコップを持っていたのを思い出した。「こぼすよ」と先生が言う。

「……どうする？　わたしの家はクリニックの隣にあって有理君の家ともそう遠くはない。帰りたくなったらすぐ帰れるし、何日かきてみる？」

みんなの優しさは苦しいほど感じられるのに、思いやられるほどに、親を刺したおまえは一緒にいる資格がない、父親とも縁を切って生きるべきだ、と責められているような錯覚に陥って自責の念が深くなった。……吸血鬼の、化け物の俺は、結局こうやってなにもかも失っていくしかないのか。

「……有理、おまえはなにも悪くないよ」

父さんの一言に息を呑んだ。

「さっきも、父さんが有理を怒らせるようなこと言ったんだよね。ごめんね。有理と一緒にいられる父親になれたら、父さん迎えにいくから」

自己嫌悪しているのは自分だけじゃないらしい。

……自分たちは似た者同士の、親子なんだな。その実感は、諦めとも安心とも似た複雑な感慨をもたらした。頼りない父親だと軽蔑してきたが、嫌おうと縁を切ろうと細胞には決して千切れない絶対の絆《きずな》が刻まれているのもまた事実。

右の掌に、包丁で父親の身体を裂いた感触が残っている。この別離は親子の信頼関係をとり戻すために必要な時間なのかもしれない。

「……わかった。俺、いきます。先生のところで治療に専念させてください」

決断すると、コップを口につけて水を一気に飲み干した。

先生が父さんに付き添って家へいってくれているあいだ、俺は梶家さんとクリニックで待機することになった。梶家さんは話せば話すほどエネルギッシュで剽軽《ひょうきん》な人だ。翻弄《ほんろう》されているうちに先生が帰ってきて、俺たちは梶家さんと別れて先生の家へむかった。

「短時間でだいぶ疲れたみたいだね。梶家さんとなにを話してたの」

先生が俺の手を引いてくれながら、半分笑って訊ねてくる。

「……言いたくないです」

小バナナ小バナナってからかわれて散々だった、なんてことは。

「残念。明日梶家さんに訊いてみようかな」

「やめてください、もうー……俺は本当は、梶家さんが診た患者さんの話を聞きたかったです」

「ああ、トラウマを持った吸血鬼たちの話？」

「はい」

「また機会はあるよ」

段差に気をつけて、と腰を支えられて玄関へ案内され、家のなかへお邪魔する。ふわり、とまず先生の野原の匂いが香ってきた。靴を脱いで、数歩先にある階段をのぼっていく。

「先生の部屋は二階なんですか？」

「一階は駐車場に繋がってて、なにもないつくりなんだよ」

「キッチンとか風呂場も二階?」

「そう」

「格好いい家ですね……——あぶっ」

いきなりなにか大きなものにぶつかった。鼻が痛くて押さえたら、先生が吹きだして、

「ごめんね。引っ越してきたばかりでまだ段ボールがあるから気をつけて」

と額をさすってくれる。

「引っ越し?」

「この家もクリニックももとは叔父が祖父からゆずり受けたものなんだよ。でもいずれ引き継げって言われていて、ひとまず越してきたんだ」

声に、気乗りしていないような苦さがあった。

「先生は継ぐのが嫌なんですか?」

「いや、光栄だよ。けど自分にははやすぎると思う。父も医者だったしね」

あ、そうか……医者の家系で個人病院を維持しているなら、先生より先にお父さんが継いでいたはずだったのか。

「自信持ってください、先生は素敵な医者ですよ。俺には特別な人だし、救われてます」

先生の苦笑が洩れたあと、ドアの開く音がした。

「きみのお父さんにも同じことを言われたよ」

俺が返事をするより先に、先生は俺の背を抱いて奥へすすみ、立ちどまらせて身体のむきを変え「ここに座って」と肩を押した。

未知の場所での行動は恐怖を伴うから、そのほんの一瞬間、俺は先生を信じる。先生の手を支えにして慎重に腰を落としていく、と、尻にふわっとした感触があってソファーだとわかった。柔らかくて気持ちいい。

「さっき家にお邪魔して、有理君の洋服もいくつかあずかってきたよ」

「あ、はい。ありがとうございます」

先生は腰かけずに、正面で歩きながら話している気配がある。

「荷物はどこにおくのが便利だろうね。空き部屋を提供しようと思うけど、まだどの部屋も片づいてないから週末にでも掃除するよ。今夜はわたしの部屋で我慢してもらえるかな」

「ちらかってても全然平気ですよ。見えないし、あまり気をつかわな、」

「また段ボールに鼻をぶつけても困るでしょう。そうだ、布団もない」

「えーと……とくにうろちょろしないし、このソファーの周辺だけでも大丈夫ですけど」

「ソファーで生活するの？」

「行くところってトイレと風呂ぐらいだから。あとはテレビかラジオの音が聞こえれば充分です。寝るのも、毛布を一枚もらえれば」

先生の足音がとまった。

「お父さんはひとりぼっちの有理君が心配だったっておっしゃってたね。お父さんのためにも、極力一緒にいるようにしてみようか。わたしが仕事にいってる日中は、そこに座ってDVDを聴く。夜はふたりで血を飲む。眠くなったらベッドで寝る。どう?」

「一緒に？　ベッドでも?」

「セミダブルだけどきみは細いから問題ないんじゃない」

先生は無感情な声で言う。

彼の性癖が心を過ったものの、タイプじゃないと拒否されているのに勘ぐりすぎるのも自意識過剰だよなと思ったらまたたく間に消え失《う》せた。

「問題があるとしたら、俺が他人と寝るのに慣れてないことですかね……」

「チェリー君だから?」

「っ……」

「多少寝相が悪くても我慢するよ」

「……先生を蹴ってやりたい」

「〝おうち帰りたいよお、寂しいよお〟って寝言言ってたら頭ぐらい撫でてあげるし」

「言わねえっ」

「じゃあ決まりだね」

結論をくだした先生が近づいてきて、横に腰をおろした。「はい」とボストンバッグっぽい、俺の荷物らしきものを膝においてくれる。

「いまから共同生活開始。まずは風呂に入ろうか」


脱衣所に連れてきてもらっても、服を脱ぐのを躊躇《ためら》ってしまった。

「先生、脱ぎました?」

「脱いだよ。きみはなにを恥ずかしがってるの」

浴室のドアが開いた音がして、水の匂いが香ってくる。慌てて手探りで先生を見つけると、斜め前あたりに裸の背中があった。

「ま、待ってください、先生がいないと服をおく場所とか、わからなくなる」

「ならはやく脱いで。一着ずつ下着までちゃんとたたんで積んであげるから」

わざと言うなよ、と憤って背中を叩いてやると、先生が「裸だと痛いなあ」と笑った。

「意識しすぎだよ、女の子じゃあるまいに」

「でも自分だけ裸を見られてるっていうのが、なんか……嫌なんですよ」

「有理君も見たかったの」

「そうじゃなくて」

「きみは銭湯にいって男の身体をじろじろ見る?」

「……見ませんけど」

「でしょう。わたしも見ない。だから安心していいよ、小バナナ君」

「ちょっと！」

声を張りあげて怒ったら、先生は心底楽しそうに吹きだした。くそ！　と悔しさに押されて長袖《ながそで》シャツを脱ぎ捨てると、すかさず俺の手からとってくれる。

「……どんな姿を見ても驚かないし嗤《わら》わないよ」

苦笑まじりにそう言われたとき、ズボンにのばしかけていた手をはたととめた。……そういえばいま身につけているズボンや下着は、誰のものなんだ。

「先生、もしかしてこの服って先生のですか……？」

「まさか、サイズが違いすぎる。それはクリニックに常備してあるもの」

「……そうですか」

先生は俺の一番みっともなくて醜い姿を見ても冷静に対処してくれたのだった。

普段から医者として患者の身体を診ている先生相手に、照れて過敏になるのも失礼だしばかげてるなと思いなおして、残りの服もさっさと脱いだ。

「はい、よくできました。——じゃあ入ろうか。足もとの段差に注意してね。抱きあげてあげたほうがいい？」

「ダイジョウブデス」

子どもどころか赤ん坊扱いされるのは嫌だ。とはいえ先生の力を借りなければ前進できないのもやっぱり事実で、情けない自分に辟易《へきえき》しつつ彼の腕に縋りつき、足先で段差を確かめながらそうっと踏みだす。無事に入ると、ドアを閉めた先生が「しゃがんで」と俺の右手を引いて浴槽の縁に摑まらせてくれた。膝を抱えて縮こまる背中に、お湯をかけてくれる。

「熱くない？」

「うん、ちょうどいいです」

暖かくて気持ちいい。もう一度俺の身体にかけてくれた次は先生もお湯を被ったみたいで、床のタイルに弾《はじ》ける水がばしゃばしゃと鳴った。流れてきたお湯が、足の指にさらさら絡みつく。

「家ではひとりで風呂へ入れたの？」

「はい、なんとか。十何年も暮らしてる家の構造や距離感なら身体に馴染んでるから」

「なるほどね。でもシャンプーとコンディショナーとボディソープの違いはどうやって？」

「俺が使ってるのはポンプの頭のところがつるつるなのとマットなのとで手触りが違うんです。ボディソープはボトルサイズが大きいし」

「ああ……うちのは全部つるつるだよ。ボディソープはサイズでわかりそうだけど、シャンプーとコンディショナーは有理君が愛用してるのを買い揃えたほうがいいかな」

「いや、お金かけてわざわざ用意してもらうのは忍びな、」

「触っても憶えられそうにないよ？」

「ちょっとだして確かめる……と、間違えるたびに無駄になりますね。えっと……あ、片方にだけシールで目印をつけるとかはどうですか。こう、でこぼこしたかたちの」

「でこぼこシールか、買ってこないとないな」

「そのぐらいの値段なら俺が、」

「いいよ、しょうがない。風呂も毎日一緒に入るしかないね」

しょうがないのか……。

「入ろう」と先生が俺の背中を叩く。俺が浴槽の高さを定めて片脚ずつ身を沈めていくと、先生も腰を支えてくれつつ一緒に入った。右腕に先生の腕がぶつかるから、並んで座っているのがわかる。腰には先生の手の、大きさと体温の感触が残っている。

「あの、いきなりなんですけど、先生の好みがどんな男か訊いてもいいですか」

「好み？　……歳が近くて筋肉質の、わりとがっしりしたタイプかな」

「ふうん」

毎日入浴しよう、と誘導された気がしたのは思いすごしか。まあもっとも、自分の身体ががっしりどころか見るに堪えない不健康さなのも心得ているけれど。

「俺、見窄《みすぼ》らしいですよね。梶家さんにもひょろいって言われちゃって恥ずかしいです」

胴体や腰をさすると浮きでた骨が指に引っかかる。異性愛者だろうと同性愛者だろうと、この身体を見て喜ぶ人はいない。

「痛々しいからもうちょっと太ったほうがいいとは思うよ」

「痛々しいかー。先生、言い方が優しい」

冗談ぶって笑ったら、頬についたお湯を拭うようにぐいぐいつねられて「いたいやめて」とふたりで笑ってじゃれあった。先生の掌は俺の頬をすんなり覆ってしまうぐらい大きい。

狭い空間には吸血鬼臭が充満していて、先生の爽やかな緑の匂いに癒やされる。

「このお湯って、入浴剤は使ってないですよね。先生は野原の匂いがするから、ああいう人工的な匂いよりずっと心地いい」

笑いかけると、先生もすこし笑った。

「有理は水の匂いがするよ。都会の水道水じゃなくて、山水に似て清々しい」

有理、と呼ばれた。

「先生はたまに俺を名前で呼びますね。電話の最初も必ず〝有理〟って呼ぶ」

「そう？　無意識だったな。電話をもらうのは緊急時だと思ってるから、気が張っててつい粗暴になるのかもしれない」

泣いて嗚咽まじりに電話をした、つい数時間前の記憶が蘇る。

「そうでした。本当、嫌な電話ばっかりしてますよね……」

ごめんなさい、と続けて笑顔を繕ったが、口の端が引きつってしまって俯いた。無駄な電話をする間柄じゃないにしろ、楽しいとは言えない内容で短期間に三回もかけたのだ。

「先生、今日は予定とか大丈夫だったんですか？　父さんが休日出勤だって愚痴ってたから日曜日ですよね。クリニックの営業日って、」

「患者さんが困ってればいつでも駆けつけるよ」

「けど迷惑だったんじゃ」

「べつに。朝から家でごろごろごろしてたし」

「ごろごろ……」

引っ越したばかりの部屋の段ボールを片づけずに、一日中ごろごろ……？　想像しているより怠惰な人なんだろうか。先生の吸血鬼臭にまざって、服から肉を焼いた匂いがただよっていたことも、気になっていたけど黙っているべきだろうか。

「ねえ有理君。今夜どうしてお父さんと喧嘩したのか聞かせてもらえる」

先生が動いてお湯が揺れ、ちゃぷんと水音が鳴った。

「……はい。俺、血を飲んでても体調が戻らないから、人間食も食べてみようと思ってサラダを作ってたんです。そしたら父親がきて、人間食もたまには悪くないよね、食べたほうがいいかもね、ハーフだからねって、また母親が人間だったたって方向に話が流れていって」

「ああ……」

「親子なのに父さんは俺に気をつかうから、接し方が不自然で気持ち悪くて苛々するんです。それで『あっちいってくれ』って怒鳴って振りむいたら――」

頭に先生の手がのる。言葉ではなにも言わない。ただすこし強引に、髪ごと掻きまわして撫でられた。先生の手が離れても生え際に違和感があって髪が乱れているのがわかったけど、なおそうとは思わなかった。

「人間食も必要っていうのはあるかもしれないね。叔父がハーフの子の病気に詳しいから、聞いてもっと勉強しておくよ。ひとまず明日からなにか用意しようか」

「……はい、すみません」

「どんな料理が好きなの？」

「好き嫌いはないです。先生の好みで適当に選んでくれれば食べます」

「好みねえ」

うーん……、と右横で先生が考えている。唸る先生が会話を夕方の忌々しい事件の話題からゆっくり離していってくれている。

「有理、ほっぺたが赤くなってきたね。そろそろでる？」

「はい。……また呼び捨て」

「ああ、うん」

照れ隠しっぽく鼻をつねられて、笑いながら湯船をでた。こういう自然な関係の変化を、大学や母校のクラスメイトなら戸惑って、許容できないだろうと思う。先生にだけは心を開いているってことなんだろう。

先生も湯船をでると、しゃがむ俺のうしろにきて「身体はどこから洗うの」と問うた。

「髪からです。で、顔、身体で、汚れを下に落としていく感じに」

「わかる、俺も同じだ。手を貸してあげるから先に洗ってごらん」

「はい」

名前で呼ばれると親密さを感じるが、先生がふいに〝俺〟と言う瞬間も、気を許してくれているのかもと思えて胸がほのかに温かくなる。「頭にお湯かけるよ」とシャワーをむけてもらって髪の先まで濡れたら、続けてシャンプー液も掌にもらって洗い始めた。

「先生って料理とかは……」

「一切できない」

「ですよね」

「有理君はできるの？」

君、に戻った。

「俺はすこしならできます。でもほんとにちょっとですよ、料理好きってわけでもないし」

「味噌汁《みそしる》も作れる？」

「味噌汁はすごく簡単ですよ、なんで味噌汁？」

笑ってしまったけど、先生の声は冷静なまま笑わなかった。

「小野瀬がプロポーズの言葉で使ったって言っててね、印象的だったから憶えてる」

緊張が、さっき温もったはずの胸に走る。

「先生、お湯ください」

咄嗟に告げて頭の泡をシャワーで落としてもらう。動揺を見透かされていないといい、と祈って髪をすすぐ。

「味噌汁のプロポーズは、奥さんになって毎日ご飯を作ってくださいって意味ですよ」

「うん、理解はできるけど実感が伴わないから、喜ぶ相手の気持ちに共感できないんだよ。人間はどうして味噌汁に重きをおくんだろうね」

先生が俺の手に二回目のシャンプー液をのせてくれて、俺もまた頭を洗った。

小野瀬さんの名前が先生の口からでると、俺はガキの価値観で失言して傷つけないか危ぶんでしまう。触れるのが怖い、先生の心の柔らかな部分。

「俺たちの場合の味噌汁って血なのかな。一緒に血を飲んでください、とか?」

へらへら笑ったら、

「似たようなことを有理君に言われたね」

と先生も笑った。

「有理君は経験がないかもしれないけど、吸血種はセックスをしたいとき〝血を飲ませて〟って誘ったりするから味噌汁に変換しづらいと思うな」

「しれっと嫌みを言わないでくださいよ」

二度目のシャンプーは泡立ちやすくてすぐ髪全体に広がる。それもお湯で落とすと、先生は仕上げのコンディショナーをくれた。

「先生、小野瀬さんのことは名字で呼ぶんですね」

「ああ、そうだね。名前にスイッチするタイミングがないまま馴染んじゃったから、もう変えられないいな。あいつは最初から俺を名前で呼んでたよ、図々《ずうずう》しい奴だよね」

先生の声が弾んでいる。好きなんだな、小野瀬さんのこと。

名字以外で呼べなくなるのも、出会ったときから呼び捨てられて許しているのも、深い信頼の証にしか思えなかった。誰も割って入れないほど長い年月をかけて結ばれた友情が、ふたりにはある。傍らには小野瀬さんが知らない、先生のみが募らせ続けた恋情も。

「先生の下の名前はなんていうんですか」

「みゆきだよ。深い幸せって書いて深幸」

「深い幸せ……」

ご両親が遺《のこ》してくれた名前に、先生はどんな想いを抱いているんだろう。

「素敵で、可愛い名前ですね」

「ありがとう」

月並みな褒め言葉しか言えない自分は、知りあったばかりの患者でしかないんだなと思う。とてももちっぽけだった。

「シャワーするよ」と先生が再びお湯をかけながら、俺の手をよけて髪をゆすいでくれる。

「有理君は行動がとろい。身体はわたしが洗ってあげようか」

「え、いいですよ、自分でできます」

「湯冷めして風邪ひいたら看病してくれる？　できるかな」

「でき、ないです……」

「だよね」

髪の水滴を払い落としてくれた先生は、シャワーをとめてボディタオルを用意しているみたいだった。〝先生〟としか呼べない間柄のクリニックの医者に、風呂で身体を洗ってもらうのが正しい距離感なのかどうか、考えてみてもよくわからない。


風呂からあがってパジャマに着替えると、先生がドライヤーで髪も乾かしてくれた。

「だいぶのびてるね。美容院にもずっといってなさそうだ」

「目が治ったらいきます。というか、至れり尽くせりで申し訳ないんですけど……」

俺やります、とドライヤーの音がするあたりに手をのばしてもさっとよけられてしまう。

「今日ぐらいは甘えなさい」

ドライヤーの騒音に紛れて聞こえた先生の声の強《したた》かさが、今夜どんな気持ちで世話を焼いてくれていたのかを教えてくれた。……ありがとうございます、と小さく言った。

「明日は朝からクリニックに仕事へいくよ。七時には起きる。有理君はどうする?」

「俺も一緒に起きます」

「無理して気張ったら共同生活はしんどい。いつもと同じ生活サイクルを維持したら?」

「そんなに怠《なま》けてませんよ。ただ、時間がわからないから起こしてもらえると嬉しいです」

「わかった」とこたえた先生がドライヤーをとめて、俺の髪を整えてくれる。

「日中聴く映画のDVDはうちにあるものでいいのかな。どんな作品がいい? 一応『レオン』も持ってるけど」

SF、恋愛、アニメ、それぞれ「こんなのがあるよ」と先生がタイトルをあげる。

ひとつ気になる作品があって訊ねてみた。

「『バットナイト』ってなんですか?」

「……わたしが子どもの頃に流行《はや》ってたヒーロー番組だよ。テレビシリーズの好きな回と劇場版がある」

「ああ……俺もテレビ観て憧れて、ゴム人形とか変身ベルトを買ってもらったヒーロー番組があったなあ」

「有理君も?」

「うん。ゴム人形は肌身離さず持ち歩いて、いつも一緒でした」

母さんに〝幼稚園へ玩具《おもちゃ》を持っていっちゃ駄目よ〟と叱られても死守したのを思い出す。

友だちをつくれず、ひとりで遊ぶことの多かった俺には、ヒーローのゴム人形が心のよりどころで、唯一の相棒だった。

「先生、俺『バットナイト』観ます」

髪を払って整えてくれていた先生の掌が一瞬停止して、そのうち弄ぶような甘やかな動きに変化した。四本の指を髪のあいだに差し入れて頭皮を緩く撫でられたり、一束つまんで質感を確かめるみたいに梳かれたり……愛撫《あいぶ》、という単語がぽっと浮かぶ。

黙って耐えていられない奇妙な照れが溢れてきて、

「ほんと、懐かしいな。先生も子どもの頃に好きだったヒーロー番組を大事にしてるって、なんか意外ですごくかわいー」

羞恥をごまかすために、失礼だとわかっていながら茶化した。

先生は怒りもせず手をとめもしないで黙っている。

「……有理君はどうして『レオン』が好きなの」

やがてこぼれた抑揚のない問いかけは平坦なのに温和だったから、かえって先生の心情を計りかねた。

「『レオン』は、マチルダとレオンがお互いの救いになるのが好きなんです」

「救いか」

「マチルダはレオンのおかげで天涯孤独の苦しみから解放されたし、心を閉ざしていた殺し屋のレオンは、陽気なマチルダに翻弄されていくうちに感情と希望をとり戻すでしょう。無二の存在ってああいうふたりを言うのかなと思えて、大好きです」

「でも最後は幸せじゃなくなるよ」

「先生駄目だね」

思わず即答してしまった。先生がいる左側に身体をむけて訴える。

「不幸せなのはふたりが出会えなかったもしもの未来だけですよ、救いあえる相手なんて出会える人のほうが少ないんだから。ふたりが孤独なまま終わってたら、それこそ不幸で観てられなかったけど」

先生の手が俺から離れて、またしばし沈黙が流れた。

「……うん。有理君の言葉を念頭においてもう一度観たら、感じ方も変わるかもね」

「ぜひ観てください」

「二年後ぐらいに」

「遅《おそ》っ」

叫んだら、先生が吹きだした。

「先生は弱虫ですね」

「一緒にいてくれる恋人ができたらすぐにでも観るよ。弱虫だから」

そうか。先生はいまひとりなのか。

ゲイの吸血種が、恋する相手と出会うのはどれぐらい大変なんだろう。吸血種自体少ないのに、ゲイとなったらさらに少数なんじゃないかと疑うのは、偏見だろうか。でもセックスした経験はあると聞いている。

「先生はいままでの恋人と、どうやって知りあってきたんですか」

「恋人がいたことはないよ」

「え、でも」

「ゲイバーへいけば、一晩過ごす相手は見つかるから」

予想外の返答をされて、驚きと困惑が同時に襲ってきた。

「出会いがないわけじゃ、ないんですね。はやく恋人ができると、いいですね」

声に動揺が表れて情けなくなる。左耳になにかが触れて、竦んだ直後に先生の指だとわかった。髪をよけて耳にかけてくれる。

「……有理君もね。いつか〝マチルダ〟に会えたら、紹介してほしいな」

「はい」

笑ってこたえたものの、この笑顔は嘘だと自分で思っていた。

誰かを好きになるのは怖い。なれたとしても想いを返してもらえる未来を想像できない。奇跡的に恋人ができたところで結婚して家庭を持つとなれば再び悩むんだろう。離婚しないと誓えるか、吸血種というハンデを背負う子どもをつくって幸せにできるのか。この俺が。

「じゃあうちのＤＶＤの操作方法を教えるよ。ちゃんと憶えるんだよ」

「あ、はい」

その後、先生にテレビとＤＶＤの使い方を教わったり、家のなかを案内してもらって身体に間取りを馴染ませたりしたあと、ふたりでベッドへ入った。

「有理君はこっち、トイレにいきやすいほうね。――いまは？　寝る前にちっちする？」

「ちっ……ヘイキデス」

「なら灯り消すよ。って言っても、あまり変わらないのかな」

枕がわりに借りたクッションの位置を確認しながら、ゆっくり身体を傾けて頭をのせる。

考えてみれば他人の家に寝泊まりするのは初めてだし、家族以外の他人とひとつの布団で寝るのも初めてだ。手や足がぶつからないように、緊張して隙間をつくる。この煩わしささえ新鮮だった。クッションや掛け布団に先生の匂いが染みついている。右側にいる先生の気配は呼吸音や体温を発して間近にある。

「……先生、もう寝た？」

「まだ横になったばかりでしょ」

笑われた。

「寝る体勢に入ったかって意味です」

周囲が静かで、自然と小声になってしまう。「入ってないよ」と先生も小さく笑う。

「なに。心配事？」

「ひとつ、ずっと気になってたこと訊かせてください。先生が飼ってるくつしたのお母さん猫って、ここにいませんよね？」

「いないね」

「引っ越ししたことと関係があるんですか？」

「小野瀬のところにいるよ」

また小野瀬さんか……なにか事情があってあずかってもらっているんだろうか。

「……先生と小野瀬さんみたいに仲がいい関係を、親友って言うんでしょうね」

「どうかな。高校を卒業したあとは数ヶ月に一度会う程度だよ。人間は会うとなるとだいたい仕事のあとに酒を呑もうってなるから、正直言って苦痛で、口実があれば断るしね」

「ひどい」

「娘のためのショッピングだなんだってつきあわされても〝お礼に昼メシおごるよ〟って言われて憂鬱になる。食事でお礼する人間のシステムはやめてほしいな」

「血なら嬉しい？」

「食生活に一切関《かか》わらないでもらえたら嬉しい」

「つめた……」

いや、でも、と思考を正す。

「そうは言っても、相手を蔑ろにできるところも親友っぽいじゃないですか」

他人に冷たいのは俺もだが協調性がないだけだ。先生たちの場合は互いの許容範囲が増えた結果で、そこに信頼がある。許しあうのと嫌悪するのは全然違う。

「有理はプラス思考だ」

あ、呼び捨て。

「違いますよ」

にやけて声が歪んだ。

「きみは初恋の相手と親しくなかったの」

「おやすみなさい。グー」

「こら」

鼻をつままれて、笑いながら払って布団を被ったら、先生も笑って引っぺがしてきた。

「気安く口にできないっていうのはいまだに未練たらたらか、わたしを信用してないかのどちらかだろうね」

でた、くどくて狡《ずる》い誘導。

「……親しくは、なかったですよ。その子は園の人気者で、俺は根暗なぼっちだったから、格差がすごかったんです」

「お姫さまに恋した町人ってこと？　可愛いね」

「お姫さまって……うん、でも否定できないかも。俺、町人のくせにひとりで意地張って〝さち〟って呼び捨てにしてたんですよ。そうしたらふたりきりのときに彼女が〝嬉しいよ〟って言ってくれて、すげえ舞いあがっちゃった。特別なんだって勘違いして」

「意外としっかり物語があるんだね。てっきり有理君だけの片想いだと思ってた」

「いいえ、ほかは傷つけたこと以外なにもありません。ふたりで遊んだ記憶もないんです。本当に人気者だったし、俺は積極的にいくタイプじゃなかったから。そもそも恋だったのかどうかもあやふやで……」

先生に話しながら、名前呼びに執着するのはさちとの思い出が心の奥に刻まれているからかなと、ふと考えた。

——ゆうりが呼び捨てにしてくれるの、嬉しいよ。

薄暗い押し入れの隅で、華やかに輝いた愛らしい笑顔を忘れたことはない。

当時の俺は自分が血を飲まないと死ぬ生き物で、人間じゃないんだという現実に卑屈になっていた。生まれた瞬間マイナスから始まった人生を、強がることでしか受け容れられなかった。それがさちとの事件で悪化したのだった。

「恋だよ」

ふいに先生が言う。

「それはちゃんと恋だ。たぶんさちちゃんも有理君を好きだったんだと思う」

「やめてください、先生は俺の話しか聞いてないから勘違いしてるんですよ。そんな映画みたいなロマンチックなことあるわけないでしょ」

「現実は映画より奇なりだよ」

「それを言うならショーセツ」

先生が口内で苦笑した。喉で息を押しだすような、その笑みにまざる先生の低い声に惹かれて意識がそれ、動き始めていた罪悪感が鎮静していった。

さちを傷つけて父親にまで食らいついた化け物の俺が、こんなに安穏とした夜を過ごせているのは先生が傍にいてくれたからだ。今日はなにからなにまでお世話になってしまった。父さんも、くつしたとふたりで穏やかに眠れていたらいい。

「じゃあ寝ます、先生。おやすみなさい。……ありがとうございます」

「……うん、おやすみ」

目を閉じたまま先生の呼吸に耳を澄ませる。すぅ、すぅ、と静寂のなかで繰り返されるリズムは子守歌みたいで、追っていると自分も無意識に呼吸をあわせていた。すぅ、す、ぅ、すぅ。タイミングが狂うと苦しい。先生と寝るのは苦しい。それが嬉しい。

明日はどんな一日になるだろう。

朝になると、先生に呼ばれて目が覚めた。

「おはよう有理君。トイレにいったあと、顔を洗って歯を磨いておいで。ひとりでできるかテストだよ」

テストという一言を聞いて途端に気が重くなったが、うなずいて従う。

ついてきて監視してくれていた先生に「洗面台に水が散ったから雑巾《ぞうきん》をおいておくようにしよう」とひとつ減点された以外は合格して、服も着替えた。

朝食を食べる、という感覚は俺たちにはない。

「先生はいつ血を飲むんですか」

「わたしは空腹を感じ始めたら夜に飲むよ。だいたい二、三日おきだね。昼休みには戻ってくるし、有理君はわたしが一緒にいるとき毎日すこしずつでも飲みなさい」

「はい」

「人間食も買ってくるね。ＤＶＤもセットだけはしておくよ」

「ありがとうございます」

ソファーに座っていると、先生も準備を終えたようすで横にきた。

「有理君、約束してもらいたいことがある」

「……？　はい」

両肩を摑んで身体のむきを変えられる。正面よりすこし上に先生の顔があるのを感じる。

「ここに誰かきても無視してほしい。玄関や窓の鍵は全部わたしが施錠していくから開けたら駄目だよ。インターフォンにも電話にもでなくていい」

「宅配とかも、無視するんですか……？」

「日中届く荷物はクリニックへ持ってきてもらってるし回覧板もポスト投函するよう頼んである。ここはわたしがいない限り誰もこないから、くるとしたら勧誘かそれ以外なんだよ」

それ以外——先生の心の、もうひとつの闇が見えた。

「わかりました、約束します」

深くうなずいてこたえたら頭を撫でられた。

「帰宅する前には必ず携帯電話に連絡するよ。電話がないのに鍵の開く気配があったらすぐ連絡しておいで。通報してもかまわない」

「匂いでもわかるし、大丈夫」

「そうだけど、用心のためにわたしからの電話も着信音でわかるようにしておこう」

「そこまでしなくても平気ですよ、電話くれるの先生か父親ぐらいなので」

「画面に表示される名前も確認できないんだよ？　どんなトラブルが起きるかわからない。登録してる友だちだっているだろ」

「ゼロじゃないけど……連絡とりあうほど仲よくなくて。声でも判別できますから」

「いや、信じない。一応わたしの設定だけ変えておく」

携帯電話借りるよ、という厳しい声に畏怖の念を覚えて、もう一度素直にうなずいた。空き巣に遭って両親を失った悪夢はこんなふうに先生を縛り続けているのだと、哀しく思う。

「有理、やっぱり嘘ついてるだろ。着信音をいっぱい自作してるじゃないか」

「そ、れは、アプリに興味があって遊んだだけです。個別設定には使ってないですよ」

返事がなかった。やがて「はい」と掌に携帯電話を持たされる。

「いい曲にしておいた。自宅とクリニックの番号も登録したから、ほかの着信音でわたしを名乗る電話がきたら疑いなさいね」

わさわさと髪を掻きまわされた。先生は頭を触るのが好きだ。ほかの誰かならばかにされているみたいで不快に思うところだが、先生だから辛抱して委ねる。

仕事にいく先生を玄関まで見送って二階の部屋へ戻ると、『バットナイト』を再生した。

過去に似たような番組を観ていた経験が想像の手助けをしてくれて、音声のみでも充分に楽しめた。お約束どおり悪者の手下が街中で事件を起こして、変身したバットナイトが退治していく。子どもが真似したがりそうな決まり文句もちゃんとあって、バットナイトのそれは騎士なだけに紳士的で格好いい。

さらに面白いのは、バットナイトが自身の過去の記憶を失っていること。

抜け殻になってさまよっていたところを喫茶店のマスターに助けられ、バットナイトは店の手伝いをして暮らしながらも自分が何者なのか、なぜ悪と戦い続けているのか、どうして悪者を野放しにできない正義感に駆られるのか、知りたくて苦しみ続けている。

そしてそれは視聴者には薄々予感できるようにつくられているんだけど、恐らく、悪者の長《おさ》がバットナイトの父親だからなのだ。世界征服のため息子をバットナイトに改造した父親を自分が正さなくてはいけない、という記憶の欠片《かけら》の本能で、彼は戦っている。

楽しくてDVDに集中しきっていたとき、突然家の電話が鳴りだしてどきりとした。でなくていいんだよな、と息を詰めて呼出音を注視しているうちに留守番電話へ切りかわる。

『――桃です。今夜ふたりで会いたいの。あ、わたしが犀賀君に電話したこと、小野瀬には言わないで。……また、夜に連絡します』

女性だ。内緒話を盗み聞きした心地悪さに困惑していたら、今度は俺の携帯電話が鳴った。スティングの『Shape Of My Heart』――『レオン』のエンディングで流れる曲だ。

『有理君？　いまから帰るよ』

先生だった。


「食べてごらん」

先生が俺の左手に小さな器、右手に箸を持たせてくれる。箸の先で器のなかの食べものを探ってみたものの、適量掬うのは難しそうだから、器の縁に唇を寄せていって食べる。

「それ美味しいの？」と、左横にいる先生が訝しげに問うてきた。

「味を知ってて選んでくれたんじゃないんですか？」

「ううん。人間がこんな珍しいものを食べるのが不思議で、感想を聞きたくて選んでみた」

「実験かっ」

笑う先生にため息を返して、舌に染みた酸っぱい液体と、細くて短いそれの食感を楽しむ。めかぶだ。人間全員が好むわけじゃないと思うが、俺は別段嫌いってほどでもない。

「梶家さんが健康にもいいって言ってたよ。どう？」

「こりこりして美味しいです。先生も食べます？」

「いらない」

嫌そうな声で言われた。しかめた顔を想像できる子どもっぽい反応が新鮮で面白かったから、わざと器に口をつけてずずとすすってやったら「わあ……」とさらに気持ち悪そうな幼い嘆声《たんせい》があがる。おかしくって「あはは」と笑うと、鼻をつねって反撃された。いてー。

「わたしは人間食を食べると戻してしまうんだよ。まあ、精神的なものだろうけど」

「人間の食べものは嫌だ、って身体が拒否するってことですか」

「たぶんね」

食事に誘われると憂鬱になる、という昨夜《ゆうべ》の言葉に真実味が増した。体調まで崩すなら気落ちしても無理はない。先生はひとりでいくつもの苦痛と闘っているなと思う。精神に影響するほどの人間への嫌悪も事件のことと結びつけてしまうのは、不躾な早合点だろうか。

「じゃあ先生は話をしてください、俺と」

先生の昼休みは一時間なのだそうだ。

さっき聴いていた『バットナイト』の感想を先生に伝えながら、俺は血をすこしとめかぶを食べる。話しているうちに先生も興奮してきて、いつもの淡々とした雰囲気が嘘のようによくしゃべりよく笑ってくれるようになった。

「バットナイトは記憶喪失に苦悩してるせいで哀愁がただよってるんだよね。喫茶店のおじさんや常連さんと楽しそうにしてても同情を誘う。おまけに変身後も騎士の品があって格好いいもんだから、子どもの頃本当に憧れたんだよ」

「紳士ですよね。服装ってどんなですか？　『バットナイトの誇りにかけて勝利を掴む』ってセリフのときザッビュッてSEが入るから、マントしてるのかなとは思ったんですけど」

「してるよ。全身が黒い。目にコウモリのかたちのマスクをして頭にハットを被って、細身のスーツふうの服を着て、マントを羽織ってるんだよ」

「騎士っていうと甲冑《かっちゅう》のイメージなのにスーツ？」

「貴族っぽいんだよね。子どもむけだからそこらへんは見栄え重視なのかもしれない」

「ああ……　〝バット〟だしドラキュラ伯爵のイメージにも寄せてるのかなあ」

「血は吸わないけどね」

監督や脚本家が吸血種だったんじゃないか、とふたりで予想してわくわくする。

楽しかった。先生といると常に会話があって、笑ってばかりいる。学校でクラスの人間が手を叩いて談笑しながら味わっていたのは、こんな感覚だったのかもな。

めかぶを食べ終えて「今度はおむすびとかも一緒にあると嬉しいです」「めかぶって白米にあうの?」「あいますよ、かけて食べたりしますもん」「うわ……」と笑い続けていたら、留守番電話のことを思い出した。

「そうだ先生、さっき電話があったんですよ。メッセージが留守録に残ってると思います」

「本当?」

ソファーの左側が浮いて、先生の足音が遠退いていく。ピッとプッシュ音が鳴ったあと、先程聞いた女性の声が再生された。——桃です。今夜ふたりで会いたいの。あ、わたしが犀賀君に電話したこと、小野瀬には言わないで。……また、夜に連絡します。

「桃は小野瀬の奥さんだよ」

音声を停止すると、先生はわざわざ教えてくれた。

「や、いいですよ言わなくても」

「どうせ聞こえてたでしょう。彼女とは携帯番号を交換してないから、帰宅時間が遅れたら夜も電話がくるだろうけど、無視していいよ」

私生活を干渉されることなど先生はとうに諦めていたのかもしれない、と申し訳ない気持ちになる。

「そろそろ休憩時間も終わりだな」

先生が呟くと、チャリチャリとなにか金属の、鍵のようなものの音がした。

「行くね。また夜も食事を買ってくるから」

「はい。玄関まで送ります」

「歩ける？」

「うん、ちょっとは身体を動かさないと」

桃さんの声は深刻そうだった――ぽつと思考が立ちあがると、そのまま無遠慮な詮索《せんさく》に火がついてしまった。

旦那へは内密に、と切望するような電話を親友の奥さんがかけてくる。悩み相談にしてもやけに重たげな声色からして、決して愉快な内容ではない気がする。

もし小野瀬さんの浮気相談だったら先生はどうするんだろう。かつての片想い相手の家庭で起きるどろどろした事情にまで、この人は今後一生つきあっていくつもりなのだろうか。

吸血種が人間を傷つけるのを知っている俺には、片想いを隠しとおして『自分を受け容れたままでいてほしかった』と吐露した先生が、小野瀬さんも自分も守ろうとしているように感じられる。そんな頑なでひたむきで臆病な先生の前で、小野瀬さんが脳天気に醜態を晒したりしたら許せないと思った。

「危ない、階段に気をつけて」

ふいに抱かれた腰に、先生の掌の包容力を感じた。

「玄関に着いたよ、ここまででいいから」

手が離れていってドアの開く音が響き、先生の孤独な背中のイメージが頭を過った途端、咄嗟に「待ってください」と引きとめていた。

「今日ってどんな天気ですか」

「天気……？」

二呼吸ほど間があく。

「晴れだよ」

「晴天？」

「うん、晴天だね。空が青くて雲がない」

雨は降っていなくとも、雲はあると思っていた。遠くのほうに灰色の、そのうちこっちへくる雨雲が。晴天なのはなんだか、うまく信じられない気分になっていた。


夜帰宅した先生は桃さんからの電話を受けた。気をそらしていても声が耳に入る。駅前の喫茶店で待ちあわせよう、え、近くにいるのか、ならきてもらおうかな、うん待ってる。

「有理君、ごめんね。でかけることになった」

「はい」

「一時間ぐらいで帰るから、そうしたらまた食事して風呂に入ろう」

もう一度「はい」とうなずく。

やがて桃さんがきて先生は外出した。テレビを聴く気持ちにはなれず、ソファーに座って黙する。ふたりが対面したとき階下から聞こえてきた桃さんの声が、脳内でまわっている。

——ごめんね、何度も電話して押しかけて、気持ち悪かったよね。

さらりと涼しい大人の女性の声だった。笑ってはいたが、暗く沈んでもいた。

返答する先生の声は優しかった。

——いいよ。近々こうなるだろうって予想はしてた。

先生は吸血種として生まれてきたこの人生で、死ぬまで小野瀬さんを嫌いにはならない。ふと浮かんだ思いは静かに確信となって俺の肌へ心へ、沁み渡っていった。失恋した恋情は変容するだろうが、唯一の男である事実は先生の魂へ刻まれる記憶になるんだろう。呪いのごとく想い続けやがて朽ちていく。まるで罰を与えられた罪人だ。ならばせめて小野瀬さんには、先生が恋した素敵な人間のままでいてほしい。先生を裏切らないであげてほしい。

しんと張り詰めた沈黙が身に迫る。

実家にひとりでいた頃の、時刻も天気もなにもわからない虚しさを思い出す。

……スティングのあの曲は、自分もレオンとマチルダのような相手と万が一にも巡り会う幸福に恵まれたら設定するつもりだったんだと、そんなこと、先生には言えないな。

どうしても気がかりなことがあった。

「有理君、今日は仕事が休みだからどこかにいこうか?」

「休みなんですか?」

「叔父の出勤日なんだよ。有理君の往診にも、こういう日を利用していってたんだ」

「そうなんだ……」

「で、どうしよう。身体を動かしたいって言ってたし、散歩でもしようか」

それなら、と身をのりだす。

「俺、くつしたが心配なんです。父さんのほうが目も見えてちゃんと世話できるだろうけど、俺が飼いたいって言った子だし、日中はやっぱりひとりぼっちだから」

「ああ、そうだね。くつしたのことはわたしも気になってた。じゃあうちに連れてこようか。トイレやなんかも運んできて有理君が世話したらいいよ」

「え、いいんですか?」

「お父さんがひとりになって可哀相だけどね。——七時か。出勤前なら電話してみたら?」

時間を聞いて、急いで尻ポケットから携帯電話をだす。「かけてあげるよ」と先生が操作して発信ボタンを押してから持たせてくれた。

家に連れていってもらってくつしたのようすを見に、というか、抱いて感じさせてもらえるだけでもありがたかったのに、さらに嬉しい展開になった。先生も猫を飼っているから家に動物が増えても抵抗は薄いのかもしれないなと考える。

電話に応答がある。

「――あ、父さん？　有理だけど……おはよう、身体の具合はどう？」

『おはよう。……ありがとう、大丈夫だよ』

父さんは微笑んでいるのがわかる柔らかな口調でこたえた。数日ぶりの会話だが、電話越しの接触だけを計算すると十数年ぶりだと思う。複雑で、いささか心地悪い。

「元気ならいいんだ」

『うん、有理はどうしてる。先生に迷惑かけてないだろうね？』

父親らしい言葉をかけられてびっくりした。ほんの二日たらずでなにがあったんだろうと戸惑いつつ「うん、気をつけるよ」と返答した。それからくつしたの話をした。

くつしたは元気ではあるものの、父さんも昼間ひとりにするのが不安だったらしい。引きとりにいきたいと頼んだら、しばし考えて『先生がいいのなら』と言った。

そこで先生に事情を話したら電話をかわってくれた。

「はい、かまいません。わたしも動物は不慣れですが大事にしますので安心してください」

ん？　不慣れ……？

「——ごめん、嘘をついた」

その後、先生の車で実家へいってくつしたと荷物をのせて帰宅したら、先生に謝られた。

「くつしたは小野瀬の猫で、はなから有理君に会わせるためにゆずり受けたんだよ。有理君に最初会ったあと治療法に悩んで、ちょっと強引な手段にでてみた」

「強引って……」

「生きる糧をつくってあげれば、血を飲むことにも前むきになるかなと思ってね」

「それは、そうでしたけど……先生が飼ってたんじゃないなら、お母さん猫が小野瀬さんの家にいるっていうのは、」

「言葉どおりだよ。小野瀬が飼ってた猫の子だから、母親猫も小野瀬のところにいる」

先生はごく冷静に「トイレは廊下に設置した。餌はリビングでいいかな」などと話し続けているが、俺はもやもやしていた。

初めて会った日、あまりの嚙みあわなさにうんざりしたのは俺も同じだったから、子猫を与えようと企《くわだ》てた先生を責めはしない。くつしたに会えたのを嬉しいとも思うし、先生の思惑どおりくつしたの温もりがあいだに入ったことで、お互いの凍結していた関係が急速に溶解したのも認める。

引っかかるのは、その温もりを送りこんだのが先生ではなく小野瀬さんだということだ。

「……先生はなにかあると小野瀬さんに頼るんですね」

棘がある、と自分の口調を危ぶんだ。

「今回はたまたまだよ」

「でも友だちの名前だって、俺は小野瀬さんしか聞いたことありませんし」

「言う必要がないからね」

そうだけど、と返したが、内心では腹が立っていた。

小野瀬さんの恩恵だけは受けたくない。

昨夜の記憶もまだ濃く、〝浮気じゃないにしろ奥さんを哀しませた原因は小野瀬さんにあるんだ、じゃなければ彼女が先生を相談相手にするわけないんだから〟という不信感が真新しいままここにある。そんな男に救われていたなんて不愉快だった。彼への想いに束縛されている先生も憐れで愚かで、辛くて悔しい。

「俺……先生に助けてもらいたいです」

「どういう意味？」

「小野瀬さんは俺の病気と関係ないじゃないですか」

「小野瀬はわたしの友人だから、わたしが助けていることにはならないの？」

「先生と小野瀬さんをひとつに考えるのは、ちょっと無理かな」

なんだこの我が儘は、と奇妙に淀む空気を苦笑いで蹴散らしながらも恥じた。

「……困ったな」

先生の戸惑いが伝わってくる。

「変なこと言ってすみません」

「いや……」と苦々しいため息が続いた。

先生に迷惑をかけるな、と父さんにも注意されたばかりだったのに、気が緩んで言いすぎてしまった。反省はする、けれど蟠りは腹の真んなかで蠢《うごめ》いて消えない。

「有理君、きみは自分の言葉がわたしにどう聞こえてるかわかってる？」

「どうって、ただのわがま、」

ふいに遠くのほうからがさ、がさ、とかすかな音が響いてきた。

「くつしたがうんちしてるみたいだ」

先生が言う。

「あ、俺片づけます」

「有理君には無理でしょ、トイレ掃除はわたしが担当するよ」

先生の気配が廊下のほうへ消えていった。

小野瀬さんの話はそれきり途絶えて、濁りかけた雰囲気も日が傾くにつれゆっくりもとに戻っていった。またくつしたのおかげだなと、頭の隅で思っていた。

夜に先生が用意してくれた人間食は、

「わ、わあ……人間はなんでこんなものを食べるんだろう……」

「先生もなんでそう思うのばかり選ぶんですか」

自分では準備できないから、先生が器に入れて白米と一緒にまぜてくれている。納豆だ。

「ねばる……糸が切れない……」

先生の嫌そうな言い方が面白くて笑ってしまう。

「美味しいですよ、納豆」

「きみは変わってる」

はい、と器を持たされて、続けて「こぼしたら大変だから今日はスプーンね」とそれも受けとった。スプーンで納豆ご飯の量を探りつつ、これぐらいかな、と持ちあげる。糸を切るためにくるくる宙でまわして、先生に「もう平気?」「うん、たぶん」と確認をとってからいざ口へ。ほかほかの白米にのっている納豆は醬油の風味と相まって美味しい。

「幸せです」

「しあわせっ? 有理君はぬるぬるしたものが好きなんだね……」

「先生がぬるぬるしたのばかり食べさせてくれるんですって」

「うぅ……〝ぬるぬる〟って言わないでくれる。背筋がぞっとする」

「先に言ったのも先生ですよっ」

ふたりで笑って、今夜は一緒に食事をする。自分の想像では糸が切れていても、先生に「まだ引いてるよ」と教えてもらいっぱなしで苦戦したけど、そのやりとりにも満たされた。

「やっぱり誰かと食事するのはいいですね」

ひとつ屋根の下で過ごす者同士が集《つど》って、会話をする。この幸せなひとときは貴重だと思う。吸血種は同居人と顔もあわせず、個々で自由に生活するのが可能だから、食卓における幸福は忘れがちだ。母さんも哀しんでいたように。

「……そうだね」

呟きに似た相槌をくれたのち、すす、と鳴って左側でパウチが空になる。ソファーでふたりになるときは先生が左に座るのが常になった。血しか飲まない先生の食事はすぐ終わる。

「有理君のその唇とはキスしたくないな」

鼻で笑いながら、いきなりどきりとする指摘を受けた。

「失礼だな、納豆にも失礼ですよ」

左側を瞼の裏で睨みつつ俺も半分笑って反撃する。「納豆にも失礼って……」と言葉尻を噛んで笑う先生はなんとなく、とても素敵な表情をしている気がした。

「恋人が相手でも納豆唇だったら先生はキスしないんですか」

「恋人はいたことがないって言わなかったっけ」

「いたとして」

「そうだね……恋人なら我慢するのかな」

「じゃあ俺が先生の恋人になれば、俺の納豆唇も平気なんだ」

「まあ……でもすぐは嫌だよ。納豆を舐める覚悟ができるまで時間をもらわないと」

恋人になってもいいよ、と聞こえて心臓が波打つ。

「それ、結局納豆唇が嫌いってことじゃないですか」

「今日は自分でぐっちゃぐっちゃ練ったショックがあるから厳しいね」

「言い訳ですよ」

「正直な気持ちだよ、納豆には失礼だけど」

「ああ言えばこう言う」

やんわり拒絶されてるじゃないか、とわかってきたら胸の奥でなにかが暗くなった。

「有理君は忘れてるんだね」

「？　……なにをですか」

「最初に会った日キスしたこと」

感情が、再びさざ波を立てる。

「あ、れはキス、じゃないと思います」

「有理君の思うキスってなに」

楽しげに苦笑いして煽ってくる先生が憎たらしい。

「キスはもっと、ロマンチックなものでしょう」

「納豆キスもロマンチックじゃないと思うけどな」

「先生にとってはあの口移しがキスだったんですか?」

なんだろうこの応酬の甘さ、くすぐったさ。先生とキスする、それがいまや嫌じゃなくなっていることは認めざるをえない。

「正確には、あれは治療のキスだったね」

キス、と言い張るし。泰然としている先生に、意趣返しのつもりで重ねて問うた。

「口移しが治療なら、納豆キスはなんのキスですか」

「納豆は大好きな相手にするキスじゃない?」

「好きのキス?」

「違う、大好きのキス。ぬるぬるの唇だからね、好きより突っこんだ好意が必要だよ」

真剣に言われて、真剣に話している自分たちもおかしくなってきて、俺が笑ったら先生も笑った。好き、大好き、愛してる、の段階があるわけだ。

「だったら愛してるのキスは?」

うーんと考えていた先生は、

「知らない」

と結論をくだした。

思いつかないから〝わからない〟のではなく、経験したことがないから〝知らない〟のだと思った。

「有理君は？　最初の口移しをどう思ってたの」

また質問が跳ね返ってきて、俺が悩む番になった。先生は隣で血のパウチを折りたたんでいるようで、容器のへこむ音がしている。

「事件」

それがいまの心情にもっとも適した表現だった。

「事件？〝事故〟じゃなくて？」

「事件です」

先生は「事件か……」と咀嚼するみたいに反芻して、ソファーを立つ。

「ごめんね、有理君。人と会う約束をしていた時間になったからちょっとでかけるよ」

「え、約束？　いまからですか？」

また桃さんか、と疑ったら、

「叔父に相談事があってクリニックへいくんだよ。一緒にくる？」

と誘ってくれた。

「お邪魔でないならいきたいです」

「じゃあ残りの納豆をはやく食べなさい。絶対にこぼさないようにね」

頭に先生の掌がおりてきて髪を掻きまわされた。目を強く瞑って、じっと委ねる。

夜道は静かで肌寒かった。握っている先生の手だけが温かい。

「最近、夜はぐっと寒くなったよ」と先生が教えてくれて、俺は「風が冬の匂いですね」と返す。そのとりとめのない会話にも温もりがひそんでいるのに気づく。

クリニックの診療時間は終了しているそうで、先生が奥で医院長と話すあいだ、俺は梶家さんと受付で待つことになった。

「有理君が梶家さんと話したいことがあるって言ってたから、相手してあげてください」

繋いでいた先生の手が離れると、べつのふっくらした小さな手にしっかり握り締められて導かれた。

「ええ、いいですよ。こっちおいで有理君、椅子はここね、わかる?」

「はい」

それで腰をおろして、俺たちは先生がおいていってくれた話の種をもとに、すぐに会話に花を咲かせた。れいのトラウマを抱えた吸血鬼たちの話だ。

「子どもの頃は、自分の血に興奮する親を見てショックを受ける子も、反対に親に興奮しちゃって悩んだりする子も、どっちも多いのよ。ていうか、ほとんどの吸血鬼が経験してるんじゃないかしら」

「ほとんどの？　それほど日常茶飯事なんですか」

「そりゃあ、このあいだも言ったけど怪我は誰でもするからね。でも吸血種の場合は虐待じゃないから施設へあずけましょうなんて大事《おおごと》になっても困っちゃうでしょ？　で、患者さんが落ち着くまで、医者がおうちに泊めてあげることも間々あるの」

「だから梶家さんも先生も、俺たちのことをすんなり受け容れてくれたんですね……」

「ふふ。医院長もたまに面倒見てあげてたわ。わたしの友だちも、ここじゃないけど一時期担当医のところに居候してた。思春期って性に敏感だからショックも大きいのよね。しょうがないの、これぱっかりは」

どうぞ、と梶家さんが俺の手にカップを持たせてくれる。お礼を言って飲んだら、暖かい紅茶だった。砂糖が多めのレモンティ。

「梶家さんのお友だちは立ちなおれましたか」

「もちろん。彼女も看護師をしてるのよ。わたしは彼女が〝自分みたいに悩んでる吸血鬼を助けたいから〟ってこの仕事を目指してた姿に感化されて、いまこうしてるんだもの」

「すごい……友だちと一緒に夢を追うって、羨《うらや》ましいです」

「ありがと。吸血種と医者は生涯切っても切り離せない関係だからねえ、この仕事を選ぶ子も結構いるのよ」

うふふ、と梶家さんが笑う。友だちと励ましあいながら看護師を志した女の子の姿が、映画のワンシーンみたいに浮かんだ。看護学校に合格して喜びあったり、たまにテレビで観る戴帽式の、キャップを頭に被せてもらうようすだったり。

「有理君はお友だちは?」

「……俺は友だちってうまくつくれないんです」

「あら、人見知りっぽくないのにね?」

「話をするのは好きなんです。でも吸血種の友だちは駄目ですね。人間は人数も多いから適当に遊ぶ仲間もできましたけど、なにかの拍子に血を吸ってしまったらって警戒して距離をおいてるし。……俺も吸血種の友だちをつくれれば、もっと違ったのかな」

「やっぱり吸血種のもうひとつの悩みってそこよねえ。そもそも学校に何人いる? 同級生だとひとりかふたりじゃない?」

「ですね」

「ほら。そのなかから相性のあう相手を探すってなったら難しいに決まってるもの。いくら同種ったって、全員と親友だー恋人だーってなれるわけないわよねえ」

梶家さんの物言いがあまりにざっくばらんで、苦笑してしまった。

「梶家さんに友だちができるのはわかる気がします。一緒にいると元気がでるから」

「やだ、口がうまいわー。わたしは図々しいだけよ」

ばし、と肩を叩かれて、ふたりで笑う。

レモンティを飲んだ。甘くて熱い液体が身体の内部を安堵感で満たしていく。周囲には病院独特の清潔な香りと、梶家さんと医院長のものと思われる吸血鬼臭にまざって先生の匂いがただよっている。複数の吸血鬼臭があっても先生のだけ手繰れるのはきっと、この匂いの沁みこんだ家にいて、本人と寝食をともにして、自分の芯にまで浸透し始めているからだ。

「有理君は先生に会えてよかったね」

そう言われて照れくさくなった。

「……はい。友だちじゃありませんけど、先生のおかげで変われました。いまじゃひとりで悶々として閉じこもってたのが恥ずかしいですから」

ふふふふ、と梶家さんがいやらしい笑い方をする。

「有理君が女の子だったら、先生のこと好きな患者さんがきっと怒っちゃったねー」

「先生ってモテるんですか」

「モテるモテる。若いし男前だしお医者さまだもの、引っ張りだこだよ」

「男前なのか……」

「声だけでもわかるでしょ？　前にさ、医者のドラマやってたの知ってる？　あれにでてた俳優に似てるのよ！」

主役の親友の人でねえ、主役より素敵でねえ、と梶家さんがきゃっきゃはしゃぐ。

評価を総合するに、先生は冷たげな目の大笑いしない長身イケメン、らしい。髪型や服装に派手に拘るタイプではなく、時計や靴にそっとお金をかける慎《つつ》ましやかな硬派系。ちょい悪おやじに届かないのは、庶民的で怠惰な格好よさがベースだからだそうだ。

印象とあってるなと思う。今日も引っ越しの荷物整理をしなかったあたり、怠惰というのも同意する。冷厳なオーラで全身をかためているようでいて、懐《ふところ》へひょっと入れる隙があるのは、バットナイトへの憧れをいきいき話したりするてらいのなさも一因かも。

「あらあら有理君、髪の毛がカップに入っちゃう」

口を近づけようとして、突然とめられた。「すみません」と慌てて髪を耳にかける。

「有理君は髪がのびちゃって駄目ね。目が開いてたら前髪も目に刺さってるよ」

「はい、美容院にいけないままのびちゃって……」

苦笑いする俺の前髪を、梶家さんが左右にわけてくれる。

「おうちで先生に切ってもらったら？」

「先生に、ですか？　髪を？」

とんでもない発想だ、と驚く俺に反して、梶家さんは平然としている。

「わたしも子どもの頃は母親に切ってもらったもんよ。美容院に通えるほど裕福じゃなかったしね」

親に散髪してもらう……それってどんな感覚なんだろう。戴帽式などと違って、テレビやなにかで観たデータがないから想像すらできない。

「親ってみんな子どもの髪がうまく切れるんですか?」

「ううん、美容師じゃないもん当然下手っぴよ。前もうしろもまっすぐ切るだけで、日本人形みたいなおかっぱになっちゃうの。小学生の頃のあだ名が〝トイレの花子さん〟だったからね、嫌だったわあ〜。けど母が亡くなったいまはいい思い出。また切ってもらいたいな」

ふふ、と笑う梶家さんが羨ましかった。下手っぴという揶揄にも嫌だったという吐露にも、決して本物の嫌悪は感じられなくて、母親に対する深い思慕がある。

「いいな……」

さっき自分の前髪に触れた梶家さんの指の余韻がある。母親の手の記憶が俺にはもうない。またレモンティを飲んだ。

その後も他愛ない話を続けていたら、先生と医院長の匂いが近づいてきた。たぶん医院長のものだと思う、この落葉の香り。

「こんばんは、きみが有理君?」

慌てて立ちあがったらふらついて、誰かに背中を支えられた。この匂いと腕は先生だ。

「見事に痩せてるなあ。視力はどう、多少は回復した?」

左頰を押さえて親指で下瞼をべっとさげられる。目を開けてみろという意味だと解釈して両目を開き、正面にいるであろう医院長を確かめるべく眇めてみるものの、ぼんやり色が滲むだけだ。

「……髪や、白衣？　の色がわかる程度です」

「そうかあ、じゃあこれからもちゃんと血を飲み続けないとね」

いまは血を断っていたことをうしろめたく思っているから、医院長にまで叱責を受けるといたたまれなさに拍車がかかる。すみません、と畏縮《いしゅく》した。……先生の医院長への相談事ってまさか俺のことだったんだろうか。

「変わった人間食ばかり深幸に食べさせられてるんだって？　もっといいもの強請《ねだ》ってやりな、こいつどうせ独り身で金もあり余ってるんだから」

「剛仁さん」

先生が咎めて、医院長と梶家さんが大笑いする。場が和むと「人間食からも栄養は摂れるから、すすんで食べなさいね」と優しく言われたきり、診察っぽい会話は雑談に紛れた。

梶家さんが「有理君にわたしのお肉わけてあげたいわ」と笑い、医院長も「俺もビールっ腹が年々成長してるよ」とぱんぱん叩く。自分を中心にみんなが気づかって話題を広げてくれているのがわかるこの気の引けるありがたい輪に、自分は照れた苦笑しか差しこめない。

ああ俺他人との交流に不慣れだな、と実感する。

四人で話していたのはほんの五分程度だった。

「有理君、じゃあ目が見えるようになったらまた会おうな」

医院長の言葉が解散の合図になって、別れの挨拶ののちクリニックをあとにした。

風呂に入ろうか、と言われて早速頼んでみた。

「先生、散髪してください」

「は？」

一言の返しがあまりに素《す》っ頓狂《とんきょう》で、〝なに言ってるんだ〟という驚きがあからさまだったから吹きだしてしまった。

「わたしは美容師じゃないよ。邪魔で我慢できないなら美容院に連れていってあげるよ」

「いえ、先生に切ってもらいたいんです」

「失敗するに決まってるでしょう」

「いいですよ、髪なんてすぐのびますし」

沈黙。

「梶家さんに頼もう、わたしより器用だから」

「風呂で切るのを考えると、ちょっと……」

「庭があるから休日に梶家さんにきてもらえばいいんだよ、小バナナ君」

「いまから風呂で先生に切ってほしいんです。耳横と前髪と襟足だけでかまいませんから」

「全部じゃないか」

なんでこんなことに、と先生が息をつく。「散髪用のハサミもないのにな……」と先生の声と足音がうろうろさまよって、引きだしや段ボールのなかを探す物音がしていたが、そのときにはもう先生が俺の我が儘を許してくれているのを悟った。

「じゃあ切ってみるよ」

やがて戻ってきた先生は、いつものように俺の頭を撫でて言った。

「すこしだけ切るから、あとで美容院で整えてもらおう」

しゃがむ俺のうしろで先生は用心深く髪を梳いてくれながら言う。俺は美容院へいく気などさらさらないので適当に「うん」と流す。

先生の指が、どこから切るか定めてくれているのがわかる。「どんなふうになってもいいですよ」と促すと、

「そんなわけにいかないだろう……二十歳のお洒落盛りの子なんだから」

という不機嫌そうな返答ののち、ハサミがシャクッと入った。

先生の指に挟まれた一束の髪、それが端から切れていくさまが、目を瞑っていても振動で伝わってくる。小気味よい音にもぞくりとする喜びが這いあがってきた。

「どんなふうになるだろー……」

「有理君に見られないのが救いだよ」

顔をあげて、と顎を持ちあげられて、背筋ごとぴんとのばす。先生が左にきて耳横の髪を

つまんで唸る。

「耳は全部だすべきかな。どれぐらい切ったらいいか……」

「先生の好みにしてくれればいいですよ」

「きみはほんとに、」

言葉を途中で切って、先生は耳横の髪にもハサミを入れた。軽くなっていくのがわかって楽しい。にやけていたら「変な顔して」と呆れられた。

狭い浴室に、髪が切れていく音がシャク、シャク、と反響している。髪をつままれるたびに先生の指が頬や首筋にあたる。刃先から頭皮に届く震えはくすぐったい。

梶家さんが幼い頃経験したという母親との散髪も、こんな感覚だったのだろうか。

美容師の軽やかな切り方とは違う素人《しろうと》の重たげなハサミさばきも、うしろ髪や耳横などを気ままに切られて、段差とかばらばらなんだろうなと察せられるようすも、全部が嬉しかった。不器用な一生懸命さに切な愛情を感じる。

「先生ありが、」

とう、と振りむいて続けようとした瞬間、左頬に痛みが走った。

「っつ……」

「大丈夫⁉」

タオルを頬に押しあてられる。ハサミの先が刺さったらしい。

「ごめんなさい」と謝ったが、先生にも「いや、こっちこそごめん」と謝らせてしまった。タオルがそっと離れていく。……わずかに血の匂いがする。

「傷は浅そうだね。風呂をでたら治療してあげる」

「はい、すみません」

血を拭うようにタオルで二、三度とんとんノックしたあと、先生は散髪を再開した。

血液の香りは俺たちのまわりにただよって、誘惑するようにあわあわ揺らいでいる。アルコールに似た鼻につく匂い。父さんの血もそうだった。意識を眩ませる刺激臭がして囚われた。吸血種の血はみんなこうだ。

はたと、会話が途切れているのに気づく。先生もこの匂いに誘われている、と沈黙こそが饒舌《じょうぜつ》に物語っている。

「……欲情しますか？」

「すこしね」

思ったより簡単に肯定された。

「俺の貧弱な、ひょろっこい身体でも？」

「本能だから。でも自制できるよ」

「……先生は大人なんですね」

「有理君はわたしの仕事を忘れてる？　血を見る機会はたくさんあるんだから慣れないと」

「そういえばそうだ……。先生の仕事って吸血種にとったら苦行ですね、毎日のように食欲や性欲と闘ってるなんて」

先生が笑う。

「どっちの欲も満たしておけば我慢できるものだよ。満腹食べた腹に、さらに食べものを入れたいとは思わないでしょ」

「性欲もですか」

「ああ、チェリー君には難しい話だったね、ごめん」

ぶってやりたくなったが、また不用意に動いて怪我をしたら先生にも悪いので我慢した。チェリー君だの小バナナ君だの、不名誉な呼び名が増えていく。心なしか先生が呼び捨ててくれることもなくなった。

「先生、俺、先生が名前で呼んでくれるの嬉しいですよ」

あ。さちがくれたのと同じ言葉を言っていた。

「……そう」と先生はため息まじりの相槌をして俺の右側へ移動する。

「有理君に〝電話の一声《いっせい》は呼び捨てにする〟って言われてから呼びづらかったんだよ」

「え、気にしてたんですか」

「こうやって話題にのぼるとまた躊躇するね」

躊躇って感情は、困惑や抵抗を根にして芽生えるものじゃなかろうか。

「俺が先生に名前で呼んでもらって喜ぶと、不愉快ですか」

「それは曲解。照れてるだけだよ」

照れる……。

「照れてください。……って、頼むのも変だけど、本当に嬉しいから呼んでほしいです」

頬を赤らめてはにかむような、先生の蕩けて歪んだ声を想像した。〝ゆうり〟と、さちが俺を呼んでくれたひらがなの音も鼓膜を過る。

「……頼まれてる時点で、すでに充分照れてるんだけどね」

俺の髪から手を離した先生が、ひとつ咳払いをする。格好いい低声の、ばつの悪そうな一言に好奇心をくるくるくすぐられて、足もとから〝可愛い、見たい〟という甘い衝動が湧きあがってきた。

「先生かわいい」

見えないもどかしさを言葉で解消すると、「からかうんじゃないよ」と耳たぶをちょいと引っ張られた。

「――……ン、全体的にほどよく切れたと思う。身体冷えてない？」

「あ、はい、すこしだけ寒いかも」

「じゃあ前髪を切って仕上げたら湯船に浸かろう。あとすこし辛抱ね」

先生が正面にくる。目を薄く開くとぼやけた視界に肌色の人影が滲んでいる。

「切るとき開いてどうするの、瞑って」と苦笑されて、俺も笑っていま一度目を閉じた。

軽くなった髪をドライヤーで乾かしてくれながら、先生は「楽ちんだ」と感心した。

終えて指先で整えてくれると、「くつしたのトイレが匂うね」と離れていき、猫トイレを掃除してくれる。当の本人……本猫は、俺の傍で「まわー」と鳴いている。

「先生、散髪した髪って、掃除大変でしたか」

「排水口ネットで食いとめられたから簡単に処分できたよ」

「そっか……ほんとに、ありがとうございました」

確かにずっと掃除していたようすもなかったけど、嘘なら嘘で感謝しよう。

目で確認できない俺にとって言葉は、信じれば真実になるし疑えば嘘になる。だから俺は自分が先生を信頼しきっていることに驚嘆する。

たとえば『座ってごらん』と肩を押されて、怯えと信用を行き来した果てに必ずソファーにふんわり包まれた回数や、『大丈夫』と抱き締められて本当に絶望から解放された安堵感が、こつこつ積みあげてきたもの、なんだと思う。信じているし、信じたい。

左手をあげて髪に差し入れると、内側にドライヤーの熱がこもっていた。……頭蓋骨《ずがいこつ》のかたちにそってぺったり減った髪。耳横は加減して切ってくれたのかな、わりと長めなまま前下がりのボブっぽい感じになってる。……すごく嬉しい。

「くつしたがさっきから騒がしいから、おやつにカリカリ持ってきたよ」

先生がそう言って、俺の膝の上にご飯の器をくれた。両手で支えるとすぐに小さな動物がソファーにとんっと飛びのる気配があって、俺の手もとにくる。

陶器の器に盛られたカリカリは、くつしたに口先で掻きまわされてしゃりんしゃりんと鳴ったあと、口内でカリカリ砕かれる。

「有理君は〝カリカリ〟って言ったけど、耳を澄ましてるとカプカプって聞こえるよ」

「うん、口のなかの、たぶんほっぺたのところ？　で砕くと、カプカプって鳴りますね」

「そう、くぐもるとカプカプ鳴る」

先生はくつしたを観察するように、俺の脚の傍でしゃがんでいる。「ほら、カプっていってる」と楽しげに教えられると、心が和んで笑ってしまう。

背後には窓があって、虫の音がリー、リーと響いている。口を閉じれば夜がつくる静寂がすんとおりてくるのに、吸血鬼臭とくつしたと先生の存在感が傍らに濃い。……好きだな、この時間。

「先生は夜にテレビを観たり、音楽を聴いたりしないんですね。……ひょっとして俺の趣味とか考えて、気づかわせてますか？」

「や、なにも考えてなかったよ。むしろ気づかってたら『レオン』をつけてあげてたよね」

不遜《ふそん》ともとれる心安い返事が嬉しかった。

「そうかも」

先生とくつしたがいるあたりをむいて苦笑を洩らしつつ、自分と父親が送ってきた寂しい日々を顧みていた。

匂いでお互いを感じるのみで、なにかが恐ろしく遠く隔たっていた親子。恐らく足りなかったのは、視線、みたいなものだったんだといまは思う。無視していた、お互いの心情を。常に背をむけて双方が勝手気ままに自分の望みを頑なに守り、押しつけている。親子は心の許容範囲が広いだけで、会話もなくすべてわかりあえるような完璧な関係じゃない現実を、俺は先生に教わった。

「そろそろ眠ろうか」

「はい」

先生が俺の手からくつしたとご飯の器をよけてくれる。お礼を言って立ちあがると、右手を繋いで引いてくれた。先生の厚い掌と体温から、絶対的で強靭《きょうじん》な安心感が自分に流れこんでくる。視界が暗闇でも周囲が無音でも空間の広さや位置が把握できなくとも、この掌があれば前へ踏みだせる。

「秋の夜って感じだね」

布団に入ると先生が言った。虫の音色のことだとわかって、同じものに同じ瞬間惹かれていたのが妙に嬉しくて「はい」と微笑んでこたえた。

寝入りばなの脳内にうとうとと、昔大事にしていたヒーローのゴム人形が浮かんできた。自分の幼い手が握っている。眺めているといつの間にかバットナイトの、俺が想像した紳士な騎士の人形にすりかわっていた。

話しかけたり、べつの怪獣人形と戦わせたりすることのできない恥ずかしがり屋で気どった子どもの俺は、かわりに心のなかからたくさん声をかけた。

ぼくたちはずっと一緒だよ、たったひとりの友だちだよ、大人になったって忘れないよ。大好きだよ。

バットナイトのつもりで見つめていた人形は今度は、なぜか先生の姿に変容している。自分より大きな身体、黒いマントは白衣に変わり、そしてこちらに背中をむけている。声が届いているのか不安になって、先生、と呼んだら振りむいた。見よう、見たい、やっと先生の顔がわかる……——そこで目が覚めた。

隣で先生の呼吸が乱れて、うなされている。

「先生、」

自分の右肩のすぐ傍にある先生の腕を手繰って揺さぶると、

「……ごめん、起きてるよ」

と返事があった。苦しそうだ。

眠ってから何分……何十分、経っているのか。

「飲みものとってくる」

布団からでていった先生はしばらくすると帰ってきて、ベッドの縁に座った。一緒に起きようとしたら、「いいよ」と浮かせた身体を戻された。

「よく怖い夢を見るんだよ」

「怖い夢……?」

「二度と思い出したくない日のことを再現する夢」

事件のことか。

たぷん、と水音がして、先生がペットボトルの、水かなにかを飲んでいる。

虫の音が戻ってきて、規則正しいリー、リーというリズムを追っているうちに心がしんと鎮まった。先生はしゃべらない。再び水を飲んで、ペットボトルが鳴る。続いて小さな咳。まだ怯えているんだろうか。泣いたりしただろうか。……この沈黙は気分が悪い。

のろのろと、もう一度身体を起こしたけど、もう制止されなかった。

慰めたい、先生のようすが知りたい、という一心で先生の気配に手をのばし、先生が自分にしてくれたように肩を抱き締めようとした……が、彼の肩幅が予想していたより広くて指先が滑り、左肩にむかって倒れこんでしまった。

「……フッ」

笑ってくれた。

「しがみつかれてるって感じだね」

「男の人の身体は……難しくて」

「あれ、女の子は上手に抱けるんだっけ」

腕を叩いてやったら、先生がまた笑った。

「汗をかいたから、ちょっと着替えるよ」

先生が俺の手にペットボトルをよこしてから体勢を立てなおしてくれて、離れていく。

遠くか近くか、衣擦れの音がかすかに届く。目を凝らして暗い視界に先生の肌色を探していたら、「なに一生懸命覗き見しようとしてるの」とおかしそうにからかわれて、切迫感が若干ほどけたのを感じた。

「こういう夜に誰かがいてくれたのは初めてだな」

茫洋と先生が呟く。

「いつもひとりで苦しんでたんですか」

言ってから、重たい質問をしてしまった、と後悔した。

「セックスのあとは眠りが浅いからね」

先生の大胆な返答が、沈みそうになった空気をまた立ちなおらせる。

「有理君は一緒に寝てても不思議な気分になるんだよ。なんていうか……弟？　なのかな」

「弟ですか」

「身内みたいに肌に馴染むからつい熟睡する。セックスするだけの相手は違和感があって眠りづらいから。それで、熟睡すると夢を見るんだよね」

素直に喜べずに黙していたら、先生がきて「気を許してるって意味だよ」と補足した。

「寝よう」と肩を抱いて引かれて、こうやって慰めたかったのに、と悔しさが募る。

あえて先生のほうをむいて寝た。先生はなにを見ているんだろうと思っていたら髪を手で覆われて、「可愛くなった」と笑いながら撫でられた。……慰められているのはどっちだ。

なんだか、夜が果てしない。果てしなくて摑めない。すすんでいくだけの時間も、息が詰まるほど空虚な静けさも、見えない先生の心も。

「犯人を殺したかったんだ」

先生は吐息のように優しく言った。

「……俺は殺したかった」

顔が見られたらいいのに――初めて、髪の先まで燃えそうな強烈な苛立ちを覚えた。

先生がいまどんな表情をしているのかわかればいいのに。

広い肩をきちんと抱き締めてあげられたらいいのに。

目が見えていればもうちょっとなにかできるだろうに、殺意について告白してくれた先生がどんな重苦を味わって、どんな言葉を求めているのか酌みとることもできない。

マチルダならこんなときどうやってレオンの孤独に触れるんだ。

「軽蔑するよね」

自嘲気味にこぼれた先生の笑みが、泣きそうに聞こえた。

先生の痛みを視覚で捉えて斟酌《しんしゃく》できないなら、俺は自分に正直にこたえるのを誠意だと信じるしかない。

「先生は自己欲で殺人を犯すばかがいるって言ったけど、先生の殺意の源は愛情ですよね。俺も大切な人を誰かに殺されたら、復讐してやりたいほど憎みますよ」

「有理君は人間を殺したくないんじゃなかった？」

「〝人間〟と〝悪人〟はべつです」

「わたしは悪人じゃないの」

「ない。……先生、俺のこと心配してくれますよね。来客も電話も無視しろって厳しく言う。空き巣に遭わないようにって想ってくれてるからでしょう？　どこが悪人ですか」

先生の右手が、頭から左頬におりてきた。掌の湿った皮膚の、わずかなかたさを感じる。俺も先生の呼吸が聞こえるあたりに左手をのばして、息をたどって鼻先から頬を探りあてた。表情がわかるかと期待して撫でてみるが、うまくいかない。

ただ初めて顔に触って、この人だったのか、と喜びが胸にこみあげてきた。鼻、頬、唇。梶家さんに聞いた、冷たげな目も真正面にあるはずだ。やっとちゃんと出会えた気がして、存在に対する狂おしいほどの大事さや愛しさが、慈しみと一緒くたに心を熱していく。

「……俺も先生が殺されたら犯人を憎みますよ。それを誰かに軽蔑されたってかまわない。こっちの愛情の深さを知らない他人なんかどうでもいいから」

頬にあった先生の手が離れて、俺の手を柔らかく覆った。

「有理君は友だちがいないって言うけど、前に一度玄関先で会った男の子がいたよね。彼は友だちじゃないの？」

「冬治ですか」

「確かそんな名前だったかな」

いきなりだな、と虚を突かれたがこたえる。

「あいつは斜向かいに住んでて、幼稚園から中学まで一緒だっただけですよ」

「幼馴染み？　それ友だち以上に親しいよね」

「悪い奴じゃないんですけど……あいつ体育会系で、馬はあわないんです。幼馴染みったって、黒歴史をなにもかも知られてるから厄介なだけで、なるべく関わりたくないですし」

「黒歴史か。もしまた彼に会ったら訊いてみようかな」

「先生には一番の黒歴史を教えたじゃないですか」

「幼稚園でおねしょしたとか、もっと細かいのがあるんじゃない？」

「それは冬治のほう」

先生が吹きだして、俺は先生の手を握り返した。

「やっぱり仲よさそうじゃないか。大切にしたらいいのに」

思慮深いしみじみした声色に、ふと嫉妬心が灯る。

「先生は冬治に一目惚れしたんですか」

「突拍子もないこと言うね」

「突然訊くからですよ。あいつ体格もいいし」

「体型だけで好きになるほど謙虚じゃないよ」

「謙虚？」

「もっと高慢に恋する。自分を棚にあげて、あれこれ厳しく選定して」

「厳しく選定してるなら、人間の小野瀬さんを好きになったのはおかしい」

「またきみは……小野瀬は汚点だったたって言ったよ」

「選び間違えたんですか」

額に先生の息がかかった。

「……間違いとは言わない。失敗ではあった」

先生は常に言葉を正しく使う。

「後悔してますか」

「本当の後悔は、相手を哀しませてから始まるんだと思うよ」

「いまは哀しませてない？」

「片想いは安全なひとり上手だからね。後悔しようとなにしようと自虐だし陶酔でしょう。気持ちを伝えたらアウトだ。いまとなっては余計に」

アウト、という言葉が一際厳しく響く。

「先生は、告白して哀しませて哀しんで、相手と一緒に後悔する恋はしたくないんですか」

「わからない」

「次に好きになる相手が先生に好かれて哀しむって、決まってもいないじゃないですか」

「ゲイ同士ならあるいはね」

瞼の裏の暗闇に、先生が膝を抱えて踞りながら過去の事件に絶望して、人間に失望して、叶わない片想い相手の人間の幸福を祈って、子どもの頃に観たテレビ番組のヒーローへの憧れを大切にして、そうして孤独に世界と闘っている姿が浮かぶ。この人はいつも寂しい。

「自分の子ども、先生は欲しかったですか」

「欲しかった。もう一度、家族をつくりたかったよ」

その一言は嚙み締めるように切実で重みがあり、聞いた刹那《せつな》涙がこぼれた。

どうしてこの人はこんなにたくさんの人や幸福を奪われなくちゃいけなかったんだろう。

「有理君」

「……俺が先生の恋人になれたらよかったのにね」

俺にできないことを全部できる誰かを、いつか先生が好きになるのが辛かった。

先生とは生涯つきあっていきたいと思っている。個人的な事情まで聞いて救ってもらったのだし、恩を返すために自分も先生を支えて同等の関係になれたら嬉しい。

もしその関係が恋人なのならなりたい。先生はもういい加減幸せになっていい人だ。悪夢にうなされて気怠く起きる夜をひとりで乗り越える日々は、今日でおしまいでいいしおしまいにしてあげたい。

こうやって手と手を繫ぎあっていても先生を癒やせている気がして安堵するのと同時に、自分まで満たされてしまう。与えながらも受けとっている。キスやセックスをして、唇や手で、身体同士で、触りあって抱き締めあえたらきっともっと幸せで申し訳なくなるんだろう。触って捕まえたい。視力にも阻まれているこの物理的な距離を埋めてしまいたい。

先生がゲイで自分も男で、性別にも恵まれた。

女性との恋愛や結婚に希望を見いだせずにいるのも、こういう言い方が許されるかどうかはわからないけれど、好都合だったうえに運命的な巡りあわせを感じる。

先生が好きだ。あとはただ先生の心に認めてもらえればいい。それだけなのに。

「……有理君と恋人になりたいとは思えないよ」

俺が俺では、先生が恋するに足りない。

どんなに絶望して心が毀《こわ》れても、新しい一日はやってくる。

翌日の夕飯は梅干しだった。

「――わかった、じゃあこれでいいかな」

先生が俺の左手に器と、右手にスプーンをくれる。種なしの梅干しがふたつのった白米。数分間の押し問答のすえに、このかたちに落ち着いた。

「ありがとうございます。ん～……いい匂い」

「人間食は奥が深いね」

先生は苦笑する。

「〝梅干しの染みた白米が美味しい〟ってところがですか？」

「それはもう神秘だよ。すっぱいものをわざわざ辛い顔しながら食べるのも謎だし、茶碗《ちゃわん》にひとつが常識じゃないのも新発見だった」

「常識なんてないですよ。俺はこのぐらいの器とご飯の量なら、ふたつがベストなんです。うちの父はカリカリ梅は駄菓子で、柔らかいのはおかずって言いますよ」

「だがし？　……ますますよくわからなくなったな」

謎極まりない、というようすの先生をよそに、俺は一口食べて顔をしかめる。美味しい。白米はコンビニのものだけど粒がふっくらしていて甘いし、梅干しも赤じそ漬けでしっかりすっぱいからバランスよく絡みあう。

「梅干しがメインっていうのも変だね。もっとべつのおかずも必要だったかな」

先生が言った。いつもどおりの優しい声。

「大丈夫です。梅おむすびだって白米と梅干しだけでしょう」

「……そうか。一応味噌汁も用意したから欲しくなったら言ってね、手渡すから」

先生のようすが穏やかなことに変わりはないが、でもどこか、心持ち気落ちしているのも感じる。

「……今日の診察でなにかあったんですか」

訊ねるのにはすこし勇気を要した。先生は「ン……」と濁してため息をつく。

沈黙が流れると、視力のない俺は周囲の情報を得られなくなって、急に頼りない不安感に陥る。「先生、」と左横にいるはずの彼に手をのばして腕を揺すぶったら、苦笑を洩らしてから俺の手を叩いて宥めてくれた。

「ごめんね。さっき自分が担当してる吸血種の家族の、お父さんがきてね。お子さんのことで気になる話を聞いたんだよ」

「先生が辛くなることですか」

心配になって問うたら、先生の手が自分の手の甲の上で一瞬強張った。

「そのお子さん——七瀬っていう高校生が、先日手首を切って騒ぎになったらしい」

手首って、自殺……？

「七瀬さんは吸血種なんですよね」

死にたがりの吸血種は先生がもっとも嫌う存在じゃないか。

「そうなんだよ」と先生は再びやるせなさげなため息をつく。

「未遂で終わってよかったけど、七瀬は自殺をするタイプの子じゃなかったからまいってる。要はそれだけ辛いことがあったってことなんだろうね。……思いあたるふしが、なくもないし」

先生の声がくぐもったまま微動するので、手で口もとを覆ったり俯いたりしているのがうかがえた。行き場のない動揺と哀しみがひしひし伝わってくる。

「七瀬さんもプライベートな事情を、先生に相談していたんですか」

「多少はね」

「弱音も吐いてた？」

「まあ、七瀬は家族にも愛されて大事に育てられていたから」

「愛されて幸せなのに弱音？」

「弱音や愚痴は幸福者《しあわせもの》が吐くものでしょう」

心臓がくっと縮む。……そうだ、俺も〝病を装っていられるのは、お父さんに守られてるからだ〟と叱ってもらったのだった。

「心を持つと命は脅かされる。生きていくのに感情は重たすぎるのかもしれないね」

リストカットの話題は時折耳にするが、実際にしている吸血種と面識がないから心理を推しはかれない。先生は思いあたるふしがあると言ったけど、それはどんな悩みなんだろう。クリニックの診察室で先生と高校生がむかいあって話す姿を思い描く。七瀬さんのシルエットは深刻な雰囲気で相談しているが、本人のことを知らない俺には当然内容を想像できなかった。

自分が先生と最初に会った日、喧嘩腰に意見をぶつけあったのも思い出す。

梶家さんから聞いた『先生はモテモテ』の言葉も。

先生をよすがにして一生世話になるつもりでいる吸血種は自分以外にもいて、先生自身が大切に想っている患者も大勢いるんだ。自分はこの人にとって何番目なのか、どれぐらい心を占めている患者なのか、いまこんなときに急に知りたくなって当惑する。

「わたしたちは体内の三分の一の血を失うだけで死んでしまうんだよ」

囁くように先生が洩らす。

「……容易いんですね」

「大きな損傷もないし、もっとも綺麗な死に方ではあるのかな」

綺麗な死に方——俺が血を飲まないと言って意地を張っていた頃とは百八十度異なる言動だ。自害を認めるような〝綺麗〟などという言葉は絶対に言ってくれなかった。強引に飲ませようとしてくどくど怒って、嘘をついて猫までくれたのだ。

特別な相手、なんだろうか。少なくとも自分に対するよりは先生の反応が柔軟で、心も酷く痛めている。七瀬、と躊躇いなく呼び捨てにするところはもう決定的に違う。

「七瀬さん本人には連絡できないんですか」

嫉妬じゃない、嫉妬しない、と自分に言い聞かせながら、胃の奥でうねる情動を抑えこんだ。いまは先生の心労を癒やすのが最優先だ。

「七瀬のお父さんには本人にも近々会いたいって頼んでおいたけど、どうかな。他人が介入しすぎるのもよくない問題だから」

「直接相談されていたなら、先生は他人じゃないでしょう」

「辛いとか死にたいとか、自殺願望らしい弱音は言ってくれなかったんだよ」

「先生と会う日は、たまたま気分がよかったとか、そういう、」

「都合のいい解釈はできない。だいたい七瀬はリストカットをばかにしてた。そういう子が黙って実行したってことは本気だったからじゃないかと疑うと、慎重になるんだよ」

おまえにはわからないだろう、と聞こえて下唇を噛む。幸福者らしい弱音さえ吐かず黙って逝《い》こうとした七瀬さんに、先生は戸惑っている……というより、傷ついている。

「七瀬さんをここへ呼んで、面倒を見てあげたいですか」

「七瀬はいまは家族と一緒にいたほうがいい」

俺の言葉に滲んだ嫉視《しっし》を脳天から叩き潰すように、言下に制された。

真っ暗だ、と思う。見えないまま塞がれている。自分だけゴミ袋に詰めこまれているようなな、あるいは先生と七瀬さんや世界のすべてが、自分とはべつの空間に存在して遮断されているような。

手も声もなにも、先生には届かない。俺はちっぽけな醜い嫉妬の塊だ。

「……俺は他人どころか部外者だけど、七瀬さんと会って話すまでは、先生に自分を責めて、苦しんでほしくないです。あまり考えすぎないで、元気だしてくださいね」

なんとか笑顔を繕って、左側に笑いかけた。自分の手のなかにある、滑らかでかたい器の存在を思い出して、スプーンでおもむろにご飯を食べる。梅干しを掬いすぎてすっぱかったけど耐えて笑い続けた。

「ありがとう」

先生の静かな声。

「……自分は変わったなと思うよ」

続いて小さな笑みも聞こえたのに、あまり嬉しくなかった。

「先生」

「ん?」

「俺も先生を名前で呼んでいいですか」

数秒の間があった。

「好きにしたらいいよ」

　許可をもらえた。

「……みゆき」

　けれど呼んでみた途端その一言はとてつもない違和感を伴って、室内にじっとりと、汚臭みたいに広がった。


無理矢理背のびして先生との歳の差を、出会ってからの時間を、関係の浅さを、飛び越えようとしているのが露骨に表れている。

「すみません。やっぱりおかしいですね、全然馴染まない。〝先生〟が一番しっくりくる」

恥ずかしくて、悔しいから笑った。

「先生は、七瀬さんが好きなんですね」

見えない力に背中を押されて訊いていた。

「患者さんに好きも嫌いもないけど、まあ、好きだよ。話してるとパワーをもらうね」

「自分は変わったって、七瀬さんに恋愛感情があるから実感したんでしょうって意味です」

またすこし間がある。俺はご飯を頬張る。

「有理、」

久々に名前で呼ばれたとき、先生の手に両頰をつねられていた。

「きみにクイズをだそうか。七瀬は男でしょうか、女でしょうか。こたえてごらん」

間違いなく真っ赤になった。

男、とこたえればたちまち恥をかくことになるというのはそれだけで充分にわかったから なにも言えない。頰をつねられた状態で、たぶん真正面には先生の顔があって、素知らぬ表情を演じるにも遅すぎる。

「視野が狭いまま変わらないな」

「……すみ、ません」

「きみは俺を途方もない気持ちにさせる」

熱する左頰を緩くさすられて、そのまま左耳の内側まで指先がすすんできた。やんわりと、おうとつのくぼみに爪先が差し入れられる。くすぐったくて、肩がひくっと跳ねあがったのとほとんど同じタイミングで、先生の手が離れた。

「頭を冷やしてくるよ」

先生、と呼びとめたけど無駄だった。

駆けだすでもなくごく淡々とした足どりで階段をおりて、先生は家をでていってしまった。そしてそれきりだった。


身体から、なにかが抜けて溶け消えたようだった。生きるのにもっとも重要な、心、魂、もしくは血、みたいなものが。

ベッドの真んなかに座ったまま無気力にぼんやり虫の音を聴く。そのうち上半身を右側にもったりと倒した。力が入らない。

先生が帰らない。

人がひとりいないだけでも、家はきちんと不在の呼吸をする。室内にただよう空気が、先生がいれば活気づき、いなければ沈黙する。いまはただひっそりとくつしたの寝息だけを反響させていた。

どこにいるんだろう。誰といるんだろう。ひとりなんだろうか。ひとりで外をさまよわせるようなことを、俺は先生にしてしまうのか。

一緒に暮らすのも、これが限界かもしれない。荷づくりして明日にでもでたほうがいいような気がする。先生に世話になっているのは、俺が父親とむきあえるようになるまでの心の調整——要は甘え期間みたいなものだし、体調は食生活を正せば回復するのだから。

いま何時なんだろう。

ブゥンと車がとおりすぎる。リーリーと虫が鳴く。

どこまでも静かで真っ暗だ。

頬についた布団が柔らかい。先生の掌の皮膚の確かさと比較して恋しくなる。恋しい。恋、と想うほどに、胸の中心でなにかが萎んでいった。萎んで涸《か》れて散り散りになって、信じられないぐらい痛い。辛い。苦しい。

先生、と想う。

本人がいなくてもここには先生の匂いが明晰《めいせき》に生きている。交わした会話の数々も。

――お父さんはひとりぼっちの有理君が心配だったっておっしゃってたね。お父さんのためにも、極力一緒にいるようにしてみようか。わたしが仕事にいってる日中は、そこに座ってDVDを聴く。夜はふたりで血を飲む。眠くなったらベッドで寝る。どう？

――一緒に？　ベッドでも？

――セミダブルだけどきみは細いから問題ないんじゃない。

――問題があるとしたら、俺が他人と寝るのに慣れてないことですかね……。

――チェリー君だから？

――っ……。

――多少寝相が悪くても我慢するよ。

――……先生を蹴ってやりたい。

――〝おうち帰りたいよお、寂しいよお〟って寝言言ってたら頭ぐらい撫でてあげるし。

――言わねえっ。

――じゃあ決まりだね。

最初の日はいつもより気分が高揚していた。父親を傷つけたことが尾を引いて暗然としていた心を、先生が慰めて明るく満たしてくれたのだった。

——先生、脱ぎました？

——脱いだよ。きみはなにを恥ずかしがってるの——意識しすぎだよ、女の子じゃあるまいに。

——でも自分だけ裸を見られてるっていうのが、なんか……嫌なんですよ。

——有理君も見たかったたの。

——そうじゃなくて。

——きみは銭湯にいって男の身体をじろじろ見る？

——……見ませんけど。

——でしょう。わたしも見ない。だから安心していいよ、小バナナ君。

——ちょっと！

怒って笑いあって、そして先生は言ってくれた。

——……どんな姿を見ても驚かないし嗤わないよ。

あのとき感じた包容力と信頼。

——先生って料理とかは……。

——一切できない。

——ですよね。

——有理君はできるの？

——俺はすこしならできます。でもほんとにちょっとですよ、料理好きってわけでもないし。

——味噌汁も作れる？

——味噌汁はすごく簡単ですよ、なんで味噌汁？

——小野瀬がプロポーズの言葉で使ったって言っててね、印象的だったから憶えてる。

先生は俺たちと一緒に小野瀬さんがいるかのように、自然と会話に加える。先生のなかには小野瀬さんが息づいているんだというのも十二分に実感した。

——有理君のその唇とはキスしたくないな。

——恋人が相手でも納豆唇だったら先生はキスしないんですか。

——恋人はいたことがないって言わなかったっけ。

——いたとして。

——そうだね……恋人なら我慢するのかな。

——じゃあ俺が先生の恋人になれば、俺の納豆唇も平気なんだ。

ばかだな俺。

——有理君は忘れてるんだね。

——？　……なにをですか。

——最初に会った日キスしたこと。

——先生にとってはあの口移しがキスだったんですか？

——正確には、あれは治療のキスだったね。

——口移しが治療なら、納豆キスはなんのキスですか。

——納豆は大好きな相手にするキスじゃない？

——好きのキス？

——違う、大好きのキス。ぬるぬるの唇だからね、好きより突っこんだ好意が必要だよ。

——だったら愛してるのキスは？

——知らない。

先生に愛してるのキスを教えてあげられる男になりたかった。

——先生、俺、先生が名前で呼んでくれるの嬉しいですよ。

——有理君に〝電話の一声は呼び捨てにする〟って言われてから呼びづらかったんだよ。

——え、気にしてたんですか。

——こうやって話題にのぼるとまた躊躇するね。

——俺が先生に名前で呼んでもらって喜ぶと、不愉快ですか。

——それは曲解。照れてるだけだよ。

——照れてください。……って頼むのも変だけど、本当に嬉しいから呼んでほしいです。

——……頼まれてる時点で、すでに充分照れてるんだけどね。

名前で呼びあうことに違和感を抱かない友だち、ぐらいの関係も望めないんだろうか。

——秋の夜って感じだね。

先生。

——犯人を殺したかったんだ——俺は殺したかった。

……先生。

——自分の子ども、先生は欲しかったですか。

——欲しかった。もう一度、家族をつくりたかったよ。

「先生」

——俺も先生を名前で呼んでいいですか。

——好きにしたらいいよ。

「深幸……」

ここにいない先生が、なにより色濃く傍にいた。

毎日が本当にとても楽しかった。先生に視野が狭いままだと言われて、確かにそうだとも思うけどでも、実家にこもっていた頃よりは明らかに世界が広がったし、人と笑いあう喜びを教わって充実していた。先生にも、すこしは楽しい時間だったならいいなと思う。

指を動かそうとして、もう動けないのを知る。瞼も重たい。目が開かない。頭がぼうっとしているのにも気づいたら、意識が現実にいるのか夢にいるのかわからなくなってきた。

　遠くの、どこかでごくわずかな物音がする。……あれはなんだろう。意識が沈んで、浮いて、海の上にいるみたいに揺らぐ。考えようとしているうちにまた朦朧と薄れて、やがて今度は、強い酒と血の匂いによって引き戻された。

　酒に馴染みがないから匂いが鼻につく。血も、ねっとり香っている。

　なんだこれ……と、思っていたらふいに正面を大きな気配に塞がれて、口になにかを押しつけられた。酒くさくて、熱くて、柔らかいもの……——唇？

「せん、」

　起きようとしたが、酷い頭痛に阻まれた。

「おはよう、有理君」

「え、おはようって……いま、何時ですか」

「朝の八時だよ」

　驚いた。

「わたしは風呂に入って仕事へいくね。一緒に入ってる余裕がないから、有理君は一日我慢してくれるかな、ごめん」

「あ、はい……平気です」

「まだ寝てていいよ。ほら、ちゃんと布団に入って。こんなとこで寝て寒かったでしょう」

　ほとんど徹夜して寝不足だというのはばれているみたいだった。

掛け布団を引っぺがして強引に布団のなかへ押しこまれて、しかたなく促されるまま横になった。けれど当然、眠れるわけもない。

風呂に入った先生が戻ってきて、服を着て、髪を乾かして、ばたばた支度しているようすに耳を澄ませていると、どんどん目が冴《さ》えてきた。

「……いってくるね」

小声でそう言った先生の手が、自分の頭にのって数センチ外側を軽く撫でたとき、

「俺、見送りますっ」

ここでなにも言わずにいかせたら駄目だ、と危機感を抱いて咄嗟に起きた。

「びっくりした。無理しなくていいよ」

頭を振って、手でベッドの縁を確認しながら立ちあがる。

歩きだすと先生が手を繋いでくれた。

足の裏に床と階段が冷たく染みる。先生の手は風呂あがりだからか熱い。

「じゃあここで。昼間に戻ってきたらまた起こしてあげるから、ゆっくり寝なさいね」

いってしまう。

「先生、」

離れそうになった先生の手を強く摑んでとめた。

「さっきのキス、嬉しかったです」

気紛れでも酒のせいでも理由はどうでもよかった。自分は嬉しかった、嫌じゃなかった、先生とキスをして喜ぶ奴だ、と知ってほしかった。

「……有理君。きみは患者だよ。キスなんてするわけがないでしょう」

「や、でも、」

「指が口にぶつかったかもしれない。ごめんね、有理君の勘違いだよ」

「指……」

違う。

「違いますよっ。酒の匂いもしたし、鼻息もかかったし、」

「してない」

断じた先生に手を振りほどかれた。嫌悪すら感じる手酷いほどき方で、手首が痛んだ。

「申し訳ないけど、俺は有理君の恋人ごっこにうんざりしてる。きみの狭い行動範囲内で俺がいま一番近くにいるからターゲットにしてるだけだろう？　——はやく目を治しなさい。大学にいって友だちをつくって、可愛い女の子とたくさん恋愛をしなさい。きみが俺に執着してるのはただの錯覚なんだよ」

「違います！」

「違わない。同性愛を自己陶酔の道具にしないでもらいたい。わかったね？」

扉の開く音がした。短い足音のあとすぐに閉まって、外側から鍵がかけられる。

……恋人ごっこ。ターゲット。錯覚。自己陶酔の道具。

笑いあえた会話も、希望をくれた言葉も、幸せだった時間も、すべては先生が俺のアソビにつきあって渋々与えてくれていたものだったのか。

恋に恋する面倒くさいガキだと思われていた。どの気持ちも信じてもらえていなかった。気づかいの嘘だった。——どこからどこまでが？

喉が痛くて押さえたら小さく嗚咽が洩れた。泣きたいんだと勘づいてしまった途端、目頭が熱くなって涙が溢れでてきた。悔しくて拭うのに、次から次へとこぼれてくる。

そして胸にも激痛が走って前に身を屈《かが》めようとした瞬間、ガチャと再び鍵穴に鍵がささる音が響いて竦みあがった。

扉が開いて一秒もせずに、大きな、逞しい、男の身体に抱き寄せられて、息を呑んだ唇を塞がれた。後頭部も腰もしっかり捕らえて口を貪られる。歯で口をこじ開けて舌を容赦なく差し入れられて、忙《せわ》しなく角度を変えて、嚙み切れないのが憎いとでもいうように激しく。

「せ……んせぃ、」

しゃべろうとしたが後頭部をさらに引き寄せられて、許してもらえなかった。

「待っ……せん、せ……です、よね。……なにか言ってください、見えないから、誰かわからない、」

本当は匂いでわかっていたけど必死で訊いた。

「……有理、」

返答は短い俺の、呼び捨ての名前のみ。

ぞわりと背筋が粟立《あわだ》つほど嬉しくて、俺も唇のすぐ手前にある先生の荒い呼吸ごと飲みこんで彼の口を吸い返した。

「これも……なかったことに、したほうがいいですか」

外でスズメが鳴いている。

「しなくていい」

……しないでほしい、と続けた先生の声は、涙を耐えているような悲痛な掠れ方で静かにこぼれた。

スズメの泣き声にまざってかすかに雨の音が聞こえる。今日は雨が降っているらしい。

先生の唇がまた重なる。

「仕事いかないと、先生、遅刻、」

「あとすこし」

黙れ、という怒りにも似た返事があった。先生の唇はいつまでも俺を求め続けてくれた。

今日が雨だなんてとても信じられない気分だった。

4　歩行する孤独な大樹

学校を休んだという七瀬が、クリニックにやってきた。

梶家さんとともに診察室へ入ってきても俯いて目をあわせない。

「聞いたよ、お父さんに」

単刀直入に振ったのは、七瀬の左手首の包帯から目をそらせなかったせいだ。

「……うん、パパに先生に会いにいきなさいって言われたからきた」

正面の椅子に腰かけた七瀬は手首を隠すように右手を添える。長い髪が肩の前に流れてきて表情はわからない。

「……先生と死にたがりの吸血鬼の話したでしょ。あのとき先生に心を読まれたのかと思った。本当はわたしもずっと、死にたいとか消えたいとか考えてたから」

「誰かに相談できる悩みでもなかったの」

「恋愛絡みなの。くだらないって自分でも自覚してる。本気で死ぬ勇気もなかったんだよ。だってわたしまだ生きてるでしょ」

言葉はかろうじて正気を保っているものの、声色は鬱々と沈んで感情が欠けていた。

「お父さんも心配してらしたよ」

「うん……泣いてた」

他人事めいた物言い。

「七瀬、」

「好きなの」

「七瀬を愛してる人たちもいるんだよ」

「好きなの」

「どんなに好きでも自分を壊したら、」

「彼人間なの。わたしとは違うの。人間なの。わたしは吸血鬼なの。人間なんだよっ……」

人間。

一変して感情的になった七瀬の目から涙がこぼれてくる。

「わたし……血飲んでるなんて言えない。二十歳すぎたら血だけで生きられるなんて気持ち悪いでしょ、普通じゃないでしょ。人間とは結婚だってできないよ。血飲んで生きてく子どもができたら彼に嫌われるもん。別れるしかない。最低、こんな身体っ……」

「……七瀬」

「なんで生まれたんだろう。先輩の恋人でいられないなら生きてる意味がない」

七瀬の横にいた梶家さんが彼女の肩を抱いた。

「吸血種が人間を好きになることだってあるわよ。だって人間のほうが多いんだもの、いい男がいる確率だって断然高いでしょ。実際、ハーフの子だっていっているんだから」

「そんな子……不幸なだけだよ」

「どうかしら。どんな体質で生まれてこようと、幸せか不幸かは本人だけが決められることなのよ。七瀬ちゃんだって幸せなことといっぱいあるでしょう？　その彼氏と出会っておつきあいして、不幸だったの？　全部なければ幸せだったって思う？　先生が言うようにご両親にも愛されてるし、七瀬ちゃんだってお父さんたちのこと大好きじゃない。産んでくれなければよかったって恨んでるの？」

下唇を噛んで、七瀬が洟をすする。

「人間だろうと吸血種だろうとみんなおんなじでね、相手を大切に想い続けなくちゃ縁は切れちゃうの。恋人だけじゃなくて、友だちとも家族ともそう。だから七瀬ちゃんも彼に自分の体質を打ち明けられるぐらい、強い信頼関係を築かなくちゃいけないのよ」

「無理、言ったら嫌われる」

「じゃあ駄目ね。嫌われると思ってるってことは信頼してない証拠だもの。まだまだつきあう必要があるわ」

七瀬が目を見開いて顔をあげた。

「わたし……先輩とつきあっていいの」

「ばかね、つきあわなくちゃ駄目なのよ。じっくりゆっくり時間をかけて、気持ちをがっしり結んでいかなくちゃ」

「がっしりって……」

「七瀬ちゃんが吸血種だって知っても彼氏が愛してくれるって確信できるようになるまで、何年だってつきあいなさい。お互いに関わる重大な事柄を隠す夫婦が幸せな家庭をつくれるわけないんだから。それに七瀬ちゃんの恋がその先輩で終わればいいけど、人生なかなかそうはいかないもんよ。本物の恋が待ってる可能性だってあるんだし、絶対死んじゃ駄目」

「先輩が最後だよ、わたし先輩以外の男は好きにならない」

七瀬の真剣な訴えに、梶家さんが微笑む。

「そうだった、ごめんなさい。恋はいつだって最後だと想って挑まなくちゃね。七瀬ちゃんのことわたしも見守っていくから、安心して先輩と恋愛しておいで」

まばたきもせずに梶家さんを見あげていた七瀬の両目から、ほろほろと涙が落ちてきた。そして糸が切れたように一瞬で表情が歪んだかと思うと「あぁぁっ」と慟哭《どうこく》して顔を覆う。

梶家さんは七瀬に寄り添って、辛抱強く背中をさすり続けた。

木偶《でく》の坊《ぼう》と化して傍観していた自分は、やがて梶家さんに「診察してあげてください」と促されてやっと、「O型の血を用意するよ」といかにも医者らしい言葉をかけたのだった。

梶家さんが受付まで七瀬を見送ってくれたあと、謝罪をこめて礼を言った。

「梶家さんすみません、ありがとうございました」

「感謝されるようなことした覚えはありませんよ」

「いえ……」

まったく情けなかった。

自分は前むきな言葉が言えない。頭で〝こう言えばいいんだろう〟と策を練れても感情が伴わなければ説得力に欠けるはず、と物怖《ものお》じしてしまった。……感情が伴わないというよりむしろ、私情が邪魔をして綺麗事が言えない、というのが正しいか。

「でもその……七瀬に人間との恋愛を焚《た》きつけてよかったんでしょうか」

「あら。それって先生が有理君を不幸だと思ってるってこと？」

返答を詰まらせた俺を見て、梶家さんが苦笑する。

「吸血種同士が夫婦になるより苦労が多いのは目に見えてるけど、だからこそ信頼関係が必要っていうのは嘘じゃないと思います。ただ、十代の恋が一生ものになるのは稀《まれ》ですよね。二十代にも三十代にも出会いがあって環境は変わっていくじゃない。先生もそうでしょ？」

「……ええ、まあ変わってますね」

「だもの、わたしたちは彼女たちの幸せを信じ続けて、尊い命を守っていかなくちゃ」

十代の恋を結婚に繋いだ小野瀬と桃、それから自分に新たな環境をくれた有理の姿が脳裏を掠めた。

「そうだ、今度七瀬ちゃんと有理君を会わせてあげましょうよ。いい友だちになれるんじゃないかしら」

確かに自傷、ハーフ、という点で共感や刺激を与えあいそうなふたりではある。

「……有理君に話してみます」

にっこり微笑んだ梶家さんに、背中を叩かれた。

「頼りない顔して。先生だからあの子たちを救えるんですよ、わかってるでしょう?」

女の子の涙ってのはそりゃショックでしょうけどねえ、と梶家さんが大笑いしている。

「……善処します」

命を助ける方法を知っていても、心を助ける方法も知らなくては半人前だなと、彼女の明るい笑顔の前で自戒した。


昼休みになり、有理に食べさせてあげるお弁当を買ったあと、一本電話をかけた。

『はーい、ユキさん昨日ぶり。珍しいねえ、セックスした次の日に連絡くれるなんて』

「ツバサ、じつは、」

『ゆうりんちゃんとうまくいった?』

雨の午後の商店街はささやかに喧《やかま》しく、傘をさす人たちが眼前を行き交う。

「ツバサと会うのは昨日で最後にしたい」

『ははは っ。それ昨日言ってほしかったよ。ふつー「今日で最後にしたい」って言うもんじゃね？　電話でさよならって味気ねーなー。最後だってわかってたらお互いもっと燃えたかもしんねえのに』

黙していると、『ンなわけねえか』とツバサが呟いた。

『いいよ。また店で会ったら仲よく呑もうね。ゆうりんちゃんとお幸せに』

昨夜も有理については無言を貫いたが、ツバサは察してくれているらしい。

通話を終えてアドレス帳にあるツバサのページを表示した。てんでばらばらの覚えづらい電話番号と、toumaという男の名前から始まるメールアドレス。

――初恋の相手なんだよ。

いつだったかそんな打ち明け話をしてくれた。

――セフレがみんな初恋の男の名前を介して俺に連絡してくんのって面白くね？　誰もトウマを無視して連絡できないんだよ。あいつを越えられないの。

電話番号に細工は不可能だから初恋相手を越えてるじゃないか、と突っこんだら、爆笑して裸の胸を叩かれた。

――まーそうなんだけどさ、この携帯電話の番号を決めてくれたのもあいつなんだよ。店員が在庫確認して『いまならこの番号のなかからお好きなの選べますよ』とか言うのあるでしょ？　あいつ1と4が好きだっつってこれにしてくれてさ。一応想い出があんの。そのトウマは中学からの友人で人間なんだ、と笑っていた。

梶家さんが言っていたように人間のほうが多いので、恋に落ちる吸血種も少なくないのかもしれない。異種だ、相容れない、と知っていてもとめられない恋情はまったく厄介だ。

きみも幸せに、とツバサにこたえるのを躊躇したのは、まるで自分が幸せかのようなその言葉に違和感を覚えたせいだった。素っ気ない最後になった。

ツバサの登録を抹消して携帯電話をしまう。温かいお弁当を庇って家路を急いだ。

自宅近くにきて有理にも電話を入れたあと帰宅すると、有理はソファーに座ってテレビを聴いていた。

「おかえりなさい」

「ただいま。ご飯を買ってきたよ」

コートを脱いで洗面所で手を洗ってから、自分も有理の隣へ座ってお弁当を開ける。

「いい匂い……」

「うん、ステーキ弁当にしてみた」

「豪華ですね」

タレをかけて、箸と容器を持たせてあげた。「うわあ美味しそう……」と匂いだけで感激する横顔を眺める。

「肉は好きだった？」

「好きです。ステーキってごちそうですよ、誰だって好きなんじゃないかな」

「ふうん……」

「気のない相槌」

「どちらかというとわたしは嫌いだからね」

有理が吹きだす。

「買ってきてくれたのにそんな言い方……」

「有理君が好きならいいんだよ」

「めかぶとか梅干しのほうが先生は楽しそうだ」

「肉はどうも、こう……野蛮な感じがしない？　動物の身体を刻んで貪り食うところが」

「グロい表現はしないでください、食べづらくなるから」

唇を尖らせて苦笑した有理が、弁当の容器を目の間近に持ちあげて凝視する。鼻が肉につくすれすれでステーキの細く切られたひと欠片をなんとかつまむと、口にゆっくり運んで咀嚼した。

めかぶから慣らし始めて納豆で箸を断念したが、ステーキは食べたい欲もあるせいか使えそうだ。胃腸への負担も見受けられなければ、夜はまたハンバーグとか唐揚げとか、重めのお弁当にしてみよう。

剛仁さんは『血が足りなくて視力と体力を失ったのに、人間食で回復するわけないだろ。血を飲んですこしずつ治すしかねえよ』と呆れていた。

――それにハーフの子は純血種よりさらに脆弱なんだよ。平均寿命も短いって聞いてる。いまの深幸と同じ歳の頃まで生きられたら万々歳じゃないか？　どんな理由つけてでも毎日血を摂取させて、一日でも長生きさせてあげなさい。

吸血種の体質については経験豊富な同種の医師に学ぶしかない。有理に会うまで混血種を診たことのなかった俺は、寿命が短いというのも先日初めて知った。

――どんな体質で生まれてこようと、幸せか不幸かは本人だけが決められることなのよ。

梶家さんはああ言ったが、過酷な運命ではある。

ともあれ、病は気からだ。剛仁さんにも『食べて毒ってこたないから、本人が求めるなら好きなものを食べさせてあげろ』と指導を受けたので、そうするつもりでいた。

「先生、あの、」と、有理が頬に詰めた肉をごくっと飲んで続ける。

「ステーキのタレがついて水っぽくなったご飯が、これ、箸で掬えないんです。スプーンも貸してもらえませんか」

気恥ずかしげに笑む口もとが、タレで汚れている。

「いいよ、とってくるね」

この運命もジンクスの仕業なのだろうか。

異性愛者で薄命な有理を想えば、同性愛者の自分が彼の人生に関与すべきじゃないと思う。伴侶となる女性をいちはやく見つけて、悔いなく精一杯の愛情を育むことこそもっとも恵みの多い道だろう。

俺に寛容すぎる好意をむけてくれるのは、目が見えない有理がいま己の構築した理想の夢世界にいて、俺を男——女性とは身体つきも違う、有理を抱きたいと想いさえする者だ、という現実を正確に認識していないからだとも思う。ネット恋愛みたいなもので、姿形を目のあたりにして男に迫られる生々しさを実感したら途端に豹変する恐れが高い。

しかしそれならばむしろ、自分はこの夢のひとときだけでも甘えさせてもらおうと、今朝《けさ》諦め半分に腹を括《くく》った。

「はい、これね」

キッチンから持ってきたスプーンを有理の手に持たせる。

「ありがとうございます」

嬉しそうに笑ってくれる有理は依然、目を瞑っている。

強く望むことほど叶わない、というジンクスの正確さを思うとばからしくも悲観的な気分になるが、『レオン』は幸福な映画だと語ったり、散髪してくれと突然懇願してきたり、小野瀬や七瀬に嫉妬したり、俺のために泣いたりしてくれた有理を、患者のひとりとして見ることはもうできない。

「……午前中、ちょっとは寝られた?」

朝は有理がベッドの上に転がって寝入っていたから驚いた。いったい何時まで起きたまま待たせてしまったんだか。

「や、逆に目が冴えちゃって、テレビ聴いてました」

「そう。食後なら寝られるかな。腹が満たされた午後は眠くなるものなんでしょう?」

「でしょって……あ、ひょっとして先生、その感覚わからないんですか」

「わからない」

「そっか……。俺、学校でよく困ってたな。午後の授業って辛いんですよ、眠くて眠くて」

「気持ちの問題なんじゃないの?」

「違います、あれは不可抗力な、ある種の魔法みたいな、しかたないものなんですよ」

「魔法ね……そういや高校の頃小野瀬も不可抗力だって豪語してたな。食後に現国の授業があると必ず居眠りしてるのに成績はよくて、嫌な奴だった」

有理の笑みが引きつって、頬にいびつなしわが寄った。視力が弱くとも〝小野瀬〟という一言は鮮明らしく、見てはいけないものを見たようなぎこちない挙動で正面にむきなおる。

嫉妬を促したくて言ったわけじゃないのにという惑いと、求めていた反応を得られたような醜い喜びとが一緒くたに訪れて、苦々しさに見舞われた。こういう矛盾した欲を抱くことこそが恋っぽいなと、感慨に耽《ふけ》る。

「ごちそうさま。お腹いっぱいになったので、残りは夜に食べます」

有理がお弁当を膝におろした。ステーキふた切れぶん残っている。ご飯粒が容器のなかで散らかっていて食べ方が美しくない。

「本当にちゃんと満腹食べた？　胃腸が気持ち悪かったりする？」

「気持ち悪くはないけど、これぐらいでひとまず満足です」

しかたなく受けとってご飯粒を隅っこに整えながら、成人男性ならお弁当ひとつは普通に食べられるはずだよなと考える。それでいて、食欲がなくなったの？　とは問えない。

「じゃあ冷蔵庫に入れておくよ」

「お願いします。……すみません」

水と血液しか入っていない冷蔵庫に、お弁当の容器をひとつ入れる。

その後ふたりでテレビを観て他愛ない会話を交わし、短い昼休みを過ごした。

「そろそろクリニックに戻るね。夜もすぐ帰るから」

「はい」

見送りにきてくれる有理と玄関まで歩く。

ほんのひととき命綱のごとく繋ぎあうこの手の温もりを、じつは結構愛おしく想っている。他人に非難される必要のない、許された有理との抱擁。

「いくね」

むかいあうと、朝キスをしたときの情景が蘇ってきた。有理の唇は不安げに尖っていて、ステーキのタレで汚れている。こんな浮ついたことを誰かにするのは初めてだなと、他人事のように思いながら、タレのついた口の端と拗ねた唇とを軽く吸った。

離れる寸前、有理が俺の背中に両腕をまわして渾身の力をこめて束縛してきた。必死に。

「いたいいたい」

抗議したら、顔をあげて子どもじみた満面の笑みを広げる。

「いってらっしゃい。帰り、待ってます」

無論、瞼は閉じたままだ。

——……犀賀君、『てくてくみどりの木』って歌知ってる？

桃の切なげな声が、時折耳を過る。

——誰もなにもないだだっ広い大地に一本の大樹が立ってるの。その大樹は歩けないからくる日もくる日も一所《ひとところ》にとどまったままひとりぼっちで、自分以外の動物や木々が遠い土地で生息してるってことも知らずに何百年も生きてるのよ。

ところがあるとき迷子になった一羽の小鳥がやってきて「遠くには大樹が知らない生き物や世界があるのよ」って教えてくれるの。「あなたはひとりで可哀相ね」って。でも大樹は自分が孤独だなんて思わない。生まれたときからひとりでいるのがあたりまえだったから。

小鳥は大樹を憐れんで、一緒にいてあげることにするの。名なしの大樹に呼び名もつけてあげるわ。大樹は同情される理由がわからないながらも、小鳥といて毎日いろんな話をして、笑って、知らない世界を教わって興味を持って、充実した時間を過ごすのよ。

するとね、突然隕石が落ちてきて小鳥が死んでしまうの。

大樹は初めてひとりぼっちの寂しさや、小鳥が言った「可哀相」って言葉の意味を理解して三日三晩泣き明かして、そして旅にでることを決意する。

隕石が落ちたせいで自分が大地にはっていた根も千切れてしまったから、その怪我をした脚で一歩一歩すすむの。風の日も雨の日も雪の日も。

何年も歩いてようやくオアシスを見つけた大樹は、そこでキリンやカバやヌーたちに出会って、歓迎されて、生きていたことをみんなで喜びあって、かけがえのない友だちになっていくの。そしてそこに再び根をおろして、仲間たちと幸せに暮らしていくっていう歌詞なのよ。

桃は説明し終えるとこう締め括った。

——彼、いつもこの曲聴いてた。外の雑音をヘッドフォンで遮断して、歌の世界にとじこもって、誰とも仲よくしないで。……犀賀君なら、彼の気持ちに共感できるのかな。

「先生、どこ?」

パジャマ姿の有理が歯磨きから戻ってきた。

「ベッドにいるよ、本を読んでる」

教えてあげると手探りで壁を伝ってベッドへ入ってくる。

「どんな本読んでるんですか」

「人間がばたばた死ぬミステリー小説」

「悪趣味……」

「なんで」

有理がこちらに身体と顔をむけて笑っている。

掛け布団はお互いのあいだに隙間ができると、冷気が入ってきて寒い。文庫本を閉じてナイトテーブルにおき、左側にいる有理に身を寄せて自分もむかいあった。有理の肩に掛け布団をきちんとかけなおしてあげる。

「先生は今夜も血を飲まなかったね」

有理と最後に飲んだのは二日前。昨夜は吸血種の血を飲んだが、人間の血と違って腹持ちがいいからむこう五日間ほどは飲まずに生活できるはずだった。

「明日は飲むよ」

有理の左のこめかみを撫でつつ、胸の内で〝飲んだふりをしてごまかそう〟と計画する。

有理が俺の声の位置に笑いかけたりしてあたかも見えているかのような素振りをするのを虚しく思う反面、視力がないのを利用して嘘をつくのだから自分も大概だ。

「今日はどんな日でしたか」と、有理は重ねて訊ねてくる。

「七瀬が来たよ」

「昨日の今日で？」

「うん。お父さんのおかげで、学校を休んで顔を見せにきてくれた。梶家さんと一緒に話を聞いていたら、なんとか落ち着いたようだったよ。有理君と会わせてあげればいい友だちになるんじゃないかって、梶家さんが言ってたな」

「俺と？」

「たまにクリニックにおいで。受付で梶家さんを手伝えるかもしれないから」

「足手まといでしかないと思うけど……でも、はい。梶家さんと話すのも楽しかったし、ほかの吸血種と仲よくなれれば自分にもいい刺激になりそうだからいきたいです」

そうだね、と同意する。

「梶家さんは本当にこの仕事に誠実だよ。誰の命も尊いものだってかたく信じてる。患者が悩んでいれば、宥めすかしてでも生かそうとする。生き続けてさらに不幸になるなんて考えたりしない。本人の判断次第で不幸も幸福になるって言うんだよ」

「不幸が幸福か……それ、このあいだ先生と話した『レオン』のことと似てますね」

「ああ、そういえばそうだ」

俺には不幸で哀しい物語でしかないが、有理には幸福な物語に見えている。

梶家さんも有理も前むきで、自分は案外根暗なうしろむきだと思わされる。自分を不幸で可哀相だとは考えないが、幸福かと問われると長年保ち続けた殺意や憎しみが引っかかって素直にうなずけなくなってしまう。

医者の家系で育って、人間を救う仕事に就けたのは幸いだった。犯人への復讐心や憎悪とは裏腹に、自分は人間も吸血種も生かす者であり殺人者とは違うのだという優越が、精神の安定に繋がっていたからだ。しかしそれゆえに、有理たちと対峙《たいじ》していると自分は患者の幸福を守ろうとする信念に欠けているんじゃないかと我に返る。

「いままで医者としての自分を疑ったことはなかったのに、結局事件に縛られてるってことなのかな」

情けないよ、と続けようとしたが、それこそ情けないので腹にとどめた。

出会った頃有理を叱りつけていたのも、単なる私欲だったんじゃないだろうか。

生きていれば幸せになれると諭すのは、相手の幸福な未来を信じて、その後の人生にまで責任を持つ覚悟を要する。たとえば梶家さんは、今後七瀬が『やっぱりあのとき死ねばよかった』と後悔しても、何度だって『大丈夫、希望を捨てちゃ駄目』と支えていく責任を負ったが、彼女はその強い覚悟と意志を有しているのだ。

俺はどうだろう。必ず幸せになれる、不幸も幸福に変えなさいと、他人に説いていけるだけの志があるだろうか。自分の未来の幸福さえ信じられないのに。

「俺は先生に会えなかったらいま頃死んでましたよ」

有理が左手をさまよわせて、俺の胸を探りあてる。

「先生は生きることとか命とか、幸不幸に関してすごく考えるじゃないですか。ほかの人はもっと適当っていうか……先生も言ってたように軽んじると思うから、それだけで充分誠実です。梶家さんのあの経験豊富な、年配者としてのアドバイスにももちろん励まされるけど、俺には先生も仕事に真摯で頼りがいのある、大事な人ですよ」

過大評価だなと苦笑して有理の手の甲に自分の手をのせたら、有理もはにかんだ。

「俺のことこうやって居候させてまで面倒見てくれてるし。最初往診に通って俺に生きようと思わせてくれたのも先生なんだから、自信持ってください」

「いや、有理君は勘違いしてる。本当は性格が悪いんだよ。誰もが幸せになれるなんて、そんなの綺麗事だろって、ずっと疑ってるんだから」

「それでもいい」

頑とした断言だった。

「どうして」

よくないだろう、と反抗心をこめて問うても、有理は動じずに俺の手を握り締める。

「……先生は俺に、自分の言葉がどう聞こえてるかわかるかって言ったけど、俺には先生の言葉がどう聞こえてると思ってるんだろう」

「どうって」

いたずらっぽく笑った有理が繋いでいた手を離して再びさまよわせ、俺の胸から肩、首、顔、と徐々に移動させていった。唇に到達したら、指先で押さえたまま身を寄せてきてキスをする。けれど位置がずれて、鼻のしたにくちづけられる格好になった。

ぶはっ、と途端に吹きだした有理が、

「ごめんなさい、うまくできなかった」

と赤くなって笑う。

有理の唾液の残った鼻のしたがひんやりした。キスすらできない。苦笑いしながら、有理は目を瞑っている。

堪らない気持ちになって有理の腕を摑み、仰むけに押し倒してのしかかりざまにキスをした。上唇と下唇の柔らかい膨らみを端から端までしつこく嬲《なぶ》って、満足したら口を開かせ奥へすすむ。舌を入れると有理がたじろいで自分の舌を引っこめてしまったから、強引に吸い寄せて搦《から》めとった。

待って、と訴えるように有理の喉が「ンっ」と鳴るが、その色っぽさに煽られて鳴かれるほどに離せなくなる。唾液の味や、濡れた唇の滑らかさや、感じる香り、体温、初々しさのすべてがいままで寝た誰とも違う有理そのもので、この華奢で幼い全身の輪郭が愛おしい。可愛い。抱き潰したい。

「……ボタンをひとつはずしてもいい」

離れ難くて唇が触れあう位置で問うたら、有理も乱れた息を洩らしながらうなずいた。

胸もとのボタンをはずすと白い首筋が露わになって、もう一度唇に軽いキスをして吸ってから、喉へ口をつけた。小さく突起した喉仏をなぞって、首もとからうなじのほうまで。

有理は「ん、ぅっ」と声をあげて、震えたり肩を竦めたりして反応してくれる。

右手で頭を抱いて、首筋に舌を這わせながら耐えきれずに、

「もうひとつはずしたい」

と懇願しても、うなずいて許してくれた。

ふたつ目のボタンは解くと胸まで剝きだしになった。綺麗に浮きでた鎖骨のおうとつに魅了されて、縋るような想いでたどった。

細くて繊細な身体に胸が千切れそうなほど興奮する。恋しくて欲しくて、辛くなる。

「……有理」

好きだという熱情を囁いて吐きだしたら、有理が俺の背中に両腕をまわした。

「先生、好きです……大好き」

しかしその告白に、寂しくなった。

有理は紅潮して身を委ねてくれている。引き結んだ唇も、緊張してしかめられた顔の眉根のしわも、すべてが可愛くて恋しいのに、恋しいから心が冷えていく。

「ごめんね」

有理のパジャマのボタンをはめてもとに戻した。

どうしてやめるのかと戸惑っているようすの有理に、「いきなり抱いたりしないよ」とフォローを入れた。有理はなにか言いたげに口を開いている。

「……いま、何時ですか」

時計は十二時半を表示していて日付はとうに変わっていた。か細い声で問うてくる有理の、その口に浮かぶ複雑な笑み。

「十時すぎだよ」

抱き寄せて唇を塞いだ。それからまたしばらくキスだけを繰り返して、有理の不安が消え去った頃に脚を絡めあったまま眠りについた。

会話の尊さ　笑う幸福　全部きみがくれた
さびしさもくれた　孤独も知った
きみが死んでもういないなんて
ひとりで平気なんていって笑ってた
あのころの自分をかなしく思うよ

「先生も鼻歌とかうたうんですね」

ソファーに膝を抱えて座っている有理が感心する。

「自然とでただけだよ」

「掃除機って鼻歌うたうほど楽しいっけ」

「からかわなくていいから」

ふはは、と無邪気に笑う有理は窓から入る日ざしに照らされて不思議と神々しい。そのままソファーの上に寝転がって、自分の家にいるのと変わらない怠惰さでくつろいでいるが、有理こそスポットライトを浴びて輝く歌手みたいだった。

今日は仕事休みの月曜。有理とでかけるつもりでいたのに、当の本人に「先生、引っ越しの片づけしなくていいんですか」と突っこまれてしまい、渋々掃除と片づけをしている。

土日も洗濯と布団干しとDVD整理に費やしたから不満だ。

「その歌、テレビCMかなにかで使われてませんでしたっけ。聴いたことある気がする」

「どうだったかな」

「CD持ってます?」

「いや、ないよ」

「そっか。ふたりしてうろ覚えですね」

掃除機の騒音にまざって、有理の鼻歌が聞こえてくる。同じ歌が有理にもうつった。

何百年生きてもひとりなのなら生きていないのとおんなじみたいだ
雲路をさまよってきたきみが名前をくれた　心をくれた　あの日々を想うと涙がでるよ
きみに聞いてほしい　きみがくれた名前を呼んでくれる友だちにいま会えたんだ
大丈夫ぼくは笑っている　きみを想っている　きみはいる　ここにいる
「有理君も結構憶えてるね」
「終わりのところだけですよ。なんだったかなー……映画の主題歌かなあ」
「哀しい歌だよね」
「希望の歌でしょ？」
「ンー……まあ、それもそうか」
有理が屈託のない幼い笑顔でまた「ははっ」と笑う。
「先生はすぐ哀しい哀しい言うなー」
掃除機をとめて、暖かな黄金色の陽光に包まれて微笑む有理を見返した。
開け放った窓から風と、庭の木々のさざめきが入ってくる。光と風は狭い部屋を感動するほど広々した空間に変えてしまい、なんだかとても自由な気分だった。目を閉じればきっと森や原っぱにでもいるような錯覚をするはずだ。
有理が肘《ひじ》おきに頭をのせて仰むけになり、「気持ちよくて寝ちゃいそう」と幸せそうにしている。あたりまえのようにここにいて、ほかに帰る場所などないかのように微睡んでいる。

横へいっておもむろにくちづけたら、びくっと身を竦めた。

「驚いた」

有理の頬が見る間に赤くなっていく。

「嫌だった？」

不快な思いはさせたくないが、有理は唇を曲げて、不服そうにしながらも頭を振るので、もう一度、今度はさっき以上に優しくしようと努めて、唇の外側を舌で何度か舐めたのちに口を割って舌を侵入させていった。

喪う哀しさを知るのも幸福だと語る歌を、この子は希望だと言う。

日が暮れたらクリニックへ顔をだしにいく約束をしていた。帰りは有理のお弁当を求めて、ふたりで散歩する予定だ。


診療時間のすぎたクリニックには七瀬もいて、梶家さんと受付で紅茶を飲みながら話をしていた。聞くと「梶家さんと今日も会う約束をしてたの」と言う。

ちょうどいいので有理と七瀬の両者を引きあわせた。

七瀬に「有理君は血を断っていたせいで視力が弱いんだ」と教えると、彼女も反応して眉をひそめ「死にたかったの」と問うた。それが非難ではないと、有理も知っている。

「ううん、死にたかったわけじゃない。死んで当然の化け物だと思いこんでたんだよ」

有理の言葉に七瀬がまた瞠目して反応する。

「……わかる」

ふたりが意気投合するのは一瞬だった。梶家さんに目配せして〝予想どおりだね〟とうなずきあう。

彼らを梶家さんにまかせて、俺はまた剛仁さんのところへいった。

笑顔で迎えてくれた叔父とむかいあって座り、七瀬と有理のことを報告する。患者の病状、ことに吸血種の具合については情報を共有するようにしている。

クリニックに通っている吸血種は七瀬と有理の家族のほかに、ひと家族だけだ。そのひと家族は剛仁さんが担当しているが、有理の症状が和らいだらそちらも俺が引き継ぐことになっている。吸血種同士、医者と患者の絆をはやく築いてほしいとのこと。

剛仁さんは担当を減らし、早々にここを退くつもりなのだ。

「おまえ今日は機嫌いいな」

仕事の事務的な話が終わると、剛仁さんに鼻で笑われた。

黙っていたら肯定ととられたらしく、余計に笑われる。

「彼女でもできたか」

身内に堂々と話せる恋愛ではない。けれどこの人は洞察力が鋭く、昔から隠し事ができない。

「……好きな人はできました」

「好きな人って、おまえそんな歳かよ。さっさと結婚して子どもつくれ」

茶化しつつも剛仁さんは嬉しそうで、胸が痛んだ。

以前『結婚は考えてません』と告げたときこっぴどく叱られて、『自分の家族をつくれ。もうなにも怖がらなくていいから』と説得されたことは記憶から消えずに燻っている。注がれる慈愛を一ミリの余白もなくすべて傷としてしか受けとめられないのが辛かった。

「兄貴は俺より優秀な医者だったんだよ」

剛仁さんが唐突に言って、居ずまいを正す。

「よくあるだろ、親が兄弟を比べる話。うちもそうで、子どもの頃は『お兄ちゃんは立派なのに』って言われ続けてた。だからあの事件のあと、親父とお袋――お祖父《じい》ちゃんとお祖母《ばあ》ちゃんが不安定になっていくのを見てて、殺されたのが自分だったらよかったのにって思ってたよ。嫉《ねた》みっていうより納得に近いな。……俺も情緒不安定だったんだと思う」

事件後、家族の誰もがさけていた父と母の話を、剛仁さんが粛々《しゆくしゆく》と口にしている。

「深幸が自分の家庭を持てばお祖母ちゃんたちもまた喜ぶし、人として立派になれる。自分の将来を真剣に考えろよ。このクリニックも兄貴のものだったんだから、すぐにでも継いでおまえに守っていってほしい」

はい、とうなずくほかに、どんな返答が許されただろう。

診察室をでて再び受付へいくと、七瀬と有理の会話が聞こえてきた。

「先生と一緒に寝てるの？　え、どんな話するの？」

「……恋愛のこと？　とかかな」

「なにそれ修学旅行みたい」

「修学旅行？」

「夜になると友だちと恋バナってお約束でしょ？」

「そうなの？」

「そうだよ」

有理は七瀬のいる斜め横に顔をむけて、ふうんと首を傾げている。手には紅茶があった。

梶家さんは微笑ましそうにふたりを見守るにとどめ、口は挟まない。

俺も話を中断させてしまうのを躊躇ってその場に立ち尽くした。ふたりの目線はあっていなくとも、若い男女がつくる空気は甚《いた》く純粋で甘やかだった。

梶家さんが俺に気づいて、忍び足で近づいてくる。

「なんだか邪魔しちゃ悪いみたい」

うふふ、と茶目っ気めいた笑い方をする。

「ですね」

俺も素直に同意した。

「若いっていいわあ。会ってすぐ恋人みたいになれちゃって羨ましー……」

「恋人ですか」

「似たようなことで悩んだ経験のあるふたりは強いですよ」

「強い？」

「そう、絆が。あのふたり、きっと長くつきあっていけるわ」

有理と七瀬の会話は修学旅行でどこへいったかという話題に進展し、依然弾んでいる。

「そういえば有理君におかしなこと訊かれましたよ」

梶家さんが目をまるめて見あげてくる。

「なんですか？」

「わたしと先生がしゃべってるときに、先生は自分の話をしてくれるかって」

「自分のって、有理君の？」

「ええ。仕事に関することじゃなくて、なんて言うんだろう……〝有理君はこんなこと言ってましたよ〟みたいに、思い出して会話に加える感じっていうの？」

「質問の意図がわからないですね」

眉をひそめたら梶家さんに苦笑された。

「先生に自分のことを考えていてほしいんじゃないですか？　お父さんと難しい関係だから先生を父親がわりにして甘えてるんですよ、きっと。有理君って意外と可愛いのよねえ」

うっとり微笑む梶家さんの表情もまた、母親のそれのように見える。

「有理君の髪を切ってあげたのも先生でしょう?」

「そうですけど……有理君が話してましたか」

「ううん、違うの。わたしが〝先生に切ってもらったら〟ってすすめたんですよ」

「梶家さんの提案だったんですか」

「そう。わたしもちっさい頃に親に切ってもらってたからね、親との思い出は宝物になるのよって教えてあげたんです」

梶家さんの横顔から滲みでる母性を見つめつつ、有理がくつしたの行方不明騒動のとき、父親が傍にいるにも拘わらず俺を頼ったのを思い出していた。

「決めた。わたし七瀬ちゃんと有理君を応援する!」

拳を握って、梶家さんが浮かれる。

「七瀬ちゃんも有理君を選んだほうが絶っ対幸せになれるもの。吸血種同士だし。先生もそう思うでしょ?」

梶家さんは祝福して歓喜している。視線をむけると七瀬も、有理も、いつにない無邪気な表情で会話に夢中になり、ふざけあっている。

あの唇にくちづけていた数時間前のひとときが、遠い夢の、まぼろしだったような錯覚を覚えた。

クリニックをでると、有理のお弁当を買いがてら夜道を遠まわりして家まで帰った。

有理が知りたがるので、道に落ちている枯れ葉の色や、月を覆う雲の薄さや、お弁当屋のバイト店員の面立ちや、すれ違った車の種類や、町の掲示板に貼《は》られた小学生作の防災ポスターの絵の出来栄えなんかを、逐一教えた。

「せっかく一緒に歩いてるのに、思い出に同じ景色を共有できないのが寂しいな……」

有理はそう言って、哀しそうに苦笑いした。


「有理、こっちにきて」

湯船のなかでキスをしながら有理の肩を抱き寄せた。膝の上に跨《また》がらせたくて有理の左股を引き、開いた脚のあいだに自分の身体を滑りこませる。

驚いたのか、有理はキスしていた唇を引き結んで硬直したが、かまわずに抱き締めたままお互いの肩が湯に浸かるまで身を沈めた。

胸と胸がこすれあう。自分の右肩あたりにある有理の手がかたく拳を握って緊張している。唇は薄く引き締まって柔らかさを失い、執拗に舐めて宥めても和らがないどころか逆効果で、しまいには俯いて逃げられた。

身体同士が密着しないように、有理が身を数センチ引いている。

「ごめん」

風呂に入って、お互いが男だとわかるほど接触したのは初めてだった。

「嫌だった？」

「ちょっと……怖いです」

有理の顔は前髪に隠れていて見えない。

「……うん。でもしばらく我慢してほしい」

白い湯気が霧のように充満していて、シャンプーボトルや鏡や窓枠の輪郭もおぼろだった。

虫の音や車やバイクの走行音が絶え間なく届くのに、静かだと感じる。

有理の腰と背を抱き竦めた。一切の隙間もなくきつく自分の身体に縛りつけるように抱き締めて、腕のなかで小鳥みたいに震える有理が落ち着くのを待った。

父親が息子にしないことをしすぎたら、やっぱりルール違反なのか。

「……俺、」

なにか言いかけた有理の言葉は続かずに、再び時間がすぎた。

目の前にある有理の頭に唇をつける。

「俺……先生のことが見たい」

ふいにすり寄ってきた有理が俺の首筋に口をつけて苦しそうに訴えた。

「そうだね」

俺も、俺を見てもらいたいよ。

祖父母の家で、自分の父親がわりになって面倒を見続けてくれたのは剛仁さんだった。恩があるからこそ己の性癖についてとくに打ち明けづらい。

——お祖父ちゃんとお祖母ちゃんが不安定になっていくのを見てて、殺されたのが自分だったらよかったのにって思ってたよ。嫉みっていうより納得に近いな。……俺も情緒不安定だったんだと思う。

不安定——確かにそうだった。あの冷たい家で過ごす誰もが不安定だった。

祖父は喜怒哀楽を失い無表情で無口になり、それまで未経験だったパチンコを始めて毎晩遅く帰宅するようになった。祖母は一度睡眠薬を大量摂取して自殺をはかった。しかし本人はその日のことを憶えていない。剛仁さんは自分が殺されればよかったと思っていたという。俺は犯人を殺すことだけを希望にしていた。全員にとってまさに生き地獄だった。

一筋の光明がさしたのは剛仁さんの結婚が決まってからだ。

奥さんは同居してくれたので、子ども——従妹《いとこ》の花美《はなみ》も生まれると、家のなかはがらりと変化した。子どもが笑えばみんな笑う。夜泣きすれば全員が起きて宥めようと躍起になる。

愛らしい玩具が部屋のあちこちに散らかり、子どもを中心に会話と笑いが絶えず、日々に生気が戻っていった。

——お祖父ちゃんとお祖母ちゃんももう永《なが》くはないだろうから、ひ孫の顔見せて喜ばせてやれよ。

そう言われたこともある。しかしそれは叶わない。

ゲイだと自覚したあと、叔父が存在しなかった人生を想像すると鬱々とした。

中高大学試験に合格して進学が決まったときも、花美の誕生日会をして甘い人間食を嫌う祖父がケーキを一生懸命頬張るのを目のあたりにしたときも、犯人が少年院をでたときも、その想像はひたすらに俺を怯えさせ、苛んだ。

叔父がいなければあの暗黒の日々は現在も継続していただろうし、自分には打破できないどころか下手をすれば犯人を殺害して悪化させていたのだ。

「……先生、いまどんな顔してますか」

布団のなかで、寝顔だと思って見つめていた有理の口が動いた。

逡巡《しゅんじゅん》したのち有理の目尻を指でつりあげると、

「怒ってるって意味？」

と不安そうにする。

「ごめん。本当はこうだよ」

有理の鼻の下をのばしてやったら、ふが、と竦んで怒りながら俺の胸を叩いてきた。俺が笑うと、有理も笑う。

「先生、俺近々実家に一度帰りたいんですけど、連れていってくれませんか」

「いいよ。なにか用事があるの」

「一週間経ったし、そろそろ父とちゃんと話そうと思うんです」

「……そうか。すこしは気持ちも落ち着いてきたのかな」

「はい、先生たちのおかげです。父がしてくれていたことも受けとめられるようになって、自分の小さささも充分すぎるほどわかって身に染みました。……今日、七瀬と話せたのもよかったです」

〝七瀬〟か。

有理の顎をあげてくちづけたら、有理が息を呑んだのが口先に伝わってきた。

「……先生、いつもいきなりキスするから驚きますよ」

「見えない有理が悪い」

「ごめんなさい。でも〝する〟って一言ほしいです」

「いちいち言うのは不便だね」

「合図でもいいから」

合図か、と悩みながら有理の髪や頬を観察して、右手で有理の耳に触った。

「じゃあこうする」

耳たぶを揉《も》むと唇に似た感触がした。小さくてふっくら柔らかい。

「くすぐってー」

あどけなく笑う有理に見惚れ、いま一度キスをする。頬やこめかみや耳たぶにも。

有理をどうして好きなのか考える。どうして好きになってしまったのか。

——先生の殺意の源は愛情ですよね。俺も大切な人を誰かに殺されたら、復讐してやりたいほど憎みますよ。

——有理君は人間を殺したくないんじゃなかった？

——〝人間〟と〝悪人〟はべつです。

——わたしは悪人じゃないの。

——ない。

有理が率直にくれる想いの数と重みは、ほかの誰とも比較にならない。歳相応に浅はかなところもあるが必ず反省するし、本人には貫きたい意志があって常に心に芯がある。この清潔な心にはやはり焦がれてしまう。同居生活も単純に、ただただ楽しかった。

納豆の会話をしたときは学生同士のような幼い駆け引きに胸が高鳴った。

散髪のときは美容師でもないのに〝髪〟という、個人にとってわりと重要な領域に立ち入るのを許されたことに信頼を感じて、困ったふりをしながらも嬉しかった。

祖父母の家をでてひとり暮らしを始めてからは、誰かと暮らした経験も皆無だったので、俺も有理を恋人のようにも家族のようにも想った。

家に帰ると有理がソファーに座っていて、こちらが近づいていくにつれ笑顔を濃くさせて『おかえりなさい』と迎えてくれる。すぐに会話が発生して、疲れたとかＤＶＤが面白かったとか天気がよかったとか、他愛ない一日の報告をする、その傍らには猫が一匹。

自分のこれまでの人生のなかで有理と暮らした数日間は、まるで桃源郷やら天国やらから切りとってきて貼りつけた、至福一色の幻想じみた時間に感じられる。この日々の情景を、俺は何度も思い起こしては幸福に耽るんだと思う。自分だけが見た景色だとしても。

「……先生はどんな顔してるんだろう」

唇を離すと、視界がぼやける至近距離で有理が言った。俺の頰に手をそえる。

「梶家さんも七瀬もハンサムだって褒めてましたよ。でもハンサムにもいろいろあるでしょ？　どの系統のハンサムなんだろうな……」

「格好悪く想像しておいてよ。有理君が嫌いな、生理的に無理だと思う容姿で」

「生理的に無理？」

「マイナス印象からならさらに悪くなりようがないでしょ」

ツバサが言っていたような一心同体の恋人がもしできれば、自分がゲイなのだと祖父母や叔父にカミングアウトすることも辞さないが、有理がその相手かはまだ判然としなかった。

なぜなら有理は俺を知らない。男だという事実を確かめていない。

有理が夢を見ていても、俺は現実を見ている。

——……俺も先生が殺されたら犯人を憎みますよ。

あのとき俺が目に涙をためていたことも、この子は一生知り得ないだろう。

「先生が格好いいか悪いかはどうでもいいんですよ。ただ顔立ちが知りたいだけです」

「夢に酔ってるね」

視力をとり戻してまた世界を見渡すようになったら有理は自分をとり巻くものの多さも、俺が父親になれないことも理解する。けれどそのとき恋人関係を継続するかという選択は、俺が恋情で強引に誘導するのではなく、異性愛者で薄命な有理自身に委ねてあげたかった。

「有理、今度一緒にでかけよう。近所じゃなくて、恋人同士でいくようなところに」

沈黙してしまった有理の機嫌をなおしたくて誘った。

有理は唇を引き結んで俺の胸の、パジャマを握り締める。

「……俺は先生に、ちゃんと会いたいって想ってるんですよ」

苦しげな、悔しげな訴えだった。


火曜日、診療時間終了間際になった頃、梶家さんが意外な患者さんを案内してきた。

「あれ、先生なんでここにいんの？」

目をまんまるくさせて、血だらけの左腕を庇いながら椅子に腰かけたのは冬治君だ。

「ここって先生の病院？」

「親戚のクリニックで、最近週に何日か勤務するようになったんだよ」

「あー、そりゃ知んねーわけだわ。ここうちから近いからなんかあるとくるけど、滅多にねえもん。最後が小学生のときかな。ひでー風邪で座薬入れられて、トラウマトラウマ」

つい吹きだしてしまった。大声で話す冬治君は、ホースで水をまき散らすように溌剌《はつらつ》とした明るさを放つから診察室の空気も一変する。

「ンなことよりさ、俺日曜バスケの試合なんだよ。これ、いま自転車ですっ転んで怪我したんだけどソッコーで使えるようにしてくんね」

「すっ転んだ？」

「そこんとこの道路でガシャーンっつって。自転車のハンドルも曲がってぐっちゃぐちゃだし、まじやべーよ。病院まで引きずってきて外にとめたけどさ、駄目だわあれ、ただの鉄の塊だよ。明日から学校どうすっかー……先生も見てみる？」

「いや、いいよ」

「あ、受付でおばちゃんに言ったけどさ、金も保険証もあとで持ってくっからよろしくね。あと格安でお願い。小遣い引かれるし。あー……まじ最悪だわ」

ぺちゃくちゃと患者らしからぬ勢いで話し続ける。

なるほど、有理なら物怖じしそうだなと感じて、あの子の苦手意識に納得がいった。

梶家さんにも手伝ってもらって怪我の手当をした。本人によると「事故かなんかで折れ曲がったガードレールに突っこんだ」そうで「ぶっ壊れてとんがった裂け目で切った」という腕は確かに荒い切り傷になっていた。だがさして深刻なものでもなく、バスケの試合もこなせそうだった。

血を拭った綿から甘い匂いがただよっている。

「なあ先生、蒼井ってどうしてんの？」

あおい。名字なのに妙に親しげに響くな。

「有理が心配？」

「ああ。目が悪《わり》ぃとか言ってたじゃん。でもよく考えたら目って手術しなきゃ治んなくね？　先生ってそんな手術もできんの？　ここ眼科じゃねーのに」

「守秘義務があるからほかの患者さんの病状については話せないよ」

「友だちでもっスか」

「そう、幼馴染みでもね」

「おぉ？　せんせー知ってんじゃん」

ははっ、と白い歯を覗かせて笑う冬治君は、「そーなんだよ、俺ら幼稚園から一緒なんだよねえ。あんま連んだりしてねーけど近所に住んでるし、腐れ縁ってやつ？」と自ら話題の方向を傾けていく。

「あいつひとりでいようとするし頭いいし、スカしてんなーってみんなに言われてたんだよ。だもんで俺は、あいつのことなら知ってンぜって感じで気分よくてさ」

「有理は嫌われてたの」

「嫌うってこたねえよ。なんつーか、近寄り難い？　みたいな。でもあいつ結構おもろいとこあっから、俺は全然ンなこと思わなくて」

あまり追及したら有理が嫌がるんだろうと危ぶみつつも、興味と、冬治君への羨ましさが勝って「面白いところって、たとえば？」と訊ねていた。

「たとえばー……すんげえ絵が下手なとこ？　あいつ動物描かせても全部人間の顔にしちまうの。目が笑ってないキモい顔で、それが怖くてまじやべえ」

ふっはっはっはっ、と冬治君が思い出し笑いをする。

「あと植物が育てらんねーとことかな。小学校で朝顔育てろって言われて鉢植えもらってみんなで種植えたとき、あいつのだけ芽がでなかったんだよ。幼稚園でも似たようなことあって、アレたぶん水やりすぎてたんだと思うけど、すげえ不器用なんだわ」

「有理だけか……じゃあきっと辛い思いをしたね」

「うん、へこんでた。不器用って言やあ、好きな女の子にもからっきし駄目だぜ。じーっと見てるだけで告るどころかしゃべることもできねえの」

それはやはり有理が引きずり続けている唯一の女の子——さちちゃんのことだろうか。

「冬治君にもわかるぐらい、あからさまだったんだ?」

「ばればれだって。つか、その相手の女の子も蒼井の気持ち知ってたんだよ。俺、そいつとは大学が一緒で、たまに蒼井の話もすっからさ」

梶家さんがちらっとこちらに意味深な視線をむける。さすがに詮索しすぎたかと反省して返答は相槌にとどめたが、得た情報は充分すぎるものだった。

さちちゃんは有理のことを憶えていて恋心についても気づいており、いまだ冬治君と談笑したりする。やはり有理ひとりのひそかな片想いではなかったのだ。

治療を終えると梶家さんが別件で席をはずし、俺はカルテを書いた。

「何日か前に蒼井の家に車できたのって先生じゃね?」

冬治君が再び有理の話題を持ちだす。

「うちのお袋が見てたらしくって、めっちゃハンサムな男に蒼井が連れていかれたって騒いでたからさ、あー先生だったんかもっていま思ったわ」

くつしたを引きとりにいった日かな。

さすがに住宅密集地では車の騒音も響くし、行動が筒抜けか。

「さっき守秘義務があるって教えたよね」

「ん?」

血液の匂いが、腹を不快にまぜっ返す。

「冬治君に内々《ないない》に頼みたいことがあるんだけど、話を聞いてくれるかな」

なぜそんなことを言いだしたのか自分でもわからなかった。

しかし言葉では言い表し難い、有理への恋欲が根源であることは自覚していた。


俺たちのデートコースには食事がない。

「映画は駄目だね。観覧車も夜景も。こうしてみるとデートって〝見る〟ものが多いな」

「そうですね……ふたりで美しいものの〝いま〟を感じあいたいってことなのかな」

俺自身デートをした経験もないので、ネットで調べながら有理と相談するが、有理は「俺のせいですみません」と謝る。俯く頭を撫でて、曲がった唇を見つめた。有理といけるなら俺は正直どこでもいい。

「海にいこうか」

「えっ、海？」

「海なら身体で楽しめるでしょう。浜を歩けば砂で足が重たくなるし、潮風と波音があるから匂いでも音でもちゃんと感動を体感できるし」

「先生、頭いい！」

一瞬で笑顔をとり戻した有理の嬉しそうなようすに、俺もほっする。

せっかくだから車の少ない真夜中にでて早朝の海を散歩しようと決め、その夜はふたりで早々にベッドへ入って仮眠をとることにした。

とはいえ普段より何時間もはやくに眠れるはずもなく、数分おきに有理が「……寝た？」と小声で訊いてくるたび、俺は笑いながらキスをして黙らせる必要があった。


深夜の高速道路はトラックが多い。有理の質問に応じて俺は周囲の景色を細かく教えた。外灯の色や、車がすれ違う瞬間や、トンネルへ入るのとでる一瞬。

サービスエリアにも寄って、ドライブの楽しさを満喫した。売店に売っているものを知りたがる有理にメニューをひとつずつ聞かせていくと、「じゃがべえが食べたい」とはしゃいだので、それとジュースを買って車へ戻った。

じゃがべえはその名のとおり、じゃがいもとベーコンを串に交互に刺して揚げた人間食だ。有理はマーガリンを口のまわりにべったりつけて頬張り、「熱っー」と嬉しそうに笑う。「先生もいる？」と訊かれたが、もちろん「いらない」。口を拭いてやって、ある程度食べ終えたところで再び車をだす。

自宅から海までは、車の少ない夜中にいけば二時間ちょっと。

高速道路をでて一般道を走り始めると、まず潮風が吹いて海が近いことを知らせてくれる。有理のいる助手席のほうの窓をすこし開けてあげる。

右折レーンに入って停車すると、前方にとまる車のランプがはたと目に入った。

「有理」

「ん？」

「こうやって赤信号で停車してるとね、車同士のウィンカーのリズムが一致する瞬間があるんだよ」

「一致？　チカチカしてるランプがですか？」

「そう。ちぐはぐなんだけどそのずれがだんだん狭まって、綺麗に点滅しあってまたずれていく。……前にこれを見たとき、有理に教えてあげて、話をしたいなと想った」

日常のそこかしこで発生する些末な奇跡。ひとりでいればとるに足りない現象だが、誰かに伝えて分けあうとふたりの感動、秘密になる。

有理は笑いながら頬を赤らめて、思いがけず「似たようなの俺もありますよ」と言う。

「先生と一緒に寝てると、先生の寝息が聞こえてくるんです。聴き続けてるとそのリズムに引っ張られて、自分も無意識に呼吸をあわせてる。それが苦しいんだけど、こう……嬉しいんですよ」

外灯の光が、夜明けとともに消えていく。

有理の右手を握り締めると、有理はまた照れてはにかみながら俺の手を握り返してきた。胸に温かい熱が灯って沁みていく。

この子を好きになって本当によかった。

海岸沿いにある簡素な駐車場へ車をとめると、急な石階段をくだって砂浜へおりた。

「海だー！」

有理が俺と手を繋いだまま両腕を広げて潮風を吸いこむ。

波音は涼やかで鳶《とんび》の鳴き声も近い。夜が明けた空は眩しく、地平線のむこうから朝焼けが地球を抱き締めるように広がっているさまは、有理とむかいあって互いに抱擁しようとしているみたいだった。よくわからない妙な嫉妬心が湧きあがってきて、空と有理のあいだに割りこみ、細い身体を抱き竦める。

「うわ」

驚いた有理がすぐに笑いだした。

朝の冷たい潮風に耳を嬲られて頬が冷える。有理の頬も冷たいから、こすりあわせて温めた。

「先生の身体あったかー……」

「海岸で抱きあったりするのは、浮かれすぎで頭がおかしいね」

「俺はまわりの人が見えないからかまいませんよ」

「うん、まあ……誰もいないんだけど」

いま一度強く抱き締めてから離れた。

手を繋いで、砂に足をとられて笑いながらふたりで歩いていくと、湾曲した海岸の遠くのほうに犬の散歩をしている壮年や、ジョギングをしている青年がちらほら見えてきた。

世界の目覚めとともに人も動きだす。

「先生、裸足《はだし》になってもいい？」

「べつにいいよ」

立ったまま靴と靴下を脱ごうとしてふらついているから、俺がしゃがんで肩に摑まらせ、片方ずつ脱がせてあげた。

「先生も脱ごう」

有理は嬉しそうに砂の上で足踏みをして「砂も冷たー」とはしゃぐ。

「いやだよ」

「脱ごう。脱いで海にちょっと入ろう」

「そういうのが許されるのは大学生まででしょう」

「じゃあいまだけ先生も大学生」

「無理無理」

押し問答を続けたものの結局負けたのは俺だった。

これもいまだけならば、無茶して浮かれてみるのもいいかと思った。

裸足になった男ふたりで冷たい冷たいと嘆いては吹きだしつつ、海へ近づく。

波が足首まで浸る場所へ有理を誘導してあげると、「気持ちいつめたー!」と大喜びした。

「先生も立ってじっとしてみ。波が引くとね、この、土踏まずのとこの砂がさらさらーってさらわれてくすぐったいから」

「地面が不安定で倒れそうになるよ」

「それが楽しいでしょ? あー……目が見えたら波と追いかけっこしたのにな。カップルが波打ち際できゃっきゃうふふするやつ一度やってみてー」

「〝それ以上近づいたら濡れるぞ〟〝大丈夫だもん、きゃっー〟みたいな?」

「そうそう!」

漫画なんだか映画なんだか、仕入れどころははっきりしないのに共通のイメージを持っているのが面白い。だがふたりして、経験したことも恋人がいたこともないのだった。

「――ねえ先生。俺たちの存在って人間にばれてないのかな」

やがて太陽が昇りきって、鱗雲《うろこぐも》を桃色に照らしていた朝焼けが薄くなっていくと、薄青色に染まり始めた空を前に有理と手を繋いで立っていた。繋いでいない外側の手には互いに、靴下を突っこんだ靴をぶらさげている。

「存在は、隠しとおせてはいないよね。有理君みたいにハーフの子がいるのも事実だし」

「ですよね」

「でもほとんどの人が自分の目で見たものしか信じないものだよ。幽霊や宇宙人だって、テレビやなんかでとりあげられたところで妄想として楽しんでるだけでしょう」

「吸血種が人間を襲ったら事件になるんじゃないかな。過去に絶対あったはずでしょう？俺だって、」

「仮に事件に発展しても騒ぐのはいっときだと思うよ。俺の父親も事件のとき犯人の首筋を噛み千切ったけど、世界を揺るがす影響はなかった」

「……そうなんだ」

「実際に人間のなかにもヴァンパイアを崇拝して血を飲みたがる人がいるしね」

「人間にも？」

「趣味嗜好《しこう》の範疇《はんちゅう》らしい。同性愛と似てるかもしれない。異常だとされていても受け容れてくれる人はいるし仲間もいる。気味が悪いと思う相手とは疎遠になるだけ」

意識ごと吸いこまれそうな空の青色に見入っていると、鱗雲がゆっくり動いていることに気がついた。波が打ち寄せてきて足首まで沈めては、すぐに引いて地面の砂ごと連れていく。足に長い糸が絡みついてほどけていくような柔らかい感触が、確かにくすぐったい。

「このまま歩いていったら、俺たち死ぬかな」

有理が言った。

「戻らない覚悟でいけば、たぶんね」

また波が寄せてきて足に絡まり、ほどけていく。

「先生にひとつ頼んでもいい」

「どんなこと」

「死ぬときのこと」

有理の横顔は凛然としていて、瞼の裏で朝陽を見ているのがわかった。

「俺が死ぬときはこの身体のなかの血を全部抜いてくれませんか」

海と空の境が光を浴びて、星を散らしたようにまたたいている。

「……綺麗な姿で死にたいの」

「空っぽで死にたいんです。吸血種でも人間でもない身体で」

雲の隙間からあまりに美しく天使の梯子《はしご》がおりているのが不愉快だった。

「絶対に有理のほうが長生きするんだから、約束は守れるかわからないな」

「年齢で考えればそうだけど、なんか俺は、先生は生きていてくれる気がするんですよ」

「生憎《あいにく》、物語のヴァンパイアと違って不死じゃないよ」

「わかってるけど……」

困って苦笑する有理を見つめていると、喉が潰れるほど痛んだ。

有理を好きになってからこのときがもっとも、それこそ死ぬほどに、胸が張り裂けた瞬間だったと思う。

「約束はできない。でも憶えておくよ」

「うん、ありがとう」

もしかするとあのときには、有理は自分の寿命を察していたのかもしれない。

繋いでいた指先の冷たさ、空を横切る鳶の鳴き声、潮風にまざる山水に似た有理の香り、顎をあげて朝陽に対峙する精悍《せいかん》な横顔、お互いの足にまとわりついていた波の糸。すべてがこの身に記憶として刻みついた。

愛してるという言葉はきっとこういうときに言うんだろうと思ったにも拘わらず、言わずに口を噤んでしまったことだけはいまだに後悔している——。


車に戻ると助手席のドアを開け加減にして、足を外側に投げだす格好で有理を座らせ、タオルで拭いてあげた。膝まで跳ねている砂を、指と指のあいだまで丁寧に。

俺が「家にこもってるだけあって細くて白い脚だね」とからかうと、有理は「男らしくない身体でごめん」と落ちこんだ。おもむろに有理の左足の小指を口に入れて舐めたら驚いて、「汚いですよっ」と竦みあがる。「汚くないよ」とこたえて、俺は笑った。

しばらくドライブして、有理がしらす丼を食べたいと言うからお弁当を買って帰った。人間食も栄養になると一途《いちず》に信じて食べようとする、有理の笑顔がとても切なかった。

同居生活もそろそろ二週間になる。

有理が実家へいくのはお父さんが仕事休みの土曜日の夜に決まった。クリニックへ診察にきたお父さんとも改めて確認をとって、きちんとお送りしますと約束した。

「有理君は恐らく、お父さんにまた離婚の原因を訊ねると思います」

「……ええ。ぼくもいい加減、腹を括るつもりです」

そして今日金曜日は、俺が個人的に有理に会わせたい子がいて夜に時間をあけてもらっていた。仕事を終えたあと有理に電話をして「お客さんを連れて帰るね」と告げ、駅までその子を迎えにいき、落ちあって帰路へついた。

早川幸《はやかわさち》——有理が初恋をしたさちちゃんだ。

「冬治君がクリニックにきて、彼女と同じ大学だって教えてくれたんだよ。有理君の話もするって言うから、頼んできてもらったんだ。有理君も彼女に会いたかったでしょう」

リビングにふたりを招いて、有理にさちちゃんを紹介する。

むかいあってソファーに座るふたりは十数年ぶりの対面とあって少々ぎこちない。

「……あおい君、久しぶりだね。目の病気だってこと冬治に聞いてから心配してたんだよ。わたしも会いたかったから、冬治と犀賀先生に連絡もらって嬉しかった」

さちちゃんが有理の顔を見つめてきさくに話しかける。

冬治君には今日は遠慮してもらった。有理とさちちゃんにふたりきりで話をさせてあげたいと願うと、彼も意味深ににやけて納得し、俺と彼女のあいだに入って再会の段取りだけ整えてくれたのだった。

「本当にさち……ちゃん？」

困惑を露わにさせている有理の言葉に、彼女は照れて笑う。

「〝さち〟でいいよ、昔みたいに」

俺は人間を真似て彼女と有理に紅茶をだし、「なにかあったら声をかけてね」と退いて自室へいった。

可愛い子だった。幼稚園のお姫さまだった、という有理の見解に得心がいった。

瞳が大きくて目鼻立ちも美しく、胸もとまでのびた髪も艶めいて綺麗だった。

頬や首筋や腕など、肌全体がデジタル加工したかのごとく白く透きとおっていて、吸血種の男だったら嚙みつきたくなる身体なんじゃないだろうかと素直に感嘆した。ゲイの俺には関係ないが。

ふたりはなにを話すだろう。関係に亀裂が入った吸血騒動の件のほかに、どんなことを。

きっちり一時間半経った頃、さちちゃんが「先生」と部屋のドアをノックしてきた。

「楽しかったです、今夜はありがとうございました」

「もういいの」

「はい、携帯電話の番号も交換して、また目が治ったら会う約束をしましたから」

「そう」

彼女はきたときよりリラックスしていて、笑顔も柔らかい。

「駅まで送るよ」

リビングで待機していた有理に声をかけると「見送ります」と言うので、全員で玄関へおりた。有理とさちちゃんは「また会おうね、ゆうり」「うん、連絡する」と笑顔で約束を交わして別れた。

駅までは車でいけば十分程度だ。

「……犀賀先生は、ゆうりとわたしがすごい昔に喧嘩したこと、知ってて会わせてくれたんですよね」

そっと囁くようにさちちゃんが言う。

「もしかすると、先生も吸血鬼なんですか」

どきりとしたが、意図を理解しかねて黙っていた。

助手席にいるさちちゃんがこちらをうかがって苦笑している。

「わたし、大学の研究で動物の組織サンプルを扱うんですよ。それでそういうサンプルを提供してくれる会社の男の人とたまたま仲よくなっちゃって、しばらくつきあってたんです。デートも何回もしたし、気もあったし、一緒にいないと違和感があるってぐらい幸せだったのに、その絶頂期ーってときにいきなりふられました。『幸と自分は違うから』って」

帰宅ラッシュの名残《なごり》がある道路は若干渋滞していた。何度も赤信号に捕まって手持ちぶさたになり、視線のやり場にやや困る。

「わたしもともと無駄に気が強いから、彼にしつこく問い質したんですね。そうしたら『信じないだろうけど』って、自分が吸血鬼だってことを教えてくれました。勤めてるバイオ関連の会社も吸血鬼が経営してて、血液サンプルを病院に提供してるんだって。仲間はその血で生きてるって。……わたし意味がわからなくて。変な嘘で裏切られたんだって不信感もあったけど、別れたいならもっとシンプルな言い訳でもいいわけでしょう？　でも混乱してたらゆうりのこと思い出して、え、もしかして本当に？　って信じ始めてすぐに犀賀先生からもお声かけてもらえて。タイムリーすぎて運命感じちゃいましたよ」

再び車を発進させながらようやく、「ああ」と曖昧《あいまい》な相槌を打った。

「そのこと、有理君には話した？」

「いえ。ゆうりは血を吸ったこと謝ってくれて、もう怒ってないよってこたえただけです」

さちちゃんが右手で髪をうしろによける。女性っぽい香水の匂いがただよってくる。

「本当を言うと、ゆうりには怖い印象が強かったんです。思い返してみるとわたしのこと名前で呼んでくれてたのがゆうりだけで、ちょっとぶっきらぼうなところが格好よくて可愛くて、孤高の王子さまって感じだったのに、あまり遊んだりしなかったせいか、やっぱり血を吸われたときの恐怖心が一番心に残ってしまったんだと思う。ほんとにね、あのときのゆうり目がイッてたから。獲物を狩るオオカミみたいだった」

「王子さまでオオカミか」

「そうそう」とさちちゃんが笑い、ふいに「でも、」と窓の外に視線を流した。

「……でも、ちょっと羨ましいですよね。同種にしか感知できない特殊な体臭があるって。わたしには彼の匂いが一生わからないんですよ。自分と彼は違う生物で、どんなに好きでもわたしは彼と同じ輪に入れない、仲間になれない。結婚もできないんですって。人間と吸血鬼が子どもをつくったら身体の弱い、長生きできない子ができるから」

駅に近づくにつれ人が増え、週末の解放感を持て余す陽気な者たちでごった返している。

「ゆうりを化け物だって責めて大泣きしたのに、その化け物がまだ好きでしかたないんです。わたしも吸血鬼になりたかったな」

寂しげな、けれど揺るぎのない一言だった。どういう生き物として生まれるかではなく、どういう心で生きるかが人をつくるのだと、幾度となく思い知る。

そのときふいに、ラジオから『てくてくみどりの木』が流れ始めた。

「あ、わたしこの歌好き」

さちちゃんが楽しげに微笑む。車内でも彼女の肌は白く、輪郭が夜に淡く溶けていた。

やがて道を緩く右折して駅前ロータリーへ入り、片隅に停車すると、

「彼にまた連絡してみます。先生もお元気で」

と手を振り、彼女は去っていった。

冬に近い、冷たい風を受けて凛々《りり》しく歩いていく彼女の背中に俺は桃の影を見た。


帰宅すると有理はソファーに座っていた。テレビはついていない。

「ただいま。さちちゃん、送ってきたよ」

「……はい、ありがとうございます」

「話せてよかったね、彼女も喜んでた」

コートを脱いで有理の隣へいくと、俺のいる位置とはずれた場所に、有理が苦笑いをむける。

「さちに謝れて、トラウマを払拭できました。先生のおかげです」

「いや」

「でも驚きました。俺は冬治とさちの大学が一緒だって知らなかったから」

「有理君にとっても一歩前進するタイミングだったのかもしれないね。運命的だよ」

「運命ですか……」

「目が治ったらさちちゃんと冬治君と、三人で会っておいで」

有理は膝の上でくつしたを抱いていて、俺がその手を軽く叩くとすぐさま掴み返された。

「先生」

鋭利な声。

「どうして冬治がクリニックにきた日、俺に教えてくれなかったんですか。一日なにがあったか毎日話してたのに」

こたえられなかった。

「俺べつに、冬治とさちがいまも繋がってるって教えてくれるだけでもよかったんですよ。黙っていきなり連れてきたりして……ちょっと、先生がなにを考えてるのか、わからなくなりました」

「過去の悩みと決別させてあげたかっただけだよ」

「そうですね、救われたのも事実です。だけど俺、できれば事前に相談してほしかったです。こういうの、嫌でした」

ごめんなさい、と律儀に謝ったあと、有理は憤りを打ち消すようにいびつに歪んだ笑顔を繕った。

「……有理」

過去の悩みを克服させてあげたいという言い訳を利用しただけで、本当はこうやって有理に怒ってほしかったんだと、己で見て見ぬふりしていた恋欲を自覚する。

もう失いたくない、と心の底では願っている。恋愛なんて辛いものに溺《おぼ》れる機会は二度とないだろうと考えていたのに落ちたいま、有理がいなくなるのが怖くてしかたない。

いっそ有理の視力が治らなければいい、誰も見ずに俺さえも知らないままでかまわない、そうすればこの夢の生活は続くだろう、そんな残酷な情動すら過る瞬間があった。

これ以上好きにならないと決めてもコントロールできない感情は勝手に有理を求めてしまうから、束の間の恋人なのだと割り切るのも限界で発狂しそうだった。だから試した。

「俺は幸せなことを考えるのがうまくない。終わることを想定しておかないと安心できないんだよ。本気で欲した相手ならなおさら、脳天気に幸せに浸ってるところで失いでもしたら確実に毀れると思う。……でも今日したことは狡猾《こうかつ》だった。悪かった」

「俺は先生が好きですよ」

有理の懸命な告白も、心の奥の臆病な自分は頑なに信じようとしなかった。

だって目を瞑っているだろう、と言う。おまえが男であることを有理は見ていないだろう、有理は女性を好きになる子だっただろう、と反論してくる。

「そうやって幸せに対して不器用な生き方をする先生が、好きなんです」

姿を知らない時点で好きだなんだと迂闊《うかつ》な言葉を言えば、あとで自分の首を絞めることになるかもしれないのだと、有理はわかっていない。純粋で清潔で潔い有理を恋しく思う反面、それらすべての綺麗な心が俺はときおり恐ろしい。

「俺と有理はまだ会ってもいないんでしょう」

そう言ったのは有理だった。好きだと言う、その俺を知らないと自覚してるんだろう? くっ、と有理が下唇を噛む。悔しげな表情もやはり愛しくて、この有理の怒りが夢に酔ったいまだけのものなのだとしても嬉しさはどうしようにもごまかせなかった。

「……有理、」

有理の耳たぶを触る。親指で軽く揉んで、有理がはっと息を呑んだ瞬間に唇を奪った。

「きっと俺のほうが有理を好きだ思うよ」

見えない心の大きさを比較するのほど愚かなことはないというのに、有理に対しては間違った行《おこな》いじゃないと思えた。恋人は一心同体、というツバサの言葉がどんどん意志を持って責め立ててくる。

苦しげな呻き声をあげて、有理ががむしゃらにしがみついてきた。ソファーから落ちそうになった身体を支えた拍子に俺も有理を抱き返す格好になって、ふたりで抱きあった。

きつく瞑った有理の目の端にひと粒涙がついていたのは、見なかったことにした。

5　すべて恋だった

自分の言葉にこんなにも力がないと痛感させられたのは初めてだった。

好きだと言っても蹴散らされてしまう。受け容れてもらえなければ言葉は、まったく意味のないただの音だ。悔しくて、〝でも好きだ〟と叫びたくて虚しくてできなくて、それなのに先生が〝俺のほうが好きだ思う〟などと言うからますますやるせなくなって心が拉《ひしや》げた。

目を治さなければ先生は俺を信じてくれない。そりゃあ先生からしたら、さちとの過去に囚われていた俺の恋心が疑わしいかもしれない。俺自身、将来吸血種の子どもをつくらなくてすむ関係に打算がないとは言えないが、それだけで男を好きになるわけないじゃないか。

さちを利用してこっちの反応をうかがうような汚い真似するぐらいなら直接責めてほしかった。それができない先生の——幸福に見捨てられ続けてきた孤独な先生の、その不器用さが、また俺を愛しさで苛むから余計に質が悪い。

「有理、起きておいで」

朝陽に瞼を焼かれて気怠く寝返りをうった。

昨夜から先生は俺の名前を必ず呼び捨ててくれるようになった。

「先生がキスしてくれたら起きます」

怯えつつも子どもじみた我が儘を投げ返すと、やがて足音が近づいてきてベッドが沈み、自分の顔の右横に手がおかれて先生の身体が近づいてくるのを感じた。

顎を軽くあげられた直後にキスは難なく与えられ、口先同士を音を立てて甘く弾いてから唇全体を覆われる。次第に舌に感情がこもって情熱的な激しさが募っていき、それが俺にも伝染して先生の背中に縋りつくと、こたえるように先生も俺を抱き返してくれた。おざなりな心ないものとは違う、〝大好き〟ぐらいのキスだった。

「……もう起きられる？」

平坦な囁きで訊かれた。黙って頭を振ると右頬に噛みつかれた。ごめん、みたいにすこし痛んだ頬を舐めて宥めてくれた次は、耳たぶを舌で弄ばれて、首筋をきつく吸われて、もう一度口に戻ってきた。触れると心臓が痛んで、柔い唇を鋭い刃物と錯覚する。泣きたい。

「……好きです、先生」

こうしていると自分たちが決して嫌いあっているわけじゃないことを知る。

先生に唇や掌で想いを撫で入れられて、その熱を受けとった自分も一緒に高揚して好きで堪らなくなって切羽詰まって、苦しさに身悶えながら満たされていく。

先生が哀しがるのもわかる気がする。失いたくないものがあると心は急に不自由になる。

「好きです」

何度も言った。先生を繋ぎとめておくか細い糸のように好きという言葉があった。

「言葉の責任は重いよ、有理」

先生がかたい声で諭す。

「言葉を無下にする罪とどっちが重いですか」

逆らったら、俺の右肩にゆっくり突っ伏した。背中と腰を締めつけるように強く抱き竦めてくる。

「そうやって暴力をふるうのは子どもっぽいね」

疲れたような、途方に暮れたようなため息をこぼして、それでも先生は俺の首筋を大事そうに嬲る。

「先生も充分暴力ふるってるよ」

仕返しのつもりで、自分の頬にあたる先生の冷たい耳を噛んだ。

「痛いよ。血がでたら困るでしょ」

「困らない」

「有理の黒歴史が増えることになるかもしれないんだよ」

「生理的に無理な外見の男とセックスしたって?」

……うん、と俺の首もとでくぐもった返答をする先生も子どもみたいだった。

「目、はやく治すから」

好きだから、と恋苦しさで痛む喉から掠れた情けない声で訴える。と、言葉を塞ぐように再びキスをされた。

大丈夫、と自分に言い聞かせる。大丈夫、まだ見限られてはいない。

目が見えてしまう先生も不安かもしれないけれど、なにも見えない俺も不安だ。我が儘や反抗がどこまで許されるか表情をうかがいながら加減できるわけじゃないから常に必死だし、いつも怖い。はやく目を見て告白したい、血を断った自業自得さが悔しくてしかたない。

キスにこたえてふたりで昂ぶって、長い時間互いの唇を吸い続けていた。舐めても吸っても足りなくて、泣きたくなるまで焦れて必死に奪いあおうとする自分たちがふいにおかしくなり、疲れて口を離した瞬間には同時に小さく笑ってしまった。

「……おはよう先生」

遅れきった挨拶をする。先生がまた俺の口を塞ぐ。


「今日はなにがいい」

「このあいだ食べたステーキ弁当がいいです」

「またステーキ？」

「俺好きになると同じのばかり食べたくなるんです。しらす丼も一週間ぐらい食べたいな」

午後、先生と一緒にお弁当を買いにきた。

「一週間はさすがに飽きるでしょ」「先生は〝トマトジュース〟に飽きないの？」「……まあ、飽きないね」と話して店先で笑う。

できあがったお弁当を受けとって、「散歩して帰ろう」と歩きはじめたら、突然携帯電話がどこかから鳴りだした。「ごめん、でるね」と先生が足をとめたので、どうやら先生の電話だったようだ。「はい」とうなずいて待つ。

最初は相手に「久々だな」と気安く挨拶をしたが、先生の相槌は徐々に不穏さをおびてそのまま通話が終わった。

「ごめん有理。小野瀬のうちへいくことになった」

「え、いまからですか？」

「娘のマユが風邪ひいたらしくて、往診に来てほしいんだって」

「風邪は、心配ですけど……急患を診てくれる病院、近所で探せばいいのに、」

「友だちだからこんなこともあるよ」

「そんなのパシリじゃないですか」

「そうだね」

ことともなげに言って俺の手をとり、先生は再び歩きだす。

小野瀬さんと桃さんと先生が、親友という言葉ですら片づけられない親密な関係なのはすでよくわかっている。

急患に罪はないものの、今夜実家へ帰るまでの先生との時間が減ってしまう女々しい落胆のほうがわずかに勝って、ため息がこぼれた。

「……有理も一緒にきてくれないかな」

驚いて息を呑む。

「俺もですか？　え、看護師でもなんでもないのに他人様《ひとさま》の……しかも病人がいる家に同行するんですか？」

「有理は俺がいまつきっきりでお世話してる患者なんだからかまわない。あいつも俺を自由に使うんだし、こっちの要求もひとつぐらい飲ませるよ」

「飲ませるって……」

いきなり肩を抱かれて「車がくる」と歩みをとめられた。先生の匂いが近く、濃く香ってきてどきりとする。……や、駄目だ。流されるな。

車が去って散歩を再開すると、欲をとっ払ってきっぱり断った。

「先生が小野瀬さんのところにいくのは寂しくて嫉妬もするけど、わざわざ連れていってもらうなんて大人の行動じゃありませんよ。俺、待ってますから」

先生はしばし黙っていた。

「有理じゃなくて俺の問題なんだよ。小野瀬たちにどんな顔をして会えばいいか悩んでる」

その意味をまるで理解し得ないまま帰り着き、玄関のドアを閉めた途端に今度はいきなり腰を抱き寄せられてキスをされた。まだ靴をはいたままで。

先生の唇から伝わってくる熱が、どんな事情と感情に起因したものか全然想像つかない。恐怖？　哀しみ？　焦り？　なんの……？

「わ、かった……俺も一緒に、いくから」

放っておけない心許なさに突き動かされ、先生の気持ちが楽になるなら従おう、と思ってこたえた。

「……ありがとう」

先生が言う。

しかしその疑問の半分は、小野瀬さんの家の前へ立った瞬間判明することとなった。匂いがするのだ。洗濯物に沁みた太陽の香りみたいな、爽やかな吸血鬼臭が家のなかからただよってくる。

「おう、悪いな深幸、ありがとう。――って、この子は？」

「大事な患者さん」

玄関先で先生が小野瀬さんに俺を紹介してくれる。「視力が弱いから」と先生が言っても警戒するようすもなく快活な調子で招き入れてくれた小野瀬さんは吸血種ではない。桃さんも以前先生のうちへきた日に人間だと確認ずみだ。

奥へとおされて、この家にほかの来客者がいないのを知ると娘さんの匂いだと確信した。

「風邪がうつるとよくないから、有理はリビングで待たせてもらいな」

「はい……」

「マユを診たらすぐ戻ってくる」

椅子に座らせてくれてから、手を握り締められる。強く、温かい、すぐに離れようとしない抱擁に先生の心の一片を見て握り返した。

「……すぐ戻る」

先生が繰り返す。けれどやはりその真意の全容は不明瞭《ふめいりよう》なまま。先生の目を覗きこめればなにかわかったんだろうか。見えない目が心底忌々しい。

先生と小野瀬さんがいってしまうとひとりになった。

どうにも落ち着かない家だった。玄関からこのリビングまでどんなふうに歩いたかも曖昧なので、間取りがちっとも想像つかないいわば真っ暗闇の空間のなかで、一種類の吸血鬼臭が濃く染み渡っているのをまざまざ感じる。匂いだけ軽やかで無垢《むく》なのがさらに心地悪い。人間と人間から吸血種が生まれるはずがない。これは異常事態だ。

椅子に座らせている尻をぎこちなく傾けていたら、やがて小野瀬さんが戻ってきた。

「『パパうるさくて邪魔』だってさ。娘は冷たいなあ……息子だったらよかったのかな?」

先生の大切な初恋の友人——の、人間。

「有理君、コーヒーと紅茶どっちがいい？」

「あ、じゃあ……紅茶をお願いします」

「ミルクとレモンもあるよ。砂糖は？」

「ミルクで、砂糖はひと匙《さじ》だけ」

「オッケー」

寛容と無関心は紙一重だと思う。

フランクすぎる小野瀬さんにどう接すればいいのか計りかねていたら、

「猫、元気？」

と訊かれてはっとした。そうだ、くつした。

「げ、元気です。その節は、ご迷惑をおかけしてすみませんでした」

「あれ、深幸の奴俺の猫ってことも話したのか。元気そうならよかったよ、こちらこそよろしくお願いいね」

「はい……恐縮です」

「世話しててわからないことがあったら訊いて。あいつ、俺のこと言わないっつってたのにな。それで世話の指導も請け負うつもりだったみたいで、ほら、前に行方不明になったときも俺に『猫はどこに隠れる⁉』って大慌てで電話してきたんだよ」

「そう、だったんですか」

「段ボールかビニール袋のなかにいるんじゃねって言ったら『真面目にこたえろよ！』って怒鳴られた。真面目だっつーの。ありゃ猫ときみがそうとう心配だったんだろうね」

自分の与《あずか》り知らぬところで先生が注いでくれていた思いやりを小野瀬さんの口から教わって、複雑ないたたまれなさに襲われた。

足音が近づいてきて、「はいどうぞ」と重みのあるカップの音が鳴る。分厚いカップをイメージしながら両手で手繰って熱さを調べた。もうすこし冷めるのを待とう。

正面付近で椅子を引く音も続いて、小野瀬さんが腰をおろしたのを察知する。

「しかし休日まで一緒に行動してると思わなかったよ。ずいぶん仲よくなったんだね」

「ちょっと……成りゆきで」

「俺も有理君に会ってみたかったけど、まさかここまで連れてくるとは意外だった。あぁ、悪い意味じゃないよ？　あいつ昔からつきあい下手だったから友だちとして嬉しいんだよ。歳も離れてるし、きみが可愛いのかな。あいつも甘えてるのかもね」

寂しい奴だから、と小野瀬さんは小さく洩らして苦笑した。

小野瀬さんが思い馳《は》せているあいだにも、太陽光に似た吸血鬼臭はゆるくただよっている。

……この人は知っているんだろうか。娘さんが吸血種だということを。自分の子じゃないことを。先生が吸血種だということを。桃さんが〝小野瀬には言わないで〟と先生に会いにきた夜の、密会の内容を。

恐ろしい予感が過っては打ち消しを繰り返して小野瀬さんとの会話に集中できずにいると、先生と桃さんも話をしながら戻ってきた。

「やだあなた、犀賀君にもお茶いれてあげてよ」

真っ先に桃さんが怒る。

「深幸はこっちに戻ってきてからでいいと思ったんだよ」

「あなたどうせばかみたいにあっつ熱《あつ》にいれるでしょ。猫舌の犀賀君が飲む頃にはちょうどよくなるからいーの」

「深幸、猫舌だっけか」

「そうよ」

同居していた俺も気づかなかった事柄を、桃さんは知っているらしかった。

「すぐお暇するからかまわなくていいよ桃」

先生の返答は自分の真横から聞こえて、直後に手を握られた。

「有理、あいつに変なこと言われなかった？」

「おい、どういう意味だよ」

小野瀬さんが不機嫌そうに突っこむと、桃さんが吹きだす。

三人の関係性がなんとなくわかる応酬と雰囲気だった。

そのあとも娘さんの具合や互いの近況や俺のことなどをしばらく話して、小野瀬さんのお宅を辞去した。時間にして一時間ぐらいだったと思うが、気分的にはだいぶ長く感じた。

先生は玄関先で「マユによろしく、お大事にね」と夫婦に告げた。

小野瀬さんは「おう、遠くまでありがとうな」とお礼を言った。笑顔だったと思う。

桃さんは「いつもありがとう。……本当にごめんなさい」と謝った。情感のこもった物言いで、頭をさげたらしく声にも動作があった。

車にのって帰宅の途へつく。

「ごめんね」

先生の第一声も謝罪だった。

「驚かせたよね」

自分のせいみたいな言い方をする。

「マユが成人するまでには小野瀬にも話すつもりでいるけど、いまのところマユの件は俺と桃の秘密なんだよ」

「どうしてですか。どうしてマユちゃんは、」

「有理が今夜お父さんと会って話をしたら、マユの話も聞いてくれるかな。他人の家の事情とはいえ俺にも関係のあることだから」

先生はゲイだ、と心のなかで唱える。ゲイだ、ゲイだ。女性は抱けないはずだ。

小野瀬さんへの片想いをこじらせて暴走した若気の至りだなんてまさかあり得ない。

「先生を、信じます」

信じたい、信じさせてほしい。

「うん」

いや、でももし――もし小野瀬さんの娘さんが先生の子どもだったところで、俺が先生を見捨てる理由になるだろうか。

精神的に幼かった頃に犯した過ちがある、叶わない片恋が辛くて相手の女性に手をだした、そのときの結果は命になって残ってしまった、小野瀬にも話すつもりだ、と、それが現実なら俺が起こすべき正しい行動ってなんだ。そんなものあるのか。

友人の男に恋をしたのが罪なのか。友人の恋人に手をだした男だけが愚かなのか。罪とはいったいいつ償われるのか。罪に見合う正しい購《あがな》い方なんて果たしてあるのか。幸せになる権利を失う者、というのがいるのか。いていいのか。いるべきなのか。そういう男を想う者も愚かなのか。

善悪に正否があるのか。なにが正しい愛情なのか。

悩む俺は誰に媚《こ》びようとしている？　誰に受け容れられ、愛されようとしている？

なにから自分を庇おう、守ろうとしているんだ。

混乱する。母親の裏切りによって生まれたのかもしれない、俺と同じハーフの女の子。駄目だ、頭が全然整理できない。恐怖も焦燥も恋しさもいっぺんに突き刺さってくる。

せめて先生がいまどんな顔をしているのか、見られたらいいのに。

もう夕方になるからと、先生はそのまま実家へ送ってくれた。車を停車させてエンジンを切る。ひととき離れるのが物悲しいような、これでよかったような不可解な気持ちだった。

「有理。黙っていたけど、有理のお父さんはクリニックへくる日に必ず〝有理の生活費に〟ってお金を包んで持ってきてくれていたんだよ。受けとり難かったけど、お父さんの気持ちも無下にできなくていただいてた。有理からもお礼を伝えておいてくれるかな」

また突然知らされた事実に虚を突かれた。父親の当然の行動だとしてもとてもありがたく、同時に自分を恥ずかしく思う。

「……わかりました。先生にも父親にも守られてばかりで、駄目ですね俺」

「いや。俺も医者らしからぬ気持ちを持ってしまった手前、申し訳なくて反省しきりだよ」

先生が俺の手の甲に手をのせて「近所の目があるから変なことはできないね」と言う。

「一瞬だけ、外人の挨拶っぽく抱き締めてもいいかな」

俺たちは外人みたいなものだし、と先生が切望したりするから、胸が潰れて俺は即座にシートベルトをはずし、先生の腕を引き寄せて自ら抱きついた。

男の身体は男とひとつになるためにつくられているわけじゃないのに、自分の身体は先生の身体に正しく馴染んでしまう。それが、狂おしいほど切なかった。

「じゃあ……父親と、決着つけてきます」

「決着って、決闘みたいだね」

ぎこちなく苦笑いして身体を離す。

「先生、好きです」

視線を絡めることのできない俺の、精一杯の言葉の糸。
ン、と短くうなずいた先生は、指先で俺の左瞼にそっと触れて睫毛《まつげ》をなぞった。

先生に手を繋いで家まで送ってもらい、玄関先で父さんと三人で軽く挨拶を交わした。

「先生、なんならちょっとあがっていってください」

「いいえ、路駐していますし今日はご遠慮します。二週間ぶりなんですから、家族水入らずゆっくりなさってください。有理君、またね」

言葉だけ残して先生が帰っていくと、子どもの頃、毎朝幼稚園まで送ってくれた親との別れの瞬間に味わっていた寂寞《せきばく》が去来した。先生に心ごと奪い去られ、残された自分は抜け殻になってしまったような。しかし先生は親ではないし、ここは幼稚園でもなく俺の家だ。

父さんの綿菓子の吸血鬼臭がただよう実家。呼吸して匂いが体内に沁みこむたびに、哀愁まじりの懐かしさを覚えるのはなぜだろう。

「先生にわざわざ送らせてしまって申し訳なかったね」

「うん」

「どうしようか。人間ならごちそうでお祝いできるのに、なにもないな」

「いいよ。それよりいま何時？」

「えーと、五時すぎだよ」

父さんもよそよそしいが、会話は自然でお互いに仲のいい親子のような穏やかさがある。

リビングへ移動してソファーに座った。

「お茶でもだそうね」と父さんが人間みたいな提案をすると、俺はさっきも紅茶を飲んだせいで水っ腹になっていたものの「うん」と従った。

以前なら父さんのこんな行動に苛々していたなと振り返る。先生の姿——正確には雰囲気や声が俺の胸に海の波のようにひたひた満ちてきて、自分が変われたのは彼のおかげなのだと自覚する。毎日ともに行動して、恋することや想われることまで教わった奇跡の二週間が、自分を優しく温かな吸血鬼にしている。

父さんがくれたのは匙一杯ぶんの砂糖が入った俺好みのミルクティだった。昔家族で朝ご飯を食べていた頃、好んで飲んでいた味を憶えていてくれたんだと思った。

「父さん、傷の具合はどう」

「もうとっくに治ったよ」

嘘かもしれないけど信じることにした。

「俺、人間の血を飲んで狂う吸血種がずっと嫌でしかたなかったよ。でもあのあとも看護師の梶家さんとか仲よくなった患者さんと話して、悩んでるのが自分だけじゃないって知って安心した。仲間がいれば罪が正当化されるわけじゃないけど、少なくとも吸血種が無価値な存在だとは思わなくなったから。……いまは長生きしたいって望んでるし、こうして父さんと話せるようになったのも先生たちのおかげで、とても感謝してる」

「……そうだね」

「父さんはどう。離れて暮らしてたあいだなに考えた。俺は……離婚の原因はもう訊かないよ。子どもが追及していいことじゃないのかもしれないね。だけどせめて、母さんがいまどこにいて元気にしてるのか、なんで父さんが別れ際まで母さんに冷たくしたのかは知りたい。母さんは俺が吸血鬼だから捨てたの……?」

父さんが飲みものを飲んで息をついた。

「有理も大人になったんだと思って話すよ」

「はい」

俺も深呼吸して姿勢を正す。

父さんの口調は一声から凪《な》いでいて孤独だった。

「――学生の頃、母さんは学年で一番の美人だって有名でとてもモテたんだよ。公言しなくてもひそかに想いを寄せてる奴は大勢いたし、好きじゃなくても彼女が恋人になってくれたら悪い気はしないって大半の男が一目おいてたと思う。でもそういう憧れの女の子が好きになるのは、なんでなのか彼女に唯一興味を示さない冷たい男なんだよね。おまけにそいつにはしっかり恋人がいたりする。……母さんは高校生のときからそいつと同じ学校で、一緒にいたい一心で大学を選んだぐらい長く一途に片想いをしてた。父さんは母さんにとっていわゆる〝いい人どまりの男〟でね、仲よくしてはいたものの、もっぱら恋の相談役だったよ。でもそれでよかった。彼女が『今日は目があったの』とか『恋人と放課後デートするみたい』とか一喜一憂するたびに、大好きな笑顔を見るために一緒に喜んだり、励ましたりしたよ。報われなくてよかったし、報われるわけにはいかなかった。父さん人間じゃないから。なのに、若い頃ってうまく自制できないものなんだよね。好きで好きで、何度励ましても泣いてばかりいる彼女が見ていられなくなって、彼が恋人を妊娠させて卒業と同時に働きだすって噂が流れだしたとき、我慢できなくなって告白したよ。ぼくが絶対幸せにするって。それで有理を身ごもった。……父さんは結婚してから、自分が吸血種だって打ち明けた。有理は人間として産まれてくるかもしれないってふたりで期待したけど、もちろんそんなことはなかった。最初は吸血種を受け容れてくれていた母さんも、戸惑っていたのは事実だと思う。ただそれでも母さんは有理を愛していたし、みんな幸せだった。歯車が狂いだしたのは、れいの母さんの片想いの彼が離婚してバーを経営してるって、知人から教わったあとなんだ。いけって言ったのは父さんなんだよ。母さんは吸血種のぼくたちを充分幸せにしてくれたし、もう彼女を縛りたくなかったから。母さんが怒っても離婚届を突きだして聞き入れなかったのは父さんだ。父さんの勝手に有理を巻きこんでしまって、本当にすまない。母さんがいまどこで暮らしているかは知らないけど、節目節目に差出人未記入で手紙が届いているから、目が見えるようになったら有理も読むといいよ」

——過去といまを行き来する、長い旅のような数時間だった。
話を終えると、俺は父さんからその手紙の入った小箱を受けとった。
それから久々に実家で、ひとりで風呂へ入った。
静かな浴室、外から響いてくるバイクや車の騒音、リーリーという虫の音。
今夜は綺麗な夜空であってほしいと願った。月も星も。
そしてそれを母さんがどうか幸福な気持ちで見ていますようにと祈った。
哀しい哀しいとばかり言う先生はいまどうしているだろう。
誰を想っているだろう。

──知りたがる有理に応えてやれたらとは思うんです。だけどひとつだけ、これはぼくが墓場まで持っていきたいことなのですが……、

有理の往診依頼を受けた日、お父さんはそう言葉を切ってしばし黙したのちに続けた。

──彼女が酷い絶望に暮れていたあの夜、ぼくは既成事実をつくってしまおうと思ったんです。子どもができれば彼女も結婚を承諾するに違いない、やっと自分のものにできると。……血を飲んだ直後だったので、乱暴な気分だったのもある。でもそのせいにはしません。何年も片想いしていたから本当にもう彼女を離したくなかった。ぼくも若くて必死でした。

──じゃあ、有理君は……。

──彼女もわたしも有理を愛しています。それは断言できます。妊娠がわかったあとお互いの両親に〝妊娠が先なんて〟と煙たがられましたが、ぼくたちには堕胎の選択肢もなく、育てていく意志はかたかったですし、吸血種のハーフだと告げたあとも彼女は有理の脆弱さを憐れんで嘆くだけでしたから。産まなければよかったとはお互い一度も思っていません。

——安心しました。……恋愛をすると、誰しも欲がでてしまうものですね。

——彼女はぼくにも愛してると言ってくれました。けれど、ずっと負い目がありました。こんなことは息子に知られたくありませんし、ますます吸血種を嫌って血を断ってしまうかもしれないと思うと、なかなか言えなくて。

お父さんは苦々しく唇を歪ませた。

——ただぼくは、あの子が〝人を傷つけたくない〟と、頑として血を飲まないことを誇りにも思うんです。ぼくのような歪んだ吸血鬼の子なのにずいぶんまっすぐ育ったものです。本当に優しくて純粋ないい子です。……先生の事件の話を聞いたときに、情けないですが、有理のことは先生におまかせすべきだと直感しました。どうか、よろしくお願いします。

外で虫が鳴いている。

ソファーに腰かけて、自分の部屋はこんなに広かったのかとぼんやり喪失感に耽っていた。以前までとは違い、一輪の花を飾ったようなひそやかで華やかな温もりが呼吸している室内。有理の透徹した水の残り香が、彼が確かにいたことを教える。

お互い一時帰宅のつもりでいて有理も荷物整理などしなかったから、バッグも衣服も日用品も、昼間食べられなかったステーキ弁当もあるのに、なぜか不安が背筋を這っていた。

夢は夢、一度でも現実へ帰ってしまえば終わり、自分は男で彼が戻る理由もない、と思えてくるのだった。

父親と話をした有理はいまなにを思っているだろうか。マイナスの方向へ落ちこんでいなければいいけれど。

「にー」とくつしたが膝の上で鳴いて、我に返って背中を撫でてやった。そうだな。ここにはおまえもいるからあと一度はきっと会えるな。人質だ。……や、猫質か。

シャツのボタンから飛びでていた糸を猫の爪で引っ掻かれてしまい、あぁ……、と途方に暮れていたら携帯電話が鳴った。

画面に有理の名前がある。

「有理？」

『先生こんばんは。風呂入ってから父とまた話して、いま部屋に戻りました』

報告電話……？　いささか驚いた。

「そう。ゆっくりできた？」

『はい。母のことも聞きましたし、俺もこの二週間のことを教えて話しこんじゃいました。もう十時だっていうから、先生に電話しないとと思って』

有理はまるで父親とのことは〝外〟での出来事であり、俺と過ごす家や生活が〝居場所〟かのような物言いをする。

『明日帰りたいので、また迎えにきてくれませんか』

帰る。

「久しぶりの実家でしょう。明日もお父さんといなさい。月曜日にいってあげるから」

『父と一緒にいたくないわけじゃありません』

「有理の家はそこなんだよ」

『そうだけど、先生と話したいこともあるから』

話したいこと。それには無論、思いあたる事柄がいくつかある。

『……先生、なにか怒ってますか』

「怒ってはいないよ」

浮かれるな、と己に憤っているだけだ。有理の心を傍に感じて動揺するほど嬉しかった。

「……まあ、じゃあ明日いくよ。時間指定はある？」

『父は明日朝から仕事なんです。だから先生の都合で決めていいですよ』

「なら夜にするよ」

『……できればもっとはやく会いたいんですけど、用事ありますか？』

「決めていいって言ったのは有理でしょう」

『夜だと思わなくて』

「朝一だとすごく会いたがってるみたいで恥ずかしい」

正直に告げたら、有理が吹きだした。

『会いたい。先生に朝一で会いたい。それで一日中一緒にいたいです。決まり』

楽しそうに笑ったあと『それと、』と有理は続けた。

『それと俺、明日いったら荷物をまとめて月曜に実家へ戻ります。父と話して決めました。父との関係も落ち着いたし、これ以上先生にお世話になる必要もないだろうって。なので、また実家で身体を治していきます』

「そうか」

当然訪れるとわかっていた同居生活の終わりが哀しかった。だが有理がお父さんとも和解して、明るく踏みだそうとしているようすに安心した。

「朝一でいくよ」

明日が恋人でいられる最後の一日になるかもしれない。

そしてこの子はいつか俺より先に逝ってしまうのかもしれない。

『待ってます。……先生、好きだよ』

通話を切っても有理の囁きが鼓膜にわだかまっていた。

くつしたをベッドの右側に寝かせて自分も横になる。有理がいない夜は重力が狂ったように重苦しくて、長く暗く孤独だった。

広大な大地の中心にあるオアシスの傍で、大樹の根元に有理と座り、ふたりで手を繋いでキリンやカバやヌーを眺める夢を見た。

翌朝、九時前に有理の家へいった。玄関のドアを開けた有理は嬉しそうにはにかんで、「おはようございます」と俺に左手を差しだした。

とくに荷物があるわけでもないから徒歩できたよ、と教えて歩きだしたら、有理は車ならはやくキスができたのにと小声で言った。手を繋ぐのも好きだよと俺はこたえたけれど、帰宅して部屋へ入るとすぐにソファーでもつれあってキスをした。片時も離れたくなかった。

抱き締めると、有理も俺の背中に腕をまきつけてしっかり縋りつき、想いを訴えてくる。会いたかったというような歓喜、身も心もひとつになりたいというような希求、一晩離れていたあいだに起きたこと、知ったことへの名状し難い情動の数々。

ふいに唇を嚙まれそうになって、咄嗟に口を離した。

「ごめん……さっき血飲んだばっかりだからちょっと、乱暴かも」

「朝飲んだの」

うちにいたときは夜一緒に飲んでいた。

「これからは朝昼晩飲みます。一日でもはやく目を治したいから」

瞼に隠れている目が、鋭く煌《きら》めいているのを感じる。頰を撫でるとその俺の掌を舐めて、有理はいたずらっぽく微笑んだ。

出会った頃とはなにもかもが違っていた。俺も有理も。

じゃあ水でも飲んで落ち着こうか、と飲料水をコップに注いで持ってくる。

「先生はお水好きですね」

「うん、水の味は安心する」

「水を好きな人って大人って感じ。俺も嫌いじゃないけど、たいてい紅茶かジュースだし」

「大人っていうならコーヒーじゃない？」

「あー。先生飲める？」

「きらい」

社会にでてからなにかとコーヒーを飲まされる機会が増えて辟易してる、と肩を落としたら有理は大笑いした。

「先生猫舌だから余計嫌なのかな。桃さんが言ってましたよね」

「ああ、いや、あれはコーヒーをだされてちょっとずつ飲んでたら勘違いされただけだよ。どうもコーヒー好きに見られるみたいで」

「コーヒー顔ってこと？　かっこよー」

ふたりで水を飲んで他愛ない話をする。だんだんと昼に近づいていく時間帯、淡い乳白色の日ざしがただようよるべない静謐を有理と堪能する。

「……先生は母のことも知ってたんですね」

やがて俺の右肩に有理が寄り添って微苦笑した。

「それも、父に聞きました。俺の往診をお願いするときに全部話して受けてもらったって。俺……本当は、まだきちんと理解できてない、っていうか、受けとめきれてないんですよ。両親の馴れ初め自体初めて聞いて、両親って絶対相思相愛で結婚するものだって勝手に思いこんでた部分も覆されてしまって、どう納得したらいいかわからなくて」

「夫婦の出会い方もさまざまあるだろうけど、有理の両親が相思相愛じゃなかったとは聞いてないよ」

「あ、はい。その、自分の頭には両親が出会って恋愛して結婚したって想像しかなかったから、ふたりの恋愛に他人が介在してたのが不思議だったんです。……子どもって、都合いいですよね。恋愛相談がきっかけで結ばれるって、考えてみればよくある話なのに」

「ン……」

「ただ、いまは自分の経験とも照らしあわせて慮れるから、たとえ母がべつの男を好きで、忘れられずにいたんだとしても、もちろん複雑ですけど、安易に責めることもできなくて……——うん。とにかくはやく先生と会って話したいなって、昨日思ってました」

うなずいてから、俺も有理の左手を繋いで指を絡めた。

「先生はどうですか。小野瀬さんの娘さんのことを、俺は訊いてもいいですか。俺、もしかしたら小野瀬さんの子の父親は先生なんじゃないかって考えてもいます」

とんでもない発想に面食らったが、有理には小野瀬たちと自分三人だけの〝人間ふたりに吸血種ひとり〟という狭い関係しか教えていなかったから納得もする。

「ごめん、説明不足だったね。でも俺は生粋のゲイなんだよ。誓って言うけどマユの父親じゃないし、女性と関係を持った経験も一度もない」

そうなんですね、という有理の小さな相槌には安堵があった。

「俺がこの件で有理に言いたかったのは単なる感謝と、決意みたいなものだよ」

「感謝と決意、ですか?」

「マユが吸血種だっていうのは気づいてたけど俺はずっと黙ってた。自分が吸血種だって言うこともできないしね。でもマユに匂いを指摘されたとき桃にばれて、マユのことを相談されたんだよ。ほら、有理もここにいて、桃が電話して会いにきたでしょう? あの日」

「先生が桃さんに〝近々こうなると思ってた〟って言ったのも、そういう、」

「そう。桃は自分が人間だから、どうやって吸血種の子を育てていけばいいのかわからなくて悩み続けてたそうだよ。俺が吸血種でよかったって泣いてた」

有理がまた低く相槌を打つ。

——……犀賀君が吸血種だって知った瞬間、本当に身勝手だけど、運命だと思った。

桃はそう言っていた。

——わたし、マユが人間じゃないってわかってから毎日怖かったの。小野瀬に対する罪悪感もあったけど、それ以上にマユが背負う運命をなにも理解できないことが恐ろしかった。

血を与える時期も量も、どの病院に通えばいいのかも全然わからない。知識がないのに産んでしまってマユが可哀相で、堕ろすべきだったのかもって後悔する自分を責め続けた。いくつかの病院で、血液を提供してくれないかと請うたこともあるそうだ。しかし生憎普通の病院にしか行きあたらず、あしらわれて不安が増すばかりだったと悲嘆していた。

形振《なりふ》りかまわずなによりマユの人生への憂慮に堪えないそのようすに、桃がこの事実を小野瀬に打ち明けたあとの事態については恐れていない、つまりひとりでもマユを育てていく覚悟があるのだと漠然と感じとった。

「小野瀬がどういう決断をくだすかは、予想はできても定かじゃない。でもどうあれ俺は吸血種の医者として、マユだけじゃなく小野瀬の家族を支えていくつもりだよ。運命ってものがあるなら、自分と小野瀬とのあいだにあったのはこの件だったんだろうと思う」

片想いから始まり、自分が医者の家系で育って医者になったことも、桃が吸血種を許し、マユが生を受けたことも、俺の心を動かしてくれた有理がマユと同じハーフだったことも。

「……運命なんて、結局自分本位なものだけどね」

――結婚もできないんですって。人間と吸血鬼が子どもをつくったら身体の弱い、長生きできない子ができるから――わたしも吸血鬼になりたかったな――彼にまた連絡してみます。

さちちゃんの哀しみと決心を見たときも、駄目だよと、とめる道もあった。しかし有理を想うもうひとりの自分がそれを阻んだ。

人間だろうと吸血種だろうとどんな障害を持つ者だろうとも拘泥せず、心からの思いやりでもって支えていける医者になりたいといまは思う。いつかの未来にその患者さんたちと出会い、救われる相手が存在しているかもしれない可能性を自らの私欲で断ち切りたくはない。有理を想えば想うほどそう考えられるようになった。

——先生はすぐ哀しい哀しい言うなー。

今後は、己の命の存在に迷う患者さんに、幸福は探すものでも降ってくるものでもなく、気づくものなのだと説ける者でありたい。

「こう思えるようになったのも、有理がいろんなことを学ばせてくれたからなんだよ。俺はマユが生まれてからいままで、桃のことを〝浮気してつくった命を考えなしに産む軽率な人間だ〟と軽蔑していたし、マユに罪はないとわかっていても得体の知れない子っていう違和感を拭いきれずにいたから。有理がいなかったら、桃に相談されたときも罵《ののし》って突っぱねたと思う。マユを診るのも渋々だったんじゃないかな」

「小野瀬さんだけを憐れんで、怒ったってことですか」

「いや、医者の責任を蔑ろにして暴走しただろうって話。有理に会って初恋を断ち切れたから小野瀬の家族にも寛容になれたって言いたいんじゃないよ。……有理のお父さんは、両親を殺された俺が、血を飲まない有理の主治医に適任だと思ったみたいだけど、俺のほうが両親や吸血種に対する有理の思いに感化されて成長できたって、お礼を言ってるんだよ」

有理は水を飲んでから、俯きがちに黙考した。

「……俺もだな。先生がいなかったら、母や父に失望しか感じなかったと思う」

するとと有理が突然俺の手を痛めつけるように強く握り締めた。

「いたた」

「先生は一度俺をさちに売ろうとしたじゃないですか」

「売るって」

「もし自分があんふうになにかをきっかけに結婚しても、母みたいに先生のことを忘れられないだろうって昨日想像してたんです。父の立場も辛くて堪らないと思ったし……同情したっていうと綺麗事っぽいけど、正しいと思うことを正しくするのって実際難しいですよね。恋愛ならなおさら。そういうことも先生を好きになったから察せられるようになりました」

有理が俺のほうをむいて言う。

「先生の姿勢を尊敬するし、ひとりの男として大好きです。目が治ったらちゃんと恋人になってください」

俺のいる場所とは若干ずれた斜め横に告白する有理を見返した。繋いだ右手はそのままに、左手で頬を覆い、顔のむきを自分にあわせる。

「……俺は有理の理想の父親にはなれないよ」

え、と有理が口を開く。

「風呂で有理に触ったとき怖がってたから」

途端に頬が赤くなった。

「理想の父親なんて、求めてないですよ……」

「恋人として接触するのは望んでないんじゃないの」

「違います。先生が俺の身体を我慢して触ってくれてるのが辛かったんです。興奮しないって言われたらどうしようかと思って……それで」

今度は俺が口を開けて唖然とする。

「我慢して触ってるってどういう意味？」

「俺、歳も身体も先生の好みじゃないでしょ」

有理はほとんど泣きそうな声で問う。呆気にとられて、次第に自分の発言のばかばかしさや有理のいじらしさや愛らしさに雁字搦《がんじがら》めになり、言葉にならない激情をキスにかえた。

「ばかだね。患者さんに〝貴方《あなた》はタイプです〟なんて言うわけがないでしょうに」

「え……じゃあすこしくらいは、先生の好みですか」

「有理は好みそのものだよ」

「嘘だ」

「本当だよ。俺は歳下の華奢で綺麗な子に惹かれるんだよ」

「……。その趣味はちょっと、アブナイですね」

吹きだした有理をソファーに押し倒して、唇を塞ぎながら一緒に笑った。喉の奥で笑って、笑いすぎるとキスを中断して、ふたりしてはしゃいで何遍もついばみあう。

この子といたいと想った。恋人になってお互いを想いあったまま最期まで傍にいたい。

「あとは有理に俺を目で見て、恋人にしてもいいか判定してもらわないと」

んー、と曖昧に唸って、有理は俺の左耳を揉む。

「先生を嫌いになれたりするのかな……」

ちっとも想像できない、と囁く有理が、陽光のなかでうららかに微笑んでいる。


また散歩がてらお弁当を買いにいこうと誘ったが、有理は昨日のステーキ弁当でいい、と拒否した。うちには電子レンジがないんだよと教えても、食べる、と頑なに譲らない。

「捨てたくないし、冷たくても栄養になるから」

一晩冷蔵庫に入っていたかたそうな白米を、乾いてしまったステーキとともに口へ入れる。いかにも不味そうなのに、有理は「美味しい」と嬉しそうに笑う。それで俺も横からつまんで一緒に食べた。

「先生、人間食食べて平気なんですか」

「有理となら美味しく食べられるよ」

言葉どおり、その冷え切ったかたいステーキはいままで食べたどの人間食よりも美味しく、想い出深い味になった。

　夕飯はちゃんとお弁当屋へでかけて買った。肉ばかりじゃなくて魚も食べる、と主張した有理が選んだのはのり鮭《しやけ》弁当。

　いつものように道の情景を事細かに教えてあげながら、手を繋いで家とお弁当屋を遠まわりして往復し、帰宅するとのり鮭弁当と血を腹に入れた。

　テレビやＤＶＤはつけず会話を優先した。お互いが知りあう前の空白を埋めるために、小中高大学の教師とクラスメイトの個性や、行事での印象的な出来事や、勉強のしんどさや、流行っていた音楽を教えて、世代の違いも冷やかしあいつつ味わった。

「黒歴史をひとつ言うとね、俺、小学校の庭に生《な》ってるびわを食べまくって先生に怒られたことがあるんだよ」

「それぐらいなら黒歴史じゃないでしょう」

「ううん、その場でならまだしも帰りの会でクラスメイトの前に立たされて怒られたから。見世物にされてめちゃくちゃ恥ずかしかった。しかもさ、びわ食べすぎてお腹壊したからね。もう散々だったよ」

「そういえば、みんなで植えた朝顔の芽もでなかったんだっけ」

「なんで知ってるの？　……あっ、冬治か！」

　笑ったら腕を叩かれた。

「有理は水の匂いがするのに、植物が育てられないっていうのはなんだか面白いよ」

「いいんです、きっともっとこう……違うところでなにかを生かしてるんですよっ」

それはなんだろうね、とからかって笑う。


「先生、脱ぎました？」

「脱いだよ。……また、なにを恥ずかしがってるんだか」

風呂へ入ろうか、と脱衣所へ移動したら、有理は最初ここへきた日と同じように服を脱ぐのを躊躇った。

「だって好みだって言ってもらったら、なんか……恥ずかしくなったんですよ」

「意識しすぎだよ、毎日見てたのに」

「見飽きましたか……？」

「全然見足りないけど」

「狡《ずり》ぃ。一方的に視姦《しかん》されてるのは嫌だ、俺も見たい」

「とんでもない言葉使わないの」

有理のシャツのボタンをはずしてやって、笑いながら抵抗されて、じゃれあいながらようやく裸になって浴室へ入った。先日と同様に浴槽で膝の上に抱き寄せても、有理は恥ずかしがりはしたが怯えはしなかった。

「……有理、いまどれぐらい見えてる」

「だいぶよくなってるけど、まだぼやけてます」

有理が目を眇める。その湿った唇にくちづけて吸うと、唾液も水の味がした。

「俺の目、あとどれぐらい経ったら治りますか」

「どうだろう。一ヶ月から二ヶ月ぐらいかな」

「二ヶ月か……」

祖父の知識を継いでいる叔父も、ここまで血を断った患者は診た経験がないので、回復時期に関しても本当のところは不確かだった。もっと短いかもしれないし、長いかもしれない。

右手で有理の背中を支えて、右耳のしたに唇をつけた。顎をなぞるように舐めていくと、肩をすぼめて反応してくれる。

有理も俺の肩においていた左手を肩の線にそって首筋まで持っていき、首の太さや喉仏の隆起や鎖骨のかたちや胸板のかたさを確かめるように掌をあてがう。顎にすこし生えた髭《ひげ》を見つけると「じょりっとする」と笑った。

「仕事休みで剃《そ》るのさぼってたから」

「髭が似合う男って格好よくて好きですよ」

濁りない、本心からの言葉だとわかるからかえって胸が詰まった。有理を抱き締めてキスをした。「触れない」と有理が笑って口を離してもしつこくキスをして抱き竦める。

「先生、邪魔しないでよ」

いやだ、とこたえて有理を捕らえたまま首筋に顔を埋めた。

お互いを包んでいるのが胸もとまで浸る湯の暖かさなのか自分たちの体温なのか曖昧で、濡れて滑る肌と肌の感触が生々しい。

左手で有理の背骨をたどり、ゆっくりさげていって腰を撫で、手前の腹に押しあてる。は、と息を呑んだ有理の唇を宥めるように吸った。顔を覗きこむと、目を瞑っている顔でも緊張しているのがわかる。滑らかな白い腹をさすって、

「……ここにさっきのステーキとのり鮭弁当が入ってるね」

と言ったら、有理はふっと笑って「雰囲気壊すな」と怒った。

ふっくりした赤い右頰に湯がついて濡れている。舐めて舌で頰を弄びながら、腹にある手を上へ滑らせて右胸を覆った。有理の全身が戦慄《わなな》く。掌の中心に乳首の感触がある。

胸を抱擁するように掌を動かして乳首を刺激すると、有理は唇を嚙み締めて声を殺しながら全身を小さく揺らした。俺の肩にある手がかたく拳を握っている。

両手を有理の背中にまわして、また抱き竦めた。

「もうおしまい……?」

有理も息を整えつつ、俺の首に腕をまわしてすり寄る。

「煽るんじゃないの」

男の俺に抱かれることをこの子は恐れていない。異性愛者の有理にゲイである事実を許されて初めて自分の異端さを思い知り、同時に激しい至福感に打ち震えた。

好きだ、欲しい、という渇望のみに支配されてそれ以外なにも考えられなくなり、体内が稲妻《いなずま》のような愛情に掻き乱されて破裂しそうになる。

「……先生、泣かないで」

有理が俺の頭を抱いている。泣いてはいなかった。でも確かに泣いていた。有理の目には真実が見えてしまうんだなと思った。

ふたりして半分のぼせた状態で風呂をあがった頃には、一時間近く経過していた。

有理が火照った顔で「俺たち何分ぐらい風呂にいた?」と訊くから「三十分ぐらいだよ」と嘯《うそぶ》いたら、「嘘だ」と即座に見抜かれて笑ってしまった。

水を飲んで涼みながらパジャマに着替えて髪を乾かし終えると、有理はショルダーバッグから小箱をだしてきた。有名な洋菓子店のクッキー缶だ。

「先生、ここに母がくれた手紙が入ってるから読んでくれませんか」

「お母さんの手紙? そんな大事なもの俺が読んだら駄目だろう。視力が戻ったら自分の目で読みなさい」

「そう悩みもしたんですけど、父が言うには手紙っていうより短い挨拶入りの絵はがきらしいし、いま先生とふたりで読んでおきたくて。数枚でいいから、お願いします」

迷ったが、内容がこみ入ったものではなさそうなのと、有理の〝いま〟という切実さに負けて、「わかったよ」とクッキー缶を受けとった。

頭をさげてから蓋《ふた》を開けたら、有理に「先生おじぎした？」と指摘された。

「なんでわかった」

「ソファーが軋《きし》んだから」

有理は唇を左右に引いて嬉しげに笑う。

「やっぱり持ってきてよかった」

ふいに家族の一員にしてもらえたようなこそばゆい羞恥と形容し難い感傷が湧いてきて、無様《ぶざま》に持て余した。有理に見られているわけでもないのに反応に困って目をしばたたきつつ、蓋を横におく。

気持ちを整えて視線を落とした。なかには白い封筒が綺麗に重なって入っており、一番上の一枚をそっととりだすと確かに絵はがきがでてきた。手作り和紙らしき風情の粗く分厚い紙に、水彩で紫陽花《あじさい》の絵が描いてある。

――近所の紫陽花が咲きました。梅雨《つゆ》ですね。あなたも有理も風邪をひかないように。

母親の字という特別な書体があるわけではないし、自分には母の字の記憶がほとんどないのに、なぜかこれは母親のものだと心に納得させる、温もりのようなものが生きていた。慈愛なのか優しさなのか、どんなに凝視しても理由の摑めない独特な熱。

「……言葉でうまく説明できるか自信がないな」と断りを入れて、有理にも絵はがきの内容と、画から浮かびあがる感覚を教えてあげた。

「そっか……」

感慨深げにうなずいて、有理は絵はがきを手にする。

――毎日寒いですね。暖かくして過ごしてください。あなたと有理は冬が苦手だから。

――すいかを食べました。あなたも有理も夏バテしないように。

――春になりました。桜を見にきています。あなたと有理を想わない日はありません。

どの絵はがきにも、雪うさぎやすいかや桜の絵とともに、必ず有理たちを想う言葉が添えてある。俺は有理のお母さんはもしかしたらいまもひとりでいるんじゃないかと思えてきたが、口にはしなかった。

数枚読み終えると、有理が掌で大事そうにはがきをさすって息をついた。

「俺……、」

ため息まじりに呟いて言葉を切ってから続ける。

「……俺、母も、あと桃さんも、吸血種を好きになる人間はみんな寂しさから助けようとして一緒に傷ついていてくれてるなって思ってたんです」

はがきを包む有理の手に触れたら、有理は苦笑した。

「甘いかな。でもいいや。大事な相手のことなら自分の想いを貫くって決めたし」

「どういう意味？」

「たとえば誰かに先生が浮気してるって言われても気にしないってこと？　かな」

「それは気にしたほうがいいよ。火のないところに煙は立たずってね」

肘で突かれた。

「いたい……」

「たとえが悪かった。だからええと……——同性愛なんて辛いだけだって、世界のみんなに非難囂々《ごうごう》めちゃくちゃに責められても動じないってことです。人を想うことで、誰かに媚びたり自分を守ったりするのはやっぱり違うって思ったから」

助けるという意味では、俺も有理にいくつもの面で助けられているし許されているなと思う。

清い表情をする頰と耳横の髪を愛しんで撫でたら、有理が「……先生がハンサムっていうみんなの意見には大いに流されとく」とぼそりと言って笑うから、キスして黙らせた。

「浮気してる？」「してないよ」「セフレは？」「もういないよ」としばらくキスして睦みあった。吸いすぎてふやけた有理の唇が恋しい。

「……ありがとう先生。絵はがき見るの楽しみです」

「うん。俺も読ませてもらえて嬉しかった」

クッキー缶のなかにはがきをきちんと戻したあとは、ベッドへ入った。

風呂あがりの余韻がある熱い身体同士をぴったり重ねあわせて、あるいは絡めて、再び幾度となくキスを繰り返した。有理の唇や掌を自分の口と手で追いかけて、身体と心の隅々に沁みこませていく。時間は刻一刻と減っている。

「俺ね、昔赤い糸の映画を見たことがあるんですよ」

「赤い糸?」

俺の胸のなかで顔をあげて、有理が閉じた目で俺を見返している。

「主人公の女の子と男が異空間へ飛ばされるんだけどね、女の子が目を覚ましたとき小指に赤い糸が結んであるの。で、〝糸の先にはきっと彼がいるはずだ〟って思って手繰っていったら、見つけた彼の指には彼女の糸以外にも赤い糸がたくさん巻きついてるんです。しかも両手の指一本ずつに何本もの糸が。子どもの頃、それがすごい衝撃だった」

「怖いね」と素直な感想を言ったら、有理は笑った。

「怖くないよ。映画が言いたかったのとは違うけど、俺いまはあれがわかるなあと思って。運命ってひとつとは限らないでしょ。先生の指にも小野瀬さんのと俺のがあるじゃない」

「ああ、そうだね」

「誰の指にも、俺の指にも、何本かあるんだと思う。少ない方が寂しいんだよ。でも俺はね、左の小指にしっかり結ばれてるのは先生の糸だって信じてるよ」

唇を照れくさそうに嚙んで、有理が無邪気に笑んでいる。

有理の左手をとって、小指と薬指のあいだに唇をつけた。つけ根を舌で舐める。

「有理に繋がってる糸があるなら充分幸せだよ」

身を引くつもりではなく本当に単純な喜びとして言ったが、有理は唇を突きだして苦笑し、俺の左手を引っ張った。俺を真似て小指を食《は》んでつけ根を舐め、「好きです」と言う。

「先生のことこんなに好きになると思わなかった」

細い背中を抱き寄せて「俺もだよ」とこたえた。

「最初は死にたがる面倒な子どもの相手をしなきゃいけないって、うんざりしてたのに」

「先生怒ってたよね。会話も喧嘩腰だった」

「でも白状すると、有理と対面した瞬間は可愛いと思ったよ」

「先生も人の子だ」

「吸血鬼の子です」

「俺のこと可愛いなんて言うの先生だけだよ」

「オオカミの王子さまだものね」

「え？」

想い出話はいかにも別れに浸っているようで嫌いだったが、そのまま続けた。

同居初日、風呂へ入って緊張したこと、添い寝の感触のこと、めかぶや納豆や梅干しを食べたこと、梶家さんや七瀬のこと、玄関で貪るようなキスをして想いを認めたときのこと。

海へデートした日のこと、それが本当に幸せだったこと。

やがて話は未来の夢へと発展した。次はどこへいこう、夜景も見よう観覧車にものろう、目が見えるようになったら海にもきっともう一度いこう。

楽しそうに願望を口にする有理を見つめて、俺はそのすべてにいいよとこたえた。

ジェットコースターもいいの？　先生のれるの？

いいよ、我慢するよ。

暗い夜の室内で、ベッドのなかで、有理が笑っている。頬に触っても、前髪を撫でても、くちづけても、男の手と唇なのにも拘わらず受け容れてくれながらここにいる。

眠るのをやめて朝まで話していた。願いはいくらでも溢れでてきた。俺たちはふたりとも傲慢で傲岸で、強欲だった。この夜は永遠に続くのかもしれないとぬるく錯覚していたし、何年経っても一緒にいるのだと決めてしまえた。明日のことは会話からも心からも捨て去って、未来の幸福を掻き集めた。けれどいまが必ず終わることを知っていた。有理といたい。好きだと想う瞬間の感覚は、涙がこみあげてくるときの苦しさに似ている。

翌日の午後、珍しく有理のほうが先に起床して、覚束ない手つきで荷物整理をしていた。

「おはよう先生。あの、入れ忘れたものがないか一緒に確認してくれませんか。日用品も、これで全部だと思うんだけど」

いいよ、と自分も起きて顔を洗って歯を磨き、有理の行動範囲を行き来しながら確かめる。ソファーと浴室と洗面所、ここ以外に有理の私物はない。

ソファーで鞄のなかを探っている有理のうしろから「大丈夫そうだよ」と教えて手もとを覗きこむと、服もなにも綺麗に収納されておらずなかなかに粗雑なので、ちょっと整理してあげた。

「ねえ先生。先生の色ってなに？」

「色？」

「家のなかで自分の歯ブラシとか箸の色ってだいたい決まるでしょ。俺は青系なんだよ」

すぐにピンとこなかったのは拘る機会がなかったからだった。

祖父母と暮らしていた頃もすでに決まっていた祖父母と剛仁さんの色以外を適当に選んでいたし、そのときによく使っていた黄色が剛仁さんの娘の花美の色になったあとは、紫や透明など余った色が自然と自分の色になっていた。ひとり暮らしを始めてからは気をつかう必要がないのをいいことに、気分とデザインで変えている。箸は、ここには割り箸しかない。

「いま使ってる歯ブラシは青かな」

「え、じゃあお揃いだったんだ？」

不便だったじゃないかー、と有理が頭を抱える。

「ごめんね先生。次にくるときは、俺赤にしますね」

次、と決定事項として言葉がでたことに、有理も俺も一瞬はたと停止した。有理の想像が同棲なのか宿泊なのかはわからなかったが、有理自身も照れてばつが悪そうに苦笑する。

「朝の血、飲み忘れちゃいましたね」

荷づくりが終わると、パウチの血を飲みながら有理が言った。

「先生、これからは往診にこなくていいですよ。血液は父に渡してください。目が治ったら俺が自分の足で先生のところにいくから、それまで会うのは我慢します。目標があったほうが頑張れるからね。でもたまに電話します。甘えたくないから毎日はしないけど」

そう、とこたえた。

なら少なくとも一ヶ月、長ければ年が明けて冬が深くなっても会えないのか。

「これ飲んだら帰ります」

あまりにも明るく、さっぱりした声で有理が言い放つ。

スパウトが離れて有理の口に隙ができたのを見て、横から短くキスをした。有理が笑う。

「先生、好きって言ってくれませんか」

もう一度、今度は有理の腰を抱いて長く深くくちづけた。

「目が治ったとき有理に自由に選択させてあげたいから、遠慮しておくよ」

「選択って……先生をふりやすいように？　それで一度も言ってくれなかったんですか？」

問いかけに返答せずにいたのに、有理の閉じた目の縁から涙がひと粒こぼれてきた。

「どうして泣くの」

「先生が今生《こんじょう》の別れみたいな顔してるから」

「見えてないでしょ、そんな顔してないよ」

「わかるよなんとなく。なんで辛そうにするんですか」

泣いているのは有理なのに、俺のことを心配してくれているのがちぐはぐだ。

「先生は俺と別れてもいいと思ってるんでしょう」

涙を噛み潰すように歯を食いしばって泣く有理を抱き寄せる。唇の手前に有理の頭があって、この短い髪も自分が切ってあげたんだったなと想い出が過ると、胸が酷く痛んだ。

有理の髪に唇をつけて背中をさする。つい数秒前に〝帰る〟と言ったときの笑顔は、有理なりの強がりだったのだと気がついた。

もう後戻りできる仲ではなくなっているし、それを望んだのが自分だというのもわかっている。限りがあると知っていて浸った夢の時間は、本当に夢のように甘やかで幸せだった。たとえ辛い結果になっても、後悔してこの二週間の出来事すべてを苦い記憶にしたくはないと思う。有理のこたえを聞く前にひとりで諦める気もなかった。

「確かに最初は同居してるあいだだけの関係にするつもりでいたよ。でもいまはそんなふうに考えてない。最期まで有理の傍にいさせてほしいって想ってる。ただ、同性とつきあっていくことに関しては有理自身が決めるべきだと思うから、目が治ったら出会いなおそう」

俺の肩に顔を押しつけて有理がうなずく。その後頭部を撫でた。

「再会まで猶予があってありがたいよ。有理に好きになってもらえるようにジムでも通おうかな。それで腹引っこめて、たるんだ身体を引き締めればすこしはましに見えるかも」

「腹なんかでてないのもたるんでないのも知ってるよ」

「今時の二十歳の男の子が好む髪型と服装も研究して、小綺麗にしておかないと」

「先生が引っ越しの片づけすら嫌がるだらしない人なことも知ってる」

「だらしないは酷いな、時間がなかっただけなのに」

「休みは髭も剃らないじゃないですか、いいよもう全部好きだよ」

俺が苦笑いすると有理は洟をすすって上半身を離した。

「言葉は我慢するから、かわりに愛してるのキスしてください」

見あげてくる角度はやはり若干ずれている。それならばと自分から有理の位置へ顔を傾けて唇を重ねた。

心に有理のいろんな表情が蘇ってきた。どれも目を瞑っているけれど全部が愛おしかった。愛してると、胸の内で繰り返し想いながら決して傷つけないように、有理の唇と舌を時間をかけて舐めて吸った。優しくしたかった。欲して届く箇所のなにもかもを味わいたかった。

そして有理にも憶えていてほしかった。

「……ありがとう先生。ちゃんと戻ってくるから待っててくださいね」

その後、有理を車で送ってあげた。

有理の荷物のほかに、くつしたのトイレやご飯の残りもあったので別れ際はばたばたしていたが、お互い変に沈まずにすんでかえってよかったと思う。

爽やかな笑顔を繕って、またねと言いあった。

とても綺麗な晴天だったので、「空が澄んでて今日もいい天気だよ」と教えてあげたら、有理はうなずいてから「知ってる」とはにかんだ。

　十二月も終わりに近づくと、毎日寒くてしんどくなった。身体の節々《ふしぶし》にも響いて堪らず、梶家さんとは腰が痛いとか膝が痛いとか、毎日老体自慢みたいな会話をする。

『先生そこまで歳じゃないでしょうに』

　俺の近況報告に、有理は電話口で笑いながら呆れた。

「身体は鍛えないと衰えていくものなんだよ」

『ジムは？』

「まだいってない」

『そろそろ一ヶ月経つのに有言不実行だね。先生の身体はもうたるんたるんだ』

「散歩はしてるよ。歩くだけでも身体にいいから」

　ふうん、と有理が疑いまじりの相槌を打つ。

『散歩って言えば、このあいだコンビニいったら川田のおばちゃんに「犀賀先生とお弁当屋にいったでしょ」って言われたよ。あそこのパート店員さんと仲いいらしくて、ステーキ弁当買ったことまで知ってた。さすがだよね……』

同居生活を終えてすぐ、有理は大学にいきたいからと使い捨てコンタクトをするようになった。有理の視力も変動するので案の定万全ではないようだが、行動範囲は広がっている。ただしコンタクトで俺に再会するのは有理にとって「許されない反則行為」なのだそうで、接触はまだ電話とメールのみにとどめていた。

有理が体力回復に努めて、俺より鍛えているのも知っている。引きこもっていた身体の弱り具合はやはり本人がもっとも痛感しているらしく、お父さんに付き添ってもらって夜にふたりでジョギングしているのだ。お父さんは最初の頃診察にくると「筋肉痛で辛いです」と項垂れていたが、それでもとても嬉しそうだった。

『先生、今夜クリスマスイブなの知ってる?』

「知ってるよ」

七瀬が一週間以上前から『彼とデートするんだ』と浮かれていたから。

『ねえ先生』

「なに」

『電話口でちゅってするのやってみ』

「嫌だよ」

『やってみ!』

からかい半分に要求しておきながら、笑う有理も恥ずかしがっているのがわかる。

「お互い映画で観てるのかな。こういうイメージを共有してるのは面白いよね」

『話そらしたな』

「有理がしなよ」

『先生がしてくれたらする』

どうしてもしたいらしい。

町が華やかにデコレーションされていくのを見ていて寂しくないわけじゃなかった。寒さは心細さも刺激する。シャンパンにチキンにケーキにと、今夜仲睦まじく過ごしているカップルは世界に何組もいるんだろう。

俺たちはお互いにお互いを思いやって恋人同士のような言動をさけていたから、こんな甘い会話をしたのすらじつにひと月ぶりだった。有理も寂しいんだろうか。

「ふたりで同時にしようか」

妥協案をだしたら、有理も『わかった』と納得した。

せーの、という有理の合図にのせて、携帯電話にむかって一緒にぱちっと唇を鳴らす。

一秒、二秒……途端に無言になった有理がやがて、……はあ、と大きく息を吐いて『猛烈に恥ずかしかった』とぐったりしたから、俺も笑ってしまった。

『ありがとう先生。また頑張れます』

ふたりで笑ったあとに有理は柔らかく、しかし意志的に囁いた。

有理の目が見えなくなったのは夏休み中で、大学を休んでいたのも実際は短期間だった。そのせいか試験もそこそこの結果で終えられたようで、有理はほっと胸を撫でおろしていた。冬休みに入ると『先生たちみたいに吸血種の助けになる仕事がしたいな。カウンセリングでも血液を扱うのでも、自分にあう仕事を探してみます』と将来についても語るようになった。

俺は『さちちゃんに相談してみるといいかもしれないよ』と助言した。

彼女からも時折連絡が入っていた。

別れた恋人と再びつきあいだしたのだという。

——結婚前提で、覚悟してつきあおうって決めました。子どもも授かったら育てていこうって。寿命なんてみんなそれぞれ違うもの。でも先生、本当にハーフの子は早逝《そうせい》なんですか？——

さちちゃんの恋人の主治医も知識としてハーフの脆弱さを知っているのみで、患者さんが寿命をまっとうする姿を自ら診た経験はないという。うちの祖父や叔父も同じだ。

だが俺は恐らくいつかこの目で確かめることになるだろう。

——なにかわかれば、さちちゃんにも報告するよ——

医者として、患者さんから学んだことはべつの患者さんへ活《い》かしていかなければならない。

有理を想うとそれはどこか無情な行為にも思えたが、療治なのだと自分に言い聞かせた。

有理とさちちゃんを繋いでいた赤い糸の意味はこのことだったのだろうか。命を継ぐための尊い出会いは、ふたりが幼稚園の頃すでに発生していた。

――左の小指にしっかり結ばれてるのは先生の糸だって信じてるよ。

自分と有理の運命について考える。有理の心と言葉を信じて、有理の命にもっとも幸福を与えられる存在として関わっていきたいと切に思う。

有理に出会い、そして離れたことで自覚した変化のひとつは人間食についてだった。

年が明けて、小野瀬に「新年会しようぜ」と家へ誘われてお邪魔して、以前と違って臆さずに食事を楽しむことができた。

桃とマユが作ったという豪華なお節《せち》を前に、マユから「これはわたしが切ったの、これもだよ」と教わる順番に箸でとって咀嚼し、「すごく美味しいよ」と心からの気持ちで感想を伝えた。なかでも数の子豆と、スルメと昆布の松前漬け《まつまえづ》を気に入って食べ続けていたら、「松前漬けはママと三日前に作って漬けてたの、気に入ってくれてよかった!」と喜ばれた。

有理も血と人間食を食べ続けているんだろう。そう想うだけで嫌悪感は消え去った。

蒼井家は男ふたりでどんなお節料理を食べたのか、今度電話で話したら訊いてみようと思う。

マユにお年玉をあげて辞去すると、その足で墓地へ移動して両親にも挨拶をした。

冷たい水を墓石にかけてタオルで拭いていく。

桃は俺の帰り際に次のマユの誕生日がきたら小野瀬に話すつもりだと耳打ちしてきた。マユの誕生日は二月だ。桃の目に覗いた覚悟を思い返し、墓に仏花を飾る。

いつもヘッドフォンで『てくてくみどりの木』を聴いていたというはみだし者の吸血鬼を、小野瀬に似て正義感の強い桃が放っておけなかったのは得心がいった。関係を持ったのも結婚が決まったときの一度だけで、現在大事に想っているのは家族だと断言している。

――……わたしは言い訳はしない。小野瀬は必ず犀賀君に相談すると思うの。迷惑をかけてしまうけど、そのときはお願いします。

小野瀬家の三人を傍で見てきた俺にとって、彼らは確かに家族だった。ひとつ屋根の下で寝食をともにし、愛情と日々を重ねてきた彼らには、他人が容易に介入できない輪がある。時間の経過が育む人と人との絆は命と同様に尊い。

俺も有理と暮らして家族のような温かさを教わった。

小野瀬が不信と絶望に陥るのは目に見えているが、俺としてはマユをいまと変わらない愛情で受け容れてほしいと身勝手ながら願っていた。俺を救ってくれた親友はそういう男だったという単純な確信もあった。

墓の前にしゃがんで手をあわせる。菊の香りがしっとりと胸にまで沁み入ってくる。

一月下旬になると、有理からたどたどしいメールが届くようになった。

『おはゆう』とか『おやしみ』とか。訊くと、裸眼で字が打てるようになってきたという。

それまでは電話で数日おきか、忙しければ一週間に一度程度しか話さず、メールは率先して利用しなかったが、有理のメールにこたえているうちに会話のような応酬が始まった。

仕事中や入浴、睡眠中などを除いて、手があけば返信する。

有理から届く内容は他愛なく、『朝のニュースの天気マークが可愛かった』という写メールや、『ニット帽買った』という報告や、『眠たい』という単なる呟きみたいものだったけれど、俺はリハビリになればと考えてなるべく長めに返した。するとそのまま会話が続いていく。ベッドに入ってもいつまでも話していると、有理からこう届く。

『先生寝た?』

同居して一緒に寝ていた頃にも似たようなことがあった。あのときはキスして黙らせたなと思って遊び心で唇の絵文字だけ送ったら、有理からも同じ絵文字が届いて笑ってしまった。

それでいつしか、眠るときには唇の絵文字を送るのがふたりのあいだの決まりになった。

「患者さんの意思とはいえ、いい加減きてもらうかいくかしたらどうだ」

剛仁さんにもっともな指摘を受けた頃には二月半ばになっていた。

ている。

梶家さんや七瀬にも「有理君は元気かしら」「有理ともまたお茶したいよ」とせっつかれ
そうは言っても有理は頑固だからな、と考えつつ仕事終わりのメールで、

『そろそろ診察においで』

と誘ってみたら、風呂へ入る前に電話がきた。

『先生、メールありがとう』

「いや、みんなも有理に会いたがってるからどうかと思って」

他人の心を借りて願いを口にするのを、我ながら情けなく思う。

有理も苦笑いしたが、『俺、やっとひとりで散歩できるようになったんだよ』と言う。

『だから来週、会いにいきます』

鋭く煌めく強靭な一声。

とうとうか、という思いには喜びも諦めも期待も恐怖も綯《な》い交《ま》ぜに詰まっていて、うまく受けとめきれない。

「待ってるよ」

かろうじてそう返したら、有理がすこし沈黙してから、

『……先生の怯えがいまになってわかったかも。ちょっと緊張するね』

と素直に言うから、笑ってしまった。

「そうだね、俺も緊張するよ」

『ジムいかなかったくせに』

「いま猛烈に後悔してる」

『やっぱりだらしないな』

「ありのままを見てもらおうと思ったまでだよ」

『はいはい、いいわけいいわけ』

ふたりで吹きだすと、いつもの調子が戻ってきたのを感じた。

身体に重く垂れこめた緊張も、声にして放つと霧散してしまうようようだった。なにより俺が不安がれば有理はいつも雰囲気を明るく変えてくれる。

男だと確認してもらってもきっとこのまま大丈夫なんじゃないか。いや、期待はよそう。よそう、駄目だ、と自制するのに、自制する一方で期待が膨れる。まるで中学生だ。

「美容院ぐらいはいこうかな」

『ありのままなんだろ。もう駄目、いまから格好よくするのは禁止』

「美容院だけ許してください」

『だめー』

じゃれあっているうちに暗澹《あんたん》とした気分は薄れて、会話も一日の報告にうつっていった。

からかいあって笑う軽快なリズムから、自分と有理がこれまで築いてきた関係の親密さを察知する。……でもこの子は本当のところどう思っているのだろう。

大学に再び通い始めたいま、女の子とも接しているんだよね、と俺は訊けずにいた。成績優秀だとお父さんも自慢していたし、容姿も申しぶんなく、将来についても真剣に見据え始めている有理を女の子が放っておくとは思えない。

あの同居生活からも三ヶ月近く経ってしまい、夢の日々の安らぎや高揚感も現在の生活に押しやられて遠く色褪せつつある。

そこで有理が俺と——三十すぎの男と恋人になるために対面するのはどんな気分なのか。失敗した、はやまった、と一瞬たりとも我に返ったりしないのか。眠る前に唇の絵文字をくれるとき、男相手になにしてるんだろうと冷めたりしないのか。

『先生と会ったら、一緒に「レオン」観たいな……』

有理はうっとりした声で夢を呟いている。

「有理君、きてますよ」

梶家さんがカルテ片手にやってきて笑顔でそう教えてくれたのは、木曜日の午後だった。

「本当ですか」

「ええ、いまさっききて、受付の椅子に座って待ってます。目ももうすっかりいいみたい。わたし、想像どおりの優しそうな人でしたーって言ってもらっちゃいましたよ」

うふふっ、と嬉しそうに笑って梶家さんが受付へ戻っていく。

先に有理と目をあわせて会話を交わした梶家さんに少々嫉妬しつつカルテを手にとると、有理のではなくお父さんのものだった。

有理の診察は数人先。急ぐ必要もなく一瞬悩んだが、診察室をでて受付へいった。

受付前の待合室には一台のテレビとむかいあうようにしてソファーが三つ設置されている。廊下を歩いていくとテレビからもっとも遠い一番うしろのソファーが左むきにおいてあり、有理はそこに座っていた。

近づくにつれ足音と匂いで俺に気づいたのか、有理もはたとこちらをむく。

出会いなおそう、と言って俺たちは別れたけれど、それは本当に真新しくて初々しい出会いだった。

視線の、目には見えない線と線がまっすぐあった瞬間は、心臓がどきりと痺れて足がもつれそうになった。有理の目に自分が捉えられている。自分も有理の目を見つめている。

三ヶ月前、二週間も一緒に暮らして感情を交わしあったにも拘わらず、そして数日前までも電話やメールで会話を交わしていたにも拘わらず、お互いをなにも知らないような新鮮な感覚があったたし、確かな初対面で、明らかな始まりだった。

気恥ずかしさがありながらもそっと微笑みかけたら、瞠目していた有理も一拍おいてから会釈をくれた。

男だ、という現実を突きつけてしまった。顔つきも身体つきも有理以上にごつく、女性らしさは微塵《みじん》もない。ここからどうなるだろう。

「梶家さん、カルテ間違ってましたよ」

「えっ。あらいやだすみません、すぐ用意します」

有理に話しかけたいのは山々だったが、ほかにも診察を待っている患者さんがいるので、カルテを受けとるといま一度視線を投げるだけにとどめて診察室へ戻った。

「風邪をひきまして……」とよろよろ歩いてきた患者さんを診る。

数十分後に診察を終えて次の患者さんを呼ぼうとしたら、梶家さんが再びやってきた。

「有理君、帰っちゃいましたよ」

「え、帰った……？」

「急用ができたから明日またくるって」

梶家さんは困った顔をしている。

「どうしたのかしら？　ほんと急に、ぴゅーってでていっちゃったの」

大事《だいじ》なければいいけど、と首を傾げて心配する梶家さんの正面で俺は閉口した。鬱々した落胆が感情を濁らせていく。

……急用。嘘だとしたら、いくらなんでもあからさますぎやしないか。


明日また来院するという言伝《ことづて》を信じるべきかと懊悩《おうのう》したが、先延ばしにすると精神的に保ちそうにないなと判断し、仕事が終わると有理へ電話をした。

だいぶ長くコールを聴いたのちに応答がある。

『……はい』

不機嫌そうな低い声だった。

「いま大丈夫だったかな」と問うと、『はい』と短くこたえる。

「急用だって聞いたけど、今日どうしたの。梶家さんも心配してたよ、なにかあった？」

『いえ……大丈夫です。ごめんなさい』

有理の雰囲気に嫌悪があって、会話を拒絶されているのがわかる。

「もし時間があればこれから会えないかな」

『明日またいくって、梶家さんに言いましたよ』

「有理に会いたいんだよ。最後でもいいから」

『最後って……』

怯んだら駄目だと考えて「駅前のコーヒーショップはどう」とたたみかけた。

『先生、お水しか飲まないじゃないですか』

「飲めるようになったから大丈夫」

『……人目がある場所はさけたいです。川田のおばちゃんとか、また噂になりかねないし』

――せっかく一緒に歩いてるのに、思い出に同じ景色を共有できないのが寂しいな……。

かつて手を繋いで歩けた町も、警戒しなくてはならない場所に変容してしまったらしい。

携帯電話のむこうにいる有理が自分の知る子とは別人のようだった。砕け始めていた言葉づかいも他人行儀な丁寧語に戻って、本当に今日初めて会ったばかりの、二十歳の健全な、異性愛者の男に感じられる。

「じゃあ車で迎えにいくよ」

これが当然の反応なんだろうなと、しごく納得する自分がいた。胸が酷く締めつけられて、心だけが泣いていた。

十分後に落ちあうと有理がまた「人目のないところへいきたい」と言ったので、それでも一応景色がいい場所をと思い、横浜の赤レンガ倉庫へむかった。営業時間がすぎてしまえば隣の赤レンガパークには人気《ひとけ》がなくなるのを知っていた。

有理は先日メールで教えてくれた、新しいニット帽を目深《まぶか》に被って俯いて縮こまっている。せっかく目が治ったのに顔を隠されては、もとも子もないしやるせない。会話をしようにもぶつ切れで続かず、メールでさえ日がな一日やりとりしていた毎日が嘘みたいだった。

連なるオレンジ色の外灯や、明滅するウィンカー、やがて見えてきたコスモワールドの観覧車やマリンタワーなど、夜を彩る美しい輝きのすべても一切心に響かない。

数分後には有理を失い、またひとりの人生が始まる。その暗い絶望しか見えなかった。

「歩こうか」と、駐車場に車をとめて公園へ入った。

芝生をよけて歩き、夕日色のライトで照らされた赤レンガを横目に海側へ。柵付近までいくと正面にベイブリッジが見える。かすかにただよう潮の香りが、ふたりで海へいった朝のことを想い出させた。

「綺麗だね」と言うと、有理は無言でうなずく。いつもしていたように手を繋ごうとしたら、

「……そういうの、困ります」

と逃げられた。人ひとりぶんの距離をとって、ふたりして海の前で佇む。

好きだよと、別れ際になって唐突に、これまで我慢し続けてきた言葉を言い募りたくなるのがおかしかった。

左側にいる有理の横顔を見つめる。俯いていて、やっぱり目はあわせてくれない。しかし湧きあがるのは恋しさのみで、恨んで責めるような激情は溢れでてこなかった。

ありがとうと言いたかった。数ヶ月間有理は傍にいてくれた。仮初めとはいえそのあいだ他人と育む幸福を教えてくれたこの子が、俺には初めての恋人であり、再び得た家族だった。

「有理、正直に言ってくれていいんだよ」

「……え」

「前にも言ったけど、有理のおかげで学べたことは俺の人生の糧で、どんな結果になっても一生感謝し続けていくよ。恩を仇《あだ》で返すつもりはないし、自由に選択させてあげたいって言ったのも本心だから、つきあうのが無理ならはっきりふってくれてかまわない」

有理が鉄柵を摑む手に力をこめる。

「……そんなふうに言われると、本当に困る」

搾《しぼ》りだすような苦しげな声だった。

「ごめんね」

「先生は、狡いんですよ」

「狡い？　なにが」

　すると有理は俯いたまま右手だけのばしてきて、俺の左手の小指を握った。有理の指は冷たく震えていた。手の全部を覆うように強く握り返すと、うっ、と肩を竦めてたじろぐ。

「いきなり、触らないでくださいっ」

「先にしたのは有理でしょう」

「ゆっくり、ちょっとずつ、してほしいんです」

　切羽詰まったようすで懇願されて、混乱する。

「どういうこと？　男相手でもすこしずつなら受け容れられそうってこと？」

　手をさらに握り締めると、掌のなかで有理の左手がかたく拳を握った。「違う」と言う。

「違う——……格好よすぎるんですよ。先生は、格好よすぎるんです！」

　有理の訴えには怒気がこもっていた。

「なにが〝生理的に無理な男を想像しておけ〟だよ、どの顔で言ってたんだよっ」

　面食らった。

「そんなくだらないことが理由？」

「くだらなくない。先生も自分の目が見えないときにいろいろ、こう……してた相手が、好みのタレントとか俳優だったらって想像してみてくださいよ。のっぴきならない仲になったあとに姿見て、自分とは全然つりあわない高嶺《たかね》の花で、そんなの急に対応できない。せめてあと三十パーセントぐらいハンサム抑えてほしかった！」

「有理が知ってるとおりのだらしない男だよ」

「うるさい」

「同性とつきあうことに関してはどうなの？　目で確かめてみて嫌悪感はない？」

「俺は最初から声と性格が好きなんです。そのうえ好みの男で、選択も嫌悪もする余地ないでしょ。先生、いままで迫った相手だって全員落としてきたんじゃないの」

「迫ったのが有理だけだからなんとも言えないな」

「その落ち着いた言い方がまた憎たらしい……」

有理が帽子を引っ張って顔を隠す。

「……俺だって先生が不細工だったらって考えなかったわけじゃないよ、でも実際会ったら予想以上で、こんなさ……俺、嫉妬したり、小指の赤い糸は先生のとか言ったりして、思い返すだけであれもこれも全部死ぬほど恥ずかしいっ……」

頭のてっぺんから帽子を引っ張って脱がせたら、有理は「わ」と驚いた。

左腕で腰を引いて抱き寄せると、両手で突っ張って隙間をつくられる。

「抱くの、やめてください、」

すこしのびた髪の毛が帽子のせいでぺたんと弾力を失っていて、幼く見えて可愛かった。覗きこむと、頬が夜目でもわかるほどどんどん真っ赤に染まっていく。

「どうして人目を気にしたの」

「さっきも言ったじゃないですか、つりあわないからですよ。服だって今日のために新しいの買ったけど、なんか、先生といると俺、洟垂れ小僧みたいで辛い」

「その小僧が俺は好きで堪らないんだよ。拒絶されると結構傷つくからやめてくれない」

返答に詰まった有理が徐々に腕の力を緩める。まだ俯いているから右手で顎をあげたら、口を引き結んで力む有理の顔は、頬どころか目まで赤く潤んできた。いじめているみたいだなと思いつつ額をあわせると、有理の口が震えながら開いた。

「……ちゃんと、戻ってくるって、言ったのに。なんで〝ふってくれ〟なんて、言ったの」

緊張して上擦った声で責めてくる。

「有理が好きだからだよ」

「俺も好きなんだよ。先生に会いたくて毎日頑張ってたろ、食事も、体力づくりも」

自分の知っている有理だと思った。ようやく会えた。俺の恋人はこの子だった。

「ごめんね。……好きだよ有理」

有理の山水の香りを嗅ぐように頬に顔を近づけた。胸が熱くて冬のさなかにも拘わらずのぼせてくる。きっと口にせずに体内へ押しとどめてきた告白のせいだと考えて、好きだよ、俺も会いたかった、と執拗に囁きに変えても全然半減しなかった。

「このあとうちにきてくれる」

訊ねたら、水が凍るように有理の身体が硬直した。

「ちょっとずつ……ゆっくり、しましょうね、」

「なにが?」

「それの、全部のこと」

「それ?」

有理の二重の目は開いているとくっきり綺麗で、瞳も澄んでいる。潤ませるのは酷だなと思いながらも意図的に追及したら、それでも律儀に、困って焦った半泣き顔で、

「セックスのこと」

と言ったりするから、耐えきれなくなって抱き竦めた。

「怖くないの? 俺は有理を抱きたいと思ってるんだよ」

行為の名称自体は同じでも内容は異なる。男と男だ、と肺腑《はいふ》に沁み入ることになるだろうに、こんなに大らかに性差を受け容れられたうえにセックスも辞さないと言われると、目まぐるしく訪れる至福感に困惑して感情が追いつかない。

有理が胸のなかで身じろいで、俺の背中のコートを摑んだ。

「……先生は前に〝性交は神聖な行為〟って言ってくれたでしょう。そういう人とセックスできるのはすごく幸せだろうなって、ずっと想ってたよ」

至福感は、しかしまた乱暴なほどの激しさで降り落ちてきた。

もしかすると同性であることに怯え続けていたのは俺だけなのか。

「目、閉じないでね」

唇を寄せたら、有理は顎を引いて狼狽した。

「キスは、閉じていいでしょ」

「いまは駄目。口がつく寸前まで開けてて」

有理が目を薄く開いて我慢しつつも、うしろから俺のコートを引っ張って離させようとするから、思わず笑ってしまった。

「先生、無理鼻血でそう、」

「血は無駄に流さないの」

「先生の笑がお、きつい、」

「失礼だな」

自分たちが生きてふたりでいるという事実をお互いの目で確認しあったまま、唇をそっと触れあわせた。

久々の感触だった。自分の口よりすこし小さくてふわりとした唇。冬風に凍えているのが可哀相で舌を駆使して暖めようと努めていると、腰付近で有理の手の強張りが弱まり、キスにもこたえてくれるようになってきた。

三ヶ月か、と思う。腕に抱いて舌で玩味《がんみ》して、こうして抱擁してみて初めて別れて過ごしていた期間の長さや寂しさを実感するのが新鮮な驚きだった。

「……先生だった」

口を離すと、俺の右肩に顔を隠して有理が呟いた。

「どういう意味？」

「外見はまだ慣れないけど、キスは憶えてたから」

喜びと愛しさが塊のようになって喉もとまで迫りあがってきて、その強烈な痛みを和らげるために声を発した。

「有理、」

細い背中を力一杯抱き締める。体内から想いが抜けていかず蓄積するばかりで息苦しい。有理の香りと潮の香りがここにある。


家に着くと有理は「この家だったんだー……」と室内を見まわした。

駐車スペースには「格好いい」と喜び、玄関では「思ってたより広い」と感動し、階段では「この感じ懐かしい」と足の裏の感触を楽しみ、部屋へ入ってソファーに座ると目を閉じて「ああ、うん……ここだ」と感慨深げに息をついて微笑んだ。

出会いなおすというのは適切な表現だったなと考える。さまざまな物事を目新しく感じるのは有理だけではなく自分も同じだ。

「有理は可愛いね」

目を開いた顔立ちが愛らしかった。輪郭も目鼻立ちも涼やかで凛とした美人顔だが、笑う瞬間は幼げに和らぐ。瞼と瞳の動きの活発さを捉えられると、やはり印象は結構変わるみたいだ。

「俺が先生のこと格好いいって言ったからって、褒め返してくれなくていいよ」

「義理で言ってるわけじゃないよ」

「ちょっとでも先生の好みなら安心するけど、やっぱり自分が子どもっぽすぎてつりあってる気はしないな……」

「つりあうつりあわないっていうのは外野の勝手な評価でしょう。俺が有理といたいと想ってることを無視しないでくれない。一緒にいこうって話したところ以外にも、どこへでもふたりでいこう。近所もまた散歩したい」

恋心を実直に口にする自分がおかしかった。恋して変わるってこういうことか。

「……先生のそのきっぱりした口説き文句、どきどきしてしかたないから、せめてもうすこし遠まわしにしてほしい」

有理がそっぽをむいてしまう。

「遠まわしって無茶言うね。ンー……俺のために味噌汁作ってください?」

「それ小野瀬さんの言葉でしょう。しかも先生味噌汁飲まないし」

「好んでは飲まないね。どちらかというと有理の血のほうが飲みたいな」

有理の肩がぐぐと竦んで、言葉の意味が伝わったのがわかった。左腕と腰を引き寄せて身体のむきをこちらにかえさせると、まるく見開かれた有理の目と、目があう。

「きゅ、う血種の、手順を教えてください」

「手順？」

「血を、どうやって飲みあうのか、わからないから」

耳まで真っ赤になってかたくなっている。

「有理、破裂寸前のトマトみたいだね」

冗談を言ったら、有理は目をまたたいたあとに頬を緩めて吹いた。

「先生の顔見てるのが辛いんだってば……」

「言い方に気をつけなさいよ」

「正直な気持ちデス」

「電話越しに〝ちゅってしろ〟って要求してきた子とは思えないな」

途端に身を縮こまらせた有理が言葉にならない声で唸った。

笑いながら顔を覗きこんでキスをすると、最初は肩を跳ねさせて戦《おのの》いたものの、だんだん適応してこたえてくれるようになる。緊張を麻痺させるためにも血が必要そうだ。

「ちょっと待ってて」と頬にくちづけてソファーを立ち、鞄から小型の折りたたみ式ナイフをとって戻った。

「それで切るの……？」

有理が目を瞠る。怯えさせるのではないかと懸念したが、「手術用のメスじゃないんだね」と淡白な感想をもらって苦笑してしまった。

「お医者さんごっこしてほしい……？」

有理を見返して問うたら、頬がまた赤くなった。

「メスはセックスに使用するものじゃないんだよ。それに俺は医者の仕事を冒瀆《ぼうとく》するような性交も好まないから、お医者さんごっこはしてあげられない」

「うん……大丈夫、そういう先生が好きです。メスは肌を切るのに最適なのかなと思ったから言ったんたよ。ごめんなさい」

「期待したんじゃない？」

「してない。先生のエロい言い方にどきっとしただけだよ。〝お注射してあげるよ〜〟とかベッドでふざけられたら俺だってどん引くから」

睨んでくる有理が可愛かった。「エロい言い方なんてしてないよ」と返して、自分のカーディガンとワイシャツのボタンをはずす。

「先生なにするの」

刃先をだしたら危険を察知したのか、有理が眉根を寄せて身がまえたので、宥めるように頭を撫でてあげてから左側の鎖骨の下を浅く切った。

「有理は気づいてないかな。吸血種の唾液には治癒能力があるんだよ。映画みたいに見る間に傷口が塞がるような面白い現象は起きないけど、舐めるだけではやく治るし傷跡も残らない」

「本当に？」

細い切り傷から血が滲む。右手で有理の背中を抱き寄せて「治してくれる」と促したら、セックスや羞恥など忘れて、心配と〝治す〟という正義感のみの眼差しで唇を寄せてきた。

飲むのではなく、舌で撫でるように傷をなぞっていく。「治ってるのかな……」と不安げに、一心に舐めていた有理の瞳が次第に蕩けてきて、そのうち甘い吐息を洩らした。

「……先生の血、すごく濃い」

「最近は人間食も食べるから薄くなってるはずだよ」

「前はこれより濃かったの……？」

どれ、と有理の唇を捕まえて優しくないキスをした。歯と舌で口を押し開いて容赦なく口腔を探る。ん、ぅっ、と身悶えて抵抗を示していた有理も、すぐに観念して舌を差しだしてくれたから、吸いあげてこたえたら背中が震えた。

「有理の唾液にまざって余計薄くなってるからわからないな」

「……セフレの人とも、こうやって、口移しで自分の血の味を確かめたりしたの」

「教えたら嫉妬して俺を興奮させてくれる？」

虚《うつ》ろな目をした有理が涙を滲ませて唇を噛む。

「腹が立つのに……心臓が痛くて、おかしくなる、」

「血のせいで有理のほうが興奮してるか」

「血だけじゃないよ！」

怒鳴った有理が俺の身体を締めつけるようにぎりぎり抱き締めてから、また傷口の治癒を始めた。舌をだして舐める姿が、水を飲むくつしたに似ていて可愛い。

「俺のも飲んで、先生」

血がとまってしまうと、今度は有理が自分の上着を脱ぎ始めた。今日のために用意したと教えてくれたセーターを脱ぎ、シャツのボタンをはずす。自分とセックスをするために肌を晒してくれているのだと思うと、有理の想いの深さを感じて胸が熱くなった。

「傷つけたくないから有理は無理しなくていいよ」

「飲みたいって言ってくれたじゃない」

「大事にしたくなった」

「先生が大事に大事に温存してたら先にべつの奴に飲まれるかもしれないよ。まだ誰にも飲ませてない俺の血」

「誘惑してる？」

「先生に俺の味、知ってほしいから」

小悪魔な笑みを浮かべる有理におしおきのつもりでくちづけたら、無邪気に喜んだ。

「じゃあ切ってもあまり痛くない場所を教えて」

「先生はどこの血を吸うのが好きなの」

「どこでもいいよ」

「注射だとこの腕のとこにしたりするけど味気ないよね」

「色っぽい場所はだいたい皮膚が柔くて敏感なんだよ」

唇や首や、腋下《わきのした》や胸。

「それもセフレ相手に得た知識？」

「考えればわかること」

「……なら、左手の小指」

「ロマンチックだけど手指は完治するまで日常生活に支障をきたすから俺が嫌だ」

「セフレとはいろいろしてるんデスネ」

「有理に会うまでの時間が長すぎたんだよ」

俺が苦笑すると有理も拗ねていた顔をにやと歪めたので、額をあわせてふたりでにやにや笑いあった。「先生ばかだ」と言うから「有理も嫉妬ばかりしてばかだ」と返す。

「でも俺が嫉妬したら先生興奮するんでしょ」「嬉しいからね」「くそー」とつねられて、俺もキスし返してじゃれあう。

ボタンのはずれた服の隙間から覗く、有理の鎖骨に左指を重ねた。出会った頃痩せ細っていた身体は、だいぶ健康的になって血色もいい。綺麗なおうとつをたどって感触を教わり、服に隠れた奥へ指先を忍ばせると、そのままゆっくりさげて胸に触れた。親指で乳首を軽く撫でたら有理の上半身がひくっと弾けた。

「……好きだよ有理。有理の身体ならどこを吸っても興奮する」

「小指に……してよ、」

切れ切れに懇願された。

「先生が舐めて……治してくれれば、いいんだから」

「頑なだね」

左の首筋にも唇をつけて吸って刺激すると、「んンっ」と身を捩《よじ》って反応する。

冬場だからか肌が乾燥していた。唇が皮膚に引っかかるので、舌で湿らせながら滑らせていく。首筋から肩先へ。体温は高くほのかに紅潮している。華奢な少年らしい身体には素肌独特の甘塩っぱさに加えて、太陽に焼けたような風味と山水の匂いがまざっており、有理の味だと想った。

「先生……シャワーとかは、」

「この味を堪能させて」

「た、堪能って、」

有理の身体を仰むけに寝かせて、首筋から胸までの隅々を唇と指先でゆっくり味わった。

綺麗な肩のラインは張りがあって舌触りがよく、鎖骨はくぼんだ箇所にもくちづけたくて余すことなく唾液で濡らして吸い寄せた。腹には服のしわの痕《あと》が赤くついてしまっていて、それが妙に可愛く愛嬌があり、愛おしくて笑いがこみあげた。

朦朧としたようすの有理が「……どうしたの」と問うから、

「有理のせいだよ」

とこたえる。

「有理といると気が狂いそうになる」

唇をへの字に曲げて、右手を弱々しく持ちあげて俺の肩を叩いた有理は、

「さっきから……俺のほうが、狂ってるよっ」

と抗議してきた。

その口から発する息は荒く、意識も身体も快感に翻弄されてやわやわと頼りない。

「前戯でダウンするところも可愛いね」

「先生に触られて……俺が、どれだけどきどきするか、教えてやりたいよ」

「俺も同じだよ」

「ぜってえ違うし」

二本ある服のしわの赤い線を掌で撫でながら、右胸の乳首を口で覆った。

有理が声を殺して呻く。有理の乳首は色味が薄く、白い肌に溶けあうようにひそんでいる。甘い砂糖菓子を連想させるそこを食べてみたくて焦がれていたから、乳暈《にゅううん》ごと舌で包むように咥えこんで吸った。掌に伝わる有理の腹や肋骨《ろっこつ》の感触にも、欲望を駆り立てられた。やめて、と抵抗するように髪を有理の手に摑まれる。けど中断してあげられるはずもなく、執拗に舐めておおかた満足すると、左側の乳首にも唇をうつした。

「ちょっと……休憩、してっ、」

「ごめんね」

しゃぶり続けて強く吸うとほんのり赤く色づくのが官能的だった。こんなに可愛い身体をした子が自分の恋人かと想うと途方に暮れる。かたくまるく膨れた突起も舌先で愛撫して愛でてようやく口を離したら、有理は心底哀しそうに泣いていた。

「ゆっくりって、言ったのに……」

「可愛い」

熱に浮かされて謝罪じゃない言葉がでてしまい、髪を強く摑んで痛めつけられた。

「いたた」

有理の顔の位置へ身体をずらして口にキスをする。

「気持ちよくなかった?」

ご機嫌うかがいの質問をしたら、むっとしていた有理の頰がゆるりと綻んで「よかった」

と言ってくれた。俺もほっとして、ふたりしてまた額をこすりつけたりキスをしたりしながらにやにや笑いあう。涙を舐めてあげた。塩っぱい。

「ここじゃ狭いね」

　ベッドへいこうと決めて有理を促し、俺は冷蔵庫の飲料水をとってきてから追いかけた。

縁に座って一緒に水を一口飲むと、再び有理を上から覆うようにして身体を重ねる。

「本当に指を切る？」

　訊ねると、有理は「うん」とうなずく。

「今日は指にして、慣れてきたらべつのところの血も吸ってもらいたい」

　泣いたあとの潤んだ瞳で誘惑されて眩暈がした。

「べつのところって内股とか？」

「そ、それは……いやらしいね。先生誰かとしたことある？」

「有理のいやらしい姿が見たい」

「否定しないのは肯定と同じだよ」

「否定しても〝まあそう言うよね〟って疑われそうだから諦めたんだよ」

「真実は闇のなかか……」

「有理に惚れこんでるのが真実でしょう」

　唇を貪る。有理も俺の背中に手をまわしてキスにこたえてくれる。

中途半端に熱のこもった身体を宥めてあげるべく、くちづけながら有理の服と自分の服を剝ぎとって布団のなかへ入った。有理が「さむいっ」と笑うから、身体を密着させて掌でさするように愛撫してあげたら、今度は「恥ずかしい」と赤い顔して照れる。有理の初々しい反応の全部が可愛らしい。

ナイフを手にして、有理の唇に静かにくちづけてから左手をとった。

「怖がらなくていいよ」

「……うん、嬉しいから大丈夫」

何気なく、あっさり有理の口からでた嬉しいという一言が、そのとき俺の胸を貫いた。心も身体も、自身のすべてを絶対的な信頼と愛情で委ねてくれているのを感じた。

その想いにこたえられるように大事にしようと誓いつつ、細長くてかたちのいい左小指の根元にナイフの切っ先をあてる。暗い室内で、なにかの光を拾ったナイフが危うく煌めきながら横へ滑る。ほんのすこし開いた傷口から赤い雫が膨れあがってきた。わずかに血が掌へしたたる。

「赤い糸みたい、本当にロマンチックになったね」

有理は痛がるどころか喜んだ。

俺は痛々しさに耐えきれず、すぐさま舌先をつけて掌の下から掬いあげるようにして舐めた。有理の血は淡くまろやかな、切なく儚《はかな》い味がした。

「……どんな味」

有理が俺の顔を覗きこんで不安げに訊いてくる。

人間食も血も、どちらにも平等の感謝をこめて食べる有理だけの味だと想った。それが俺には堪らなく愛おしくて、哀しくてならなかった。

「有理のこの味を知ったら、ほかの血じゃ満足できなくなるよ。とても優しい味がする」

「本当に？」

屈託のない笑顔を広げて、「よかった」と安堵する有理がふいに遠く、尊くなる。

血を飲んで得た心地よい劣情と愛情を体内で燃やして、有理の血がとまるまで傷を舐めた。そうして唇も身体も欲するままに貪った。

小指以外の指も、かたちを舌に記憶させるようになぞった。ベッドへきて動きやすくなったので、胸から下にも唇を寄せて脇腹やヘソを刺激したら、「くすぐったい」と抗議されて一緒に笑った。

左脚をあげると、「……内股もやっぱりして」と哀願された。嫉妬というより、なにかもっとべつの切実さを察知して、しかたなく一センチ程度切って舌を這わせた。内股から膝、膝から脚のつけ根にかけて往復する。

そうしながら性器に触れると、有理は激しく震えたが、それが嫌悪じゃないのを確信して手と口で大切に愛しさを注いだ。

驚かせないように静かに最奥へも指をのばす。

傷つけないために辛抱強くほぐしたが、有理がしがみついてきて「もういいから、」と何度も必死に請うものだから、胸がいっぱいになって半ば乱暴に脚を開いて身を寄せた。

「……有理、」

ごめんねと言った。俺も我慢できそうにない、傷つけるかもしれない。

有理はいいよと言う。血がでたら、また舐めて。

「ありがとう……先生好きだよ、一生大好き」

涙をこぼして微笑んでいる有理を抱き竦めて、頬を囓った。

「一生なんて容易く言うもんじゃないよ」

「容易くないよ」

奥まで身体を沈めて、狭苦しい繋がりに有理を感じながら、大きく息をつく。有理も息を吸うが、喘《あえ》いだせいで声が掠れている。

汗ばんだ額を撫でてあげた。見あげてくる瞳は溢れた涙で滲んでいる。くちづけながら腰をすすめると、有理がまた嗄《か》れた声をあげた。助けてあげたくて手を掴んで指と指を絡めた。

好きだよ、と囁いた。ずっとここにいてほしいと願って呼び続けた。

「有理、好きだよ。俺も一生愛してる」

抱きあうのは、溶けてひとつになり得ない身体の無情さを悔やむことだと初めて想った。

……くちづけたままお互いに達すると、額をあわせて呼吸が整うのを待った。

有理の熱い息が自分の頬にかかる。生きている証拠の熱い息。

やがて落ち着いてくると、汗が冷えて肩先に肌寒さを感じた。有理は凍えていないかと心配して肩を抱き締め、頬や耳や首筋にくちづけて唇で確認する。

ふいに顔のむきをかえて、有理が俺の口にキスをしてきた。見返すと笑っている。

「……先生も、一生って言った」

暗闇に浮かんだ笑顔が、自分の胸に深く刻まれたのがわかった。

雪が降ってる、と有理が言った。

深夜二時、上半身を起こしてベランダへ続くガラス戸のむこうに降る雪を眺めている瞳が、感嘆に満ちて輝いていた。

剝きだしの腕に鳥肌が立っているのに気づいて、自分も起きて有理を横抱きに引き寄せると、互いの身体を掛け布団でくるんだ。

綺麗だね、と嬉しそうに微笑みかけられて、うなずいてキスを返す。

綿のような白い粒が、夜の暗がりにほろほろ舞っている。その景色を、俺たちはふたりで眺めている。

「視力が治っちゃうんだから、ほんとに俺、人間じゃないよな……」

嘆息を洩らして有理が苦笑する。

「俺は嬉しいよ。一緒にいろんなものを見て想い出をつくろう」

「……はい」

腕のなかで俺を見あげてはにかむ頬を、愛おしんで撫でる。鼻を軽くつまんだら俯いて「や」とよけられた。控えめに怒るその反応のいちいちに心をくすぐられて、笑ってしまいながら目の前にある有理の左のこめかみにくちづける。口を開けてかぶりつくふりして甘えたら、有理も笑って、また「やだ」と身をすぼめて逃げた。

「帰したくない」

ここにいなよ、と囁きかけた。

「……うん。俺も一緒にいたいけど、入り浸ってたら近所の人が不思議がるでしょ。たまに泊まりにくるぐらいがちょうどいいんじゃないかな」

「一秒でも長く、有理と一緒にいたいんだよ」

「そりゃ、俺も実家をでて自立したいなとは思うよ。でも俺たちの家近所すぎて、まわりに俺らのこと知ってる人が多すぎるよ」

「どこかに部屋を借りようか。クリニックには車で通えるから」

「真横にあって便利なのにわざわざ？　しかもすごくいい家なのに」

「休憩時間に利用する」

えー……、と有理が笑っている。俺の左手の中指と薬指を弄びながら、照れているような嬉しそうな、でも全然嫌そうではない赤ら顔をして。

「とりあえず、赤い歯ブラシはおいていくよ」

「わかった」

それも同棲っぽいね、と笑う有理は嬉しそうだった。

赤と青の歯ブラシがコップのなかで寄り添っている光景。相変わらずふたりして恋人同士っぽいイメージを共有しているのが面白くて、「有理は映画の観すぎだよ」「先生も知ってるでしょ」とからかいあう。

「でもこの赤い糸は俺たちだけの恋人の証だね」

有理が自分の左小指を目の位置に持ちあげる。まだ治りきっていないナイフの切り傷が、わずかな赤い線として残っている。

「俺が先生のものだっていうしるしだよ。だからどこにいても、一緒にいなくても大丈夫」

まるで俺を元気づけるように断言して、やっぱり凜々しく微笑んでいるその笑顔と身体を抱き竦めた。

雪を見つめる。肌を刺す冷気から有理を庇って、すぐに凍える髪や耳や頬を撫で続ける。

しばらくふたりで夜の雪景色を眺めていた。静謐に揺らぐ有理の香りと体温が恋しかった。

小指を引き寄せて傷痕にくちづけてから、甘く食む。

五月の空は鮮やかな晴天で、いささか暑いぐらいだった。

小野瀬は「ピクニックだ」と言い張るけれど、休日の公園は人が多く全然落ち着かない。

「有理君って結局おまえのなんなんだよ」

横から小野瀬が訊いてくる。芝生に敷いたレジャーシートに並んで座る俺たちの前方の丘の下のほうでは、マユと有理がバドミントンをしてはしゃいでいる。

「もう目は治ったんだろ？　ハーフの子とはいえ、おまえが同居までしたがってやたらと贔《ひい》屓《き》してる意味がわからん」

思えば俺は、小野瀬の前で誰かひとりに執着するような姿を晒したことがなかったかもしれない。

「恋人だよ」

「は？　こいびと……？」

水を飲んでうなずく。視線だけ流してうかがうと、驚いていた小野瀬の目が徐々に据わってしかめっ面に変化した。

「……なんだよ。言えよ、薄情な奴だな」

「いま言ったろ」

「そのことじゃねえよ」

苦笑いして、そうだな、とこたえた。

「悪い。おまえにはずっと言えなかった」

微風が俺たちの隙間を流れていく。正面にはバドミントンのシャトルを追って走っているマユと有理の笑顔がある。

「俺には、か」

小野瀬と桃の結婚式の日の記憶が脳裏を掠めた。タキシード姿の小野瀬と白いドレスに身を包んだ桃が仲間の投げる花のなかで微笑んでいた。その場にいる全員が幸せそうだった。

「隠し事はもうないな?」

厳しく詰問された。

「ないよ」

うなずくと、小野瀬が突然「マユー！」と大声で叫んだ。

「あんま駆けまわんなよ、転んで怪我したら大変だろ！」

マユと有理が同時に振りむいて、マユがべっと舌をだしておどけた。

「大丈夫ですぅー、パパの過保護～」

マユと有理と、俺も笑った。小野瀬だけが「過保護で悪ぃか」と憤慨している。

「アイス買ってきたよー」

すると背後から桃の声がした。右手にコンビニの買い物袋をさげて歩いてくる桃が、大きく手招きしてマユと有理を呼んでいる。

「やったー」と喜んだふたりは、緩く傾斜した芝生を競争してきて、有理が負けた。ぜえはあ息を切らして俺の左横へぐったり座る。

「すげえ疲れた、バドミントンは外でやるもんじゃないよ！」

汗を流して笑っている有理に、タオルを渡してあげる。

「体力づくりにはいいね」

「深幸はジム通いさぼってるからね、俺のほうが先に腹六つに割れちゃうかもよ」

「ふうん……」

「なにその気のない感じ」

「いや、どんな手触りになるのかなと思って」

あはは、と笑われた。

「きっと惚れ惚れするよ。深幸のためにも健康な細マッチョになってやろー」

桃が「アイスどれがいい」と袋のなかを見せてくれると、みんなでどれどれと覗きこんでそれぞれ選んだ。

マユはいちごバー、小野瀬はコーヒーソフト、桃はバニラソフト、有理はオレンジバー、俺はマスカットバー。

「一口ちょうだい。深幸も俺の食べていいから」

有理とわけあって、「さっぱりして美味しいね」と話す。

小野瀬家の三人も交換して食べあって、マユが「ママのおいしー、パパのは大人の味」と感想を言った。「にがいー」とマユに顔をしかめられても、小野瀬は「パパは大人なんだよ」と得意気で、それを見る桃はくすくす笑っている。

「ねえ、みゆきさん」

マユが俺の腕をくいと引っ張ってきた。

「なに」

「あのね、ゆうりの匂いは水みたいで澄んでてちょーいい匂いでしょ？　みゆきさんは緑の匂いだからふたりはぴったりだね」

「ぴったり？」

「ゆうりがみゆきさんに元気をあげてふたりで幸せになるの、草木には水が必要だから！」

刹那、風が強く吹いて周囲の木々と芝生が葉擦れの音を立てた。

有理と目を見あわせて、それからふっと一緒に吹きだした。

シートについていた有理の手の甲に手を重ねる。有理も静かに指を絡めあわせてくる――。

あとがき

今作は昨年、二〇一四年の五月ごろに書き終えた作品です。

「人間」に紛れて隠れて過ごす者たちが、さらに「同性愛」という苦悩を抱えて静かに強かに希望を見いだしながら生きていくお話です。


挿絵は梨とりこ先生を指名させていただきました。

吸血種と人間が共存しているこの物語の世界は、梨先生の絵とともに生まれました。けれど梨先生が見せてくださった吸血種たちは、わたしの知っている以上に寂しげで儚く、優しく美しくて息を呑みました。こんなにも温かくて幸福なのに、見つめていると周囲の空気がうすれて胸苦しくなる白と赤の静謐を、わたしはほかに知りません。

カバー絵はタイトルにあわせて赤い糸があるとしつこいからなくてもいいですよ、と話していましたが、梨先生が描きたいとおっしゃってくださってできました。結局のところ単なる糸ではなかった、と感じました。小指ににじむ血とふたりを繋ぐ赤に、自分が物語に刻んだ彼らの絆と縁と、梨先生のこめてくださった思いを見たからです。

有理と深幸が本当の意味で出会うときの有理の反応も、梨先生だから書けたことです。

口絵や挿絵も構図などを工夫して描いていただき、ずっと憧れていた梨先生と一緒に作品をつくれて本当に幸せでした。

おなじく、担当さんをはじめ長期間のＷｅｂ連載と本の制作に携わってくださいました皆様にも心からお礼申しあげます。


そしてお手にとってくださいました読者様。

今作もほのぼのとした甘いお話だと思っています。読み終えて再びカバーと口絵のふたりを眺めていただいたとき、皆様へ温かい笑顔をお贈りできますように。

ありがとうございました。

朝丘　戻

朝丘戻先生、梨とりこ先生へのお便り、
本作品に関するご意見、ご感想などは
〒101-8405
東京都千代田区三崎町2-18-11
二見書房　シャレード文庫
「アカノイト」係まで。

本作品は書き下ろしです

CHARADE BUNKO

アカノイト

【著者】朝丘 戻《あさおかもどる》

【発行所】株式会社二見書房
東京都千代田区三崎町2-18-11
電話　03(3515)2311[営業]
　　　03(3515)2314[編集]
振替　00170-4-2639
【印刷】株式会社堀内印刷所
【製本】ナショナル製本協同組合

落丁・乱丁本はお取り替えいたします。
定価は、カバーに表示してあります。

ISBN978-4-576-15106-9

http://charade.futami.co.jp/